Y TEITHIWR TALOG

Y Teithiwr Talog

Gol: Gwyn Erfyl

Casgliad o ysgrifau taith

Argraffiad cyntaf: Tachwedd 1998

Comisiynwyd yr ysgrifau hyn gyda chymorth
Cronfa Prosiectau Arbennig yr Adran Lên,
Cyngor Celfyddydau Cymru.

Rhif Llyfr Safonol Rhyngwladol:
0-86381-541-3

Clawr: Alan Jones

Argraffwyd a chyhoeddwyd gan Wasg Carreg Gwalch,
12 Iard yr Orsaf, Llanrwst, Dyffryn Conwy LL26 0EH.
☎ *(01492) 642031*

Mynegai

Cyflwyniad

Roedd 'na gasgliad helaeth ohonyn nhw gen i unwaith – cardiau o oes Fictoria gydag ychydig eiriau cyfarwydd – 'Yn cael amser da yma. Sut ydech chi i gyd?' Cardiau o drefi glan môr yn bennaf. Er mai'r un fyddai'r cyfarchion, roedd amrywiaeth lliwgar i'r lluniau. Weithiau, llun o'r môr a'r dref; dro arall – dau gariad yn sownd yn ei gilydd ar fainc dan goeden a'r adar yn pyncio uwchben. Ac ambell un mwy beiddgar yn chwarae â geiriau mwys gan oglais ffantasïau mwy erotig!

Mae'r cardiau yn dal i ddod ond mae'r oes wedi newid. 'Gwesty moethus. Digon o haul a gwin.' Ambell sylw mwy gwreiddiol. Nid trefi glan môr Cymru a Lloegr bellach ond cyfarchion o bob rhan o'r byd. Tydi'r geiriau na'r lluniau ddim wedi newid rhyw lawer ond yn sicr mae'r map wedi newid yn llwyr. Aeth y byd yn blwyf.

Cardiau. A llyfrau taith, wrth gwrs. Fe ddylai rhywun fynd ati i ddadansoddi'r pentwr cyfrolau hynny – y crwydro o fewn Cymru a thu hwnt. Mae'n gynhaeaf toreithiog a phob awdur gyda'i brofiad, ei berspectif a'i arddull.

Yna fe ddaeth radio a sinema a theledu. Diorseddwyd yr erthygl a'r llyfr. Mae tonfeddi awyr a'r sgrîn wedi dileu'r pellter gan ein gosod ni, y gwrandawyr a'r gwylwyr ynghanol yr olygfa ac yn rhan o'r ddrama. Fe'n gorfodir nid yn unig i dderbyn profiadau ac onglau gohebwyr a sylwebyddion ond i lunio barn ac i ymateb i'r sefyllfa, am ein bod ni yno.

Ryden ni hefyd yn cyfrannu o amrywiaeth mawr a chyfoethog o raglenni dogfen sy'n edrych ar y byd drwy sbectol arbennig. Ynddynt mae gennym ni gyfuniad o bersonoliaeth y cyflwynydd, ei arddull a'i luniau.

Ymhle, wedyn, y mae hyn i gyd yn gadael swyddogaeth y llyfr taith? O gael y profiad o 'fod yno' a holl bŵer gair, sŵn a darlun, pa fonws posibl sy'n perthyn i baragraffau hirion du a gwyn ac ambell lun disymud? Yn wir, mae'n gwestiwn ehangach. Onid yw pob cyfrol dan fygythiad am fod gennym ni bellach y dechnoleg i ollwng ein holl brofiadau'n rhydd oddi wrth gaethiwed y gair – technoleg sydd wedi troi y gair yn gnawd?

Yr ateb syml (gor-syml efallai) ydy dal allan fod i'r gair ei deyrnas a'i awtonomi ei hunan, yn wir ei fod o'n cario ei ddarlun o'i fewn. Dyna, medde ni, yw swyddogaeth y dychymyg. Onid sôn am hynny mae T.H.

Parry-Williams yn ei soned i Lyn y Gadair? I'r 'Teithiwr Talog', dim ond darn o lyn llonydd a chwch pysgotwr. Ond i'r bardd o Ryd-ddu:

> . . . mae rhyw ddewin a dieflig hud
> Yn gwneuthur gweld ei wyneb i mi'n nef.

A'r hudlath hwnnw yn dweud bod mwy yno o lawer na

> . . . mawnog a'r boncyffion brau,
> Dau glogwyn a dwy chwarel wedi cau.

Pan ddigwydd y gweddnewidiad hwnnw, mae sôn am lyfr taith yn gallu bod yn amwys a chamarweiniol. Ym meddwl llawer, fe'i gosodir ymhlith y pentwr o lenyddiaeth (os llenyddiaeth hefyd) sy'n help ymarferol wrth fynd o wlad i wlad, rhyw gyfrwng hwylus i gadw'r llygaid ar agor. Mewn gair, byd y *tourist guide* arferol, a neb yn disgwyl fod ynddo unrhyw ragoriaeth lenyddol na champ dychymyg.

Ym mhob un o ysgrifau'r gyfrol yma, mae mwy o lawer na hynny. O Japan i Dde a Gogledd America, o Awstria i Bortiwgal, o gyrion eithaf Iwerddon i'r Môr Canoldir, o gynyrfiadau De Affrig i Bosnia, mae'n wir fod sôn am dirlun, am gyfnewidau gwleidyddol, am orchestion pensaernïol neu lenyddol ac arferion sawl llwyth. Nid oes brinder gwybodaeth nac ysgolheictod. Ond ymateb personol sydd yma i chwyldroadau'r ganrif. Mae yma oglau chwys a gwaed, gorfoledd a dygnwch: stori cyfarfod â phobl eraill a'r croesffrwythloni sy'n dilyn.

Llenorion o Gymry sydd yma yn cynrychioli tair cenhedlaeth. Does ryfedd felly fod cryn sôn am y tyndra rhwng y canol a'r cyrion ac am hen wareiddiadau'n gwegian dan bwysau idiomau newydd. Mae'r teithiwr o Gymro yn mynd â Chymru efo fo ac yn gweld ac yn clywed atseiniau ei wlad mewn mannau dieithr. Dro arall, daw wyneb yn wyneb â'r newydd a'r anghyfarwydd sydd hefyd yn herio'i ragdybiau yntau.

Ceir sawl arddull a hynny'n adlewyrchu natur a chefndir yr awduron. Weithiau mae'n uniongyrchol ac yn ddweud llafar, cartrefol. Gan fod yma ohebwyr teledu a radio, mae'n naturiol fod rhythmau a geiriau'n adlewyrchu dull y cyfarwydd o gysylltu â'i gynulleidfa. Yn sicr, fe fydd y Gymraeg ar ei hennill o'r herwydd. Ceir yma hefyd lenorion sydd wedi cael profiad helaeth o ddweud eu stori mewn mwy nag un arddull – yn ôl y galw. Arall wedyn ydy cyffyrddiad y bardd efo'i ddelweddau a'i glust fydryddol! Ychwanegwch ar ben hynny ddisgleirdeb ysgolheigaidd a meddwl gwleidyddol miniog sy'n troi'r iaith yn llawforwyn i ambell bwnc digon amlgymalog, a dyna ni wedi cael arlwy i fod yn falch ohoni. Mae yma hefyd wraig o Fôn sydd yn byw yn Japan ers blynyddoedd bellach. Fe lwyddodd hithau'n rhyfeddol i wisgo profiadau newydd ei hynys fabwysiedig efo dawn dweud ynys ei phlentyndod.

Mae gan bob un rywbeth gwerth ei ddweud ac fe'i dwedir yn hyfryd o wahanol!

Gwyn Erfyl

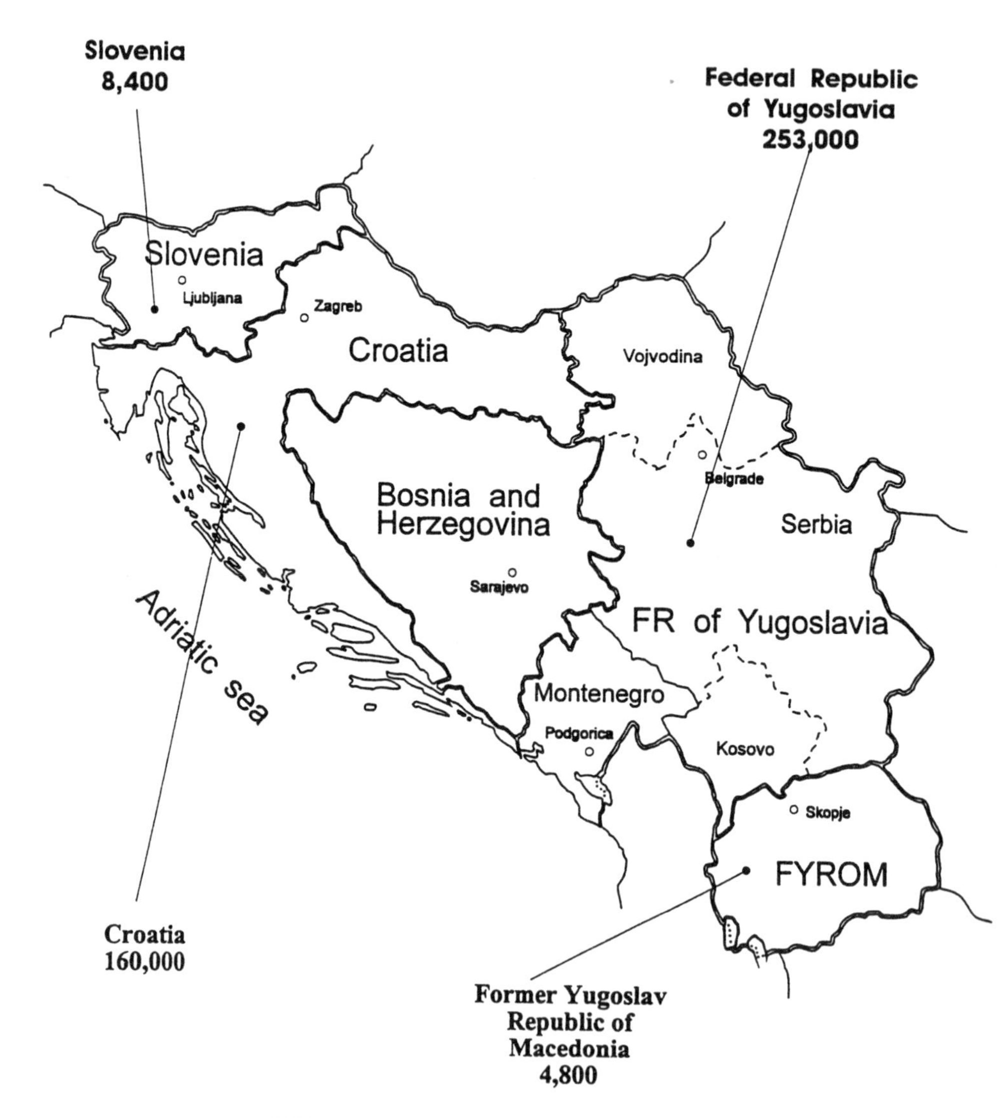

ESTIMATED TOTAL OF BH REFUGEES
IN OTHER COUNTRIES OF FORMER YUGOSLAVIA: 429,417

Bosnia

Dwi'n cofio Elena'n iawn a nawr – diolch i'r cerdyn – dwi'n gwybod bod Elena yn 'y nghofio i. Y cwbwl arall wn i yw ei bod hi a'i thad, Dragan, yn dal ym Melgrad ac yn fwy na dim, yn dal i fod yn Serbiaid i'r carn.

Ddyddiau cyn Nadolig '91 y des i ar ei thraws hi gyntaf. Merch bert, fywiog, chwech ar hugain oed – yr un oedran â fi. Roedd hi'n cadw dau lyfr sgrap. Yn y naill roedd lluniau o Duran Duran, cofnod fesul tocyn bws a thrên o'i theithiau drwy Ewrop i weld y band yn chwarae a phob yn ail dudalen roedd gwên ei harwr, Simon le Bon. Yn y llall roedd lluniau o filwyr ifanc Serbia wedi'u gludo'n ofalus, adroddiadau newyddion unochrog o'r ffrynt yn Vukovar, llun o ben milwr Serbaidd ar bolyn ym mwd y gad yng Nghroatia a chofnod twt o ryfel oedd newydd ddechrau. Yno hefyd roedd arwr arall Elena, Slobodan Milosevic, a'i bartner Radovan Karadzic, arweinydd Serbiaid Bosnia.

Elena oedd y Serbiad gyntaf i mi gyfarfod â hi, a'r olaf oedd mor barod i sgwrsio dros beint am yr hyn oedd ar fin digwydd i Iwgoslafia. Nawr, chwe blynedd yn ddiweddarach, ar drothwy Nadolig '97 a thaith i Bosnia, roedd Elena a fi wedi dysgu geirfa newydd fyddai'n gwneud sgwrs dros beint yn anos pe baem ni yn cwrdd yn y clwb ym Melgrad unwaith eto. Ro'n ni wedi dysgu geiriau fel 'hafanau diogel' a 'glanhau ethnig'. Ro'n ni wedi dysgu dweud 'yr hen Iwgoslafia' am nad oedd Iwgoslafia'n bod bellach. Ond roedd cerdyn Elena a'i chyfarchiad yn brawf bod yr elyniaeth chwalodd Iwgoslafia'n dal yn fyw ac yn iach: 'Cofion at y Gymraes. Gobeithio i ti gael y cyfle i roi – a chlywed – ochor arall y stori'.

Ro'n i bron â phacio cerdyn Elena yn 'y mag cyn mynd i Bosnia – y bedwaredd daith ers inni gwrdd; y gyntaf ers i'r rhyfel ddod i ben. Roedd pawb yn llifo 'nôl i Bosnia, degau o filoedd o ffoaduriaid a gwŷr busnes gyda'u llygaid ar arian Ewrop a chytundebau breision. Ro'n i am fynd hefyd, am wneud yn fawr o'r heddwch i weld mwy na'r ychydig y bu milwyr y tair carfan, a'r Cenhedloedd Unedig, yn fodlon inni'i weld.

Do'n i byth yn 'mynd' i Bosnia; 'mynd-i-mewn' o'n i – mynd ar 'y mhen i ganol pethau. Roedd y daith yno yn rhan o rin y lle. Hedfan i Zagreb, neidio i dacsi a chefn y ciw yn swyddfa'r Cenhedloedd Unedig, tynnu llun, torri enw, 'nôl i'r maes awyr ac ymlaen am Split. Aros yno nes ffeindio partner fyddai'n barod i fentro i Bosnia heb gar wedi'i arfogi. Cychwyn ben bore cyn i'r sneipars sobri, gan obeithio cyrraedd copa mynydd Igman, y porth i Sarajevo, cyn iddi dywyllu a chyn i'r ffyrdd rewi. Cyngor un o'r Ffiwsilwyr Cymreig yn y baracs yn Bugojno oedd inni deithio ben bore. 'Dos fel y cythrel,' meddai hwnnw, 'yn y gobaith fod *sliwowitz* y noson cynt yn dal yn y gwaed. Hyd yn oed os bydd y sneipars 'di deffro, fydd dim lot o siâp ar eu hannel nhw!'

Ond doedd dim angen cythru'r tro hwn. Roedd y tocyn *Austrian Airways* yn mynd â fi'n syth o Lundain i Sarajevo – dim gwaith papur, dim sneipars ond fawr ddim gwefr chwaith. Rhan o apêl y daith oedd ei bod hi mor drafferthus, yn taflu rhywun oddi ar ei echel cyn cyrraedd. Do'n i ddim yn edrych ymlaen at gyrraedd maes awyr Sarajevo deirawr ar ôl gadael Caerdydd am fod hynny, rywsut, yn rhoi'r argraff fod y ffordd sy'n dirwyn at heddwch parhaol yn Sarajevo hefyd yn llawer llai anhygyrch nag yr oedd hi. A dyw hi ddim.

Vera achubodd fi, *Checkpoint Vera*, y *fixer* o fri fu'n cadw cwmpeini i ddyn y siwt wen, Martin Bell, drwy gydol y rhyfel ac a oedd wedi cytuno i 'nhywys i o gwmpas Sarajevo ac ymlaen i dre Mostar. Fe ddaeth Vera i'r adwy a 'nhaflu i'n syth. 'Dyma'r Gymraes felly,' meddai hi'n wên i gyd. 'Fel hyn dwi'n ei gweld hi. Y Saeson yw'r Serbiaid, yr Albanwyr yw'r Croatiaid a chi, y Cymry, yw'r Moslemiaid gorthrymedig! Croeso!' Ac i ffwrdd â hi am y car, Croat gydag enw Serbaidd a chariad at y Moslemiaid, gan gyhoeddi bod y landrofer roedd hi wedi'i logi'n arfer perthyn i Ddŵr Cymru ac y dylwn i felly deimlo'n gartrefol.

Wrth anelu am yr *Holiday Inn* enwoca'n y byd i sŵn sylwebaeth Vera, roedd y mynwentydd a'r murddunnod yn gyfarwydd. Draw ar y chwith, y fflatiau oedd yn gartref i'r papur dyddiol wedi'u bomio'n shitrwns. Fe aeth y golygydd, yn llythrennol, dan ddaear ac i lawr yn y seler mae e a'i swyddfa o hyd. Ganllath oddi ar *snipers alley* dyna'r fflatiau i hen bobol a agorwyd ddyddiau cyn i'r gynnau mawr ddechrau pwnio Sarajevo, a chau cyn croesawu'r un cwsmer. Mae'r cyfan yn un olygfa ryfedd – y paent pinc a gwyrdd a melyn oedd i fod i godi calonnau'r hen bobol yn droëdig o siriol, er gwaethaf olion rownd ar ôl rownd o fwledi ar y waliau.

Ond nid yr adeiladau dwi'n weld gyntaf nawr. Mae 'na bobol yma, pobol yn sefyllian ar gornel y strydoedd. Mamau a'u plant ar y ffordd i'r siop neu'n anelu am adref, torth dan un fraich a llaeth dan y llall. Welais i rioed mo bobol Sarajevo'n sefyllian o'r blaen. Mentro allan ro'n nhw, os oedd raid. Does dim *checkpoints* dirifedi chwaith. Yn hytrach mae 'ma arwyddion breision, llachar yn cyhoeddi bod *Pizzeria Dayton*, er amharchus gof am y cytundeb ddaeth â heddwch i Bosnia, ar fin agor, a'r *Grand Hotel* yn croesawu cwsmeriaid unwaith eto. Arian pwy? Does dim ateb gan Vera, dim ond awgrym gan un sydd wedi hen arfer troedio'n ofalus nad oes neb yn gwybod pwy sy' berchen yr un dim yn Sarajevo heddiw.

Mae 'na do ar yr *Holiday Inn* a'r ystafell gyfarfod – y *Kongresna Dvorana* lle byddai'r Cenhedloedd Unedig yn cynnal eu cynadleddau blin a thrwsgl i'r wasg – wedi'i hail addurno. Mae Mehmed y tu ôl i'r ddesg o hyd, a'r gweinwyr yn y bwyty'n dal i wisgo'u siwtiau smart, fel y gwnaethon nhw drwy gydol y rhyfel. Falle fod tyllau'n y waliau, dalennau plastig yn y ffenestri a fawr ddim ar y fwydlen, ond roedd yr ychydig oedd 'na'n dod i'r bwrdd gyda steil. Jôc fawr Mehmed yw fod pris ystafell y tro hwn yn rhatach nag yn ystod y rhyfel pan oedd 'na sach blastig yn lle drws a dim dŵr na thrydan. 'Chi oedd ein hangen ni bryd hynny. Nawr ry'n ni'ch angen chi.'

Treulio'r deuddydd nesa'n sŵn cyfweliadau gobeithiol a sŵn dinas sy'n cael ei hail-eni. Cyn cychwyn o Gaerdydd fe fues i'n bodio drwy'r hen ffeiliau, yn chwilio am rifau ffôn fyddai o ddefnydd, am enwau oedd wedi mynd yn angof. Ynghanol y papurach roedd twr o hen gardiau ID, y *press passes* roedd rhaid erfyn amdanyn nhw bob tro. Mae fy llun i'n gwbwl wahanol ym mhob un, yn gofnod clir o'r bywyd ro'n i'n ei gario yma gyda fi o flwyddyn i flwyddyn. Dau neu dri yn lân, swyddogol – cardiau'r Cenhedloedd Unedig. Un arall blêr mewn ysgrifen ddieithr, Sirileg y Serbiaid yn ogystal â'r Saesneg:

Ime/Name: Betsan
Prezime/Surname: Powys
Zamlja/Country: Engleska

Doedd gan ddynes surbwch y Weinyddiaeth Wybodaeth Serbaidd yn Sarajevo yn 1994 ddim mwy o ddiddordeb yn fy Nghymreictod i nag oedd gan Elena a Dragan i ddechrau ym Melgrad yn 1991. Saesnes o'n i, allai hi felly fyth yn ei byw â dirnad cymhlethdodau'r rhwygiadau rhwng cenhedloedd â'i gilydd yn Iwgoslafia. Sut oedd disgwyl i fi, o bawb, ddeall yr ysfa yn Dragan – yr hen Chetnik fu'n ymladd yn yr Ail Ryfel Byd – i warchod iaith, traddodiadau, arwahanrwydd y Serbiaid? Egluro 'mod i'n Gymraes, sy'n gwybod beth yw teimlo dan warchae ond yn methu'n lân â dirnad yr awydd i chwarae ar y rhwygiadau yna nes tynnu'r wlad a'i phobol yn greiau. Dragan yn gwrthod ildio a dod i'r casgliad 'mod i, er fy mod yr un oedran ag Elena, yn 'rhy ifanc i ddeall'.

Cerdyn arall eto'n cofnodi 'mod i'n gweithio i HTV. Cofio mynd i helynt ar y ffordd i weld y Ffiwsilwyr yn Bugojno, am mai HTV – Hvratska TV – yw teledu Croatia ac mai Moslemiaid oedd ar y *checkpoint* cyntaf. Gorfod eu darbwyllo nhw mai yng Nghroes Cwrlwys, nid Zagreb, mae pencadlys yr HTV hwn cyn cael mynd heibio.

SFOR, y lluoedd arbennig, sy'n mynnu 'mod i'n cario cerdyn adnabod y tro hwn: 'Bethsan Pwys, 3089, BBC Wales'. Falle fod y Serbiad honno'n sych ond o leia roedd hi'n gallu sillafu.

'Sgwn i fase Elena ym Melgrad yn fy nabod i erbyn hyn. Digon prin. 'Sgwn i be fase'i hymateb hi tase hi'n cael cip ar y swp 'ma o gardiau a sylweddoli na fues i, wedi'r tro cynta 'na, 'nôl i dir Serbia, 'nôl ar ochor Serbia i'r ffrynt. Ar yr ochor arall ro'n i bob tro a milwyr Serbia, y bechgyn ifanc yn llyfr sgrap Elena, yn saethu tuag atom ni.

Yn Bugojno yn '95, y Serbiaid oedd yn anelu'u gynnau at y man gwylio lle'r oedd y Ffiwsilwyr William Williams o Sir Fôn a Dewi Jones o Fangor yn cofnodi pob ergyd ac yn diawlio'r sawl ofynnodd i filwyr y Cenhedloedd Unedig gadw heddwch oedd ar chwâl yn barod. Yn Vitez ro'n i'n aros yn nhŷ Croat canol oed oedd yn arllwys paned imi'n y bore gyda'r un dwylo oedd yn tanio'r gwn morter at y Moslemiaid bob nos. Fe neidiais i o 'nghroen pan glywais i'r ergyd gynta'n tanio. Tan y bore ro'n i dan yr argraff mai ni oedd dan warchae nes deall, dros frecwast, mai 'ni' oedd yn eu hergydio 'nhw'. Ond fues i rioed ar ochor Serbia i'r ffrynt wedyn. Che's i rioed ganiatâd y Serbiaid i deithio i Pale nac i Banja Luka, eu trefi 'nhw'.

Cysgu'n sŵn Y Cyrff, a nhw yw'r cwmni'n y bore ar y ffordd i dre Mostar. Mae system sain y landrofer wedi gweld dyddiau gwell ond does dim ots gan Vera. Cyn cyrraedd cyrion Sarajevo mae hi'n ffan o sŵn gitâr Y Cyrff.

'Ond to'n nhw'n ddyddie i'r eitha',
Er gwaetha' . . . '

Mae hyn yn sbort. I lawr â'r droed ar y sbardun gan wybod na fydd yna'r un *checkpoint* na phontydd yfflon i droi taith ychydig oriau'n lladdfa.

'Ysbeidiau o gelwydd, ysbeidiau o wirionedd,
Methu gweld yn glir . . . '

Dyrnu mynd, goleuadau'r *dash* yn fflachio wrth droi corneli a Vera'n dechrau amau faint o fynd sydd yna yn yr hen landrofer wedi'r cwbwl. Gyrru drwy bentrefi anial a holi pwy oedd yn arfer byw yno. Weithiau mae Vera'n cofio. Moslemiaid oedd fan hyn, ffermwyr – ond Croatiaid sydd yn yr ardal yma'n bennaf nawr. Pasio mosg wedi'i losgi'n ulw. Bryd arall dyw hi ddim mor siŵr, ddim yn cofio pa garfan drodd ar y llall. Ôl llosgi sydd yma, nid bwledi. Doedd neb am wastraffu bwledi ar bobol gyffredin pan oedd tân yn ddigon i'w difa nhw.

Adrodd hanes Y Cyrff wrth fynd. Egluro wrth y ffan newydd fod y band wedi hen chwalu ond bod Catatonia, y band dwyieithog gafodd ei ffurfio gan ddau o aelodau'r Cyrff, yn mynd o nerth i nerth. Dyw hi'n synnu dim wir, maen nhw'n grêt.

'Llawenydd, llawenydd heb ddiwedd . . . '

Dweud mwy, wrth i'r pentrefi mân wibio heibio, am nyth cacwn y canu yn Saesneg. Chwerthin wnaeth Vera. Trio eto. Dwi am wybod beth yw barn rhywun fel hi – sydd wedi gorfod 'styried ers pum mlynedd beth yw cyfaddawd a beth yw ildio – am helynt y canu'n Saesneg. Chwerthin eto. 'Paid â gofyn i fi,' meddai hi'n y diwedd. 'Dwi'm yn deall yr hyn sy' 'di digwydd ar drothwy 'nrws 'yn hun. Paid â gofyn i fi edrych dim pellach.'

Cynnig gyrru tan amser cinio. Dwi wedi gyrru ar hyd y ffordd hon o'r blaen, sawl gwaith, ond dim ond nawr mae hynny'n gwawrio arna' i. Mae hi'n gwbwl wahanol, y rhychau mwd dan darmac, arwyddion newydd sbon yn cyhoeddi mai bataliwn o Brydain gododd y bont, arian Ewrop dalodd am ailadeiladu'r ysgol ac mai'r 'Canbat', bataliwn o Ganada, sy'n cadw'r heddwch yn yr ardal hon ar hyn o bryd. Dod i olwg y llyn, yn siŵr erbyn hyn 'mod i'n nabod y ffordd am 'y mod i'n cofio synnu at harddwch y lle pan oedd y rhyfel ar ei anterth. Mae'r dŵr yn las clir, yn hafn ddofn drwy'r mynydd, a'r ffordd yn disgyn ar ei phen at lan y llyn. Does ryfedd i gymaint ohonom ni ddod yma ar wyliau'n y gorffennol. Roedd Iwgoslafia, mae Bosnia'n gallu bod yn arurthrol, yn ddramatig o hardd. Yr hyn ro'n i wedi'i anghofio yn ystod y rhyfel ond yn cofio eto nawr oedd bod y llynnoedd a'r mynyddoedd, y wlad ei hun, yr un mor drawiadol waeth beth oedd yn digwydd yn ei henw hi.

Oedi am ginio o bysgod ffresh, tatws a chabaitsh sur. Does dim pall ar straeon Vera sy'n cofio dod i'r bwyty bach yma gyda llond bws o griw Saga 'nôl yn yr wythdegau. Mae hi'n ei dyblau wrth gofio un hen ddyn yn syrthio'n farw tra oedd yn ymweld â Mostar, a'i wraig yn awyddus i'r corff deithio gyda nhw ar y bws tra oedd hi'n gorffen ei gwyliau. Mae'n cofio hefyd fel y byddai criw o fechgyn lleol yn arfer neidio oddi ar y bont ynghanol Mostar i'r afon islaw er mwyn denu doler neu ddwy o bocedi'r ymwelwyr. Ry'n ni i gyd yn cofio'r bont, yr hen bont garreg oedd yn cysylltu'r lan ddwyreiniol a'r lan orllewinol, hanner Moslemaidd a Chroataidd Mostar. Dyma'r bont ffilmiodd y gohebydd Jeremy Bowen liw nos ar ôl i bâr ifanc gael eu lladd wrth groesi o'r naill ochor i'r llall i gyfarfod â'i gilydd. Roedd 'na wawr werdd ar y lluniau, fel sydd 'na ar ffilm gweld-yn-y-tywyllwch bob amser. Yn yr achos yma roedd hynny'n addas rywsut, yn rhan o'r naws afiach roedd y ffilm yn ei gofnodi. Ry'n ni'n cofio'r penawdau hefyd am 'Romeo a Juliet' y rhyfel yn Bosnia a'r ffordd y cafodd sylw'r byd ei hoelio ar Mostar wedyn weddill y rhyfel.

Cyn cyrraedd Mostar mae hi wedi mynd yn ddadl danbaid – y criw a finne ar un ochor, Vera ar y llall. Dweud mae hi fod stori Jeremy Bowen wedi caniatáu i'r byd fod yn dyst i un agwedd ar y rhyfel yn Bosnia, a'n bod ni i gyd felly wedi rhoi mwy o bwys ar yr un agwedd honno nag ar bethau eraill, anweledig, aeth yn angof. Mae'i llygaid hi'n fflachio, y ddadl yn tanio a'i llywio hi'n dirywio'n gyflym. Llyfrau Misha Glenny sy'n ei chael hi nesa. Roedd e'n dyst i rai pethau, meddai Vera, i lawer o bethau falle ond welodd e, fwy na neb arall, mo'r cwbwl. O ddarllen y llyfrau fe allai dyn dyngu ei fod e'n cael y stori'n llawn, a dyw e ddim.

Dwi'n amau dim nad yw Vera'n iawn ond beth pe na bai Jeremy Bowen a Misha Glenny wedi adrodd eu straeon nhw? Beth wedyn? Wrth i Mostar ddod i'r golwg does dim i'w wneud ond cytuno i ddal ati â'r drafodaeth heno, pan fydd y landrofer wedi'i barcio'n saff a pheint neu ddau wedi llareiddio pawb.

Gyrru'n syth i ganol y dre, a gweld mwy ar Mostar yn ystod y daith ddeng munud i'r gwesty nag a welais erioed o'r blaen. Bryd hynny, pan roedd yr ymladd ar ei waethaf, wnaethon ni ddim mwy na rhoi pen a throed i lawr a gyrru heibio, ymlaen am Sarajevo, ymlaen am Bugojno. Bryd hynny yr unig gof sydd gen i o Mostar yw'r cyrion blêr, y waliau'n un gawod o dyllau bwledi, ffenestri gwag yn guddfannau amlwg i'r sneipars a'r afon i'w gweld o bell yn rhaniad naturiol drwy ddinas annaturiol o ranedig. Wnaethon ni rioed fentro allan o'r car. Gwta ddwy flynedd ers llofnodi cytundeb heddwch Dayton ac mae Mostar i'w gweld wedi newid yn llwyr. Mae rhywun wedi mynd ati i lenwi'r tyllau bwledi gyda phlastar ffres, rhywun wedi plannu coed, rhywun arall wrthi'n dymchwel yr adeiladau peryclaf er mwy i rywun arall eto godi rhai newydd. Mae 'ma gaffis a sgwâr a siopau, tŷ ar werth gyda golygfa fendigedig o'r mynyddoedd. Ddwy flynedd yn ôl fyddai neb wedi mentro mynd i'r llofft am fod golygfa o'r mynydd yn golygu fod y tŷ'n darged i'r gynnau mawrion oedd ar y llethrau.

Croesi draw i lan ddwyreiniol yr afon, cartre'r farchnad gyda'i stondinau'n orlawn o gig wedi'i fygu'n ddu, plateidiau o gaws yn pwyso ar lympiau o gig oen a hen ddynion yn gwasgu sbarion dail cabaitsh i'w bagiau. Mae'r fynwent Foslemaidd ar fin y ffordd sy'n dirwyn o'r afon i'r farchnad. Does dim modd ei hosgoi hi ond does fawr neb yn edrych ddwywaith ar y beddau, er eu bod nhw i gyd yn sgleinio a'r blodau sy'n eu haddurno nhw'n ffres. Falle mai liw nos mae'r teuluoedd yn dod yma i dwtio a galaru. Ar bob bedd mae 'na wyneb wedi'i sgathru'n y garreg, y rhan fwya'n wynebau ifanc.

Ar y goeden y tu allan i'r *Hotel Mostar* mae 'na daflen gydag ymyl ddu iddi yn cyhoeddi marwolaeth hen wraig oedd yn byw yn y fflatiau am y ffordd â'r gwesty. Y cwbwl sydd arni yw llun yr hen wraig a dyddiadau ei geni a'i marwolaeth hi. Dyna oedd y traddodiad yma erioed, cyhoeddi taflen i hysbysu'r cymdogion fod rhywun wedi marw, traddodiad aeth yn angof am bum mlynedd wrth i farwolaeth sgubo drwy'r dre ac i fwletinau newyddion ddifa'r angen am daflenni ar y coed.

'Ein drwg ni oedd i ni gael dau ryfel – a nawr mae gyda ni ddau heddwch i'w cynnal.' Fersiwn Miro Rozic o ryfel a heddwch ym Mostar, ac fe ddylai wybod. Yn ystod y rhyfel fe ymladdodd Miro dros y Croatiaid, a nawr fe yw cyfarwyddwr y ganolfan ieuenctid fwya ym Mostar. Y Serbiaid ymosododd ar Mostar gyntaf, ym mis Awst 1992, cyn cael eu herlid gan ffrynt unedig o Foslemiaid a Chroatiaid, ond wedi'r fuddugoliaeth fe drodd y ddwy garfan honno ar ei gilydd. Dau ryfel, dau heddwch.

Yn y ganolfan mae'r bobol ifanc yn amlwg yn dwli ar Miro, yn Foslemiaid a Chroatiaid fel ei gilydd. Gweinyddwr yw e ond mae e hefyd yn reffarî ar y cae pêl-droed, yn seicolegydd, yn gymodwr wrth reddf. Mae ei holl ymwneud e â'r criw ifanc yn rhwydd. Do'n i ddim callach p'run ai Croat neu Foslem oedd e nes gofyn ar ei ben. 'Croatiaid oedd Mam a Dad,' yw'r ateb, y geiriad yn awgrymu bod Miro'n Groat o waed ond ddim falle wrth reddf. Fe gafodd ei alw i ymuno ag uned o Groatiaid ym mis Awst 1992 ac fe ymladdodd e dros yr hawl i ddweud ar goedd ei fod e'n Groat ac i warchod ei bobol ei hun. Nawr mae e'n ymladd dros hawl criw'r ganolfan i beidio bod ag ots beth y'n nhw ond i fyw yn un gybolfa gyfforddus.

Wrth i'r criw fynd ati i ffilmio'r grŵp ffasiwn a'r tennis bwrdd mae Miro'n 'mestyn am y sosban a'r coffi. Wrth i'r felin goffi lenwi'r stafell â'i harogl bendigedig mae e'n mesur ac arllwys y dŵr yn ofalus. Egluro nad Saesnes sy'n hoff o'i phaned o de ydw i ond Cymraes, sy'n edrych ymlaen am flas coffi 'go iawn'. A 'nôl â ni at y sgwrs; Vera'n egluro'r theori mai ni'r Cymry yw Moslemiaid Prydain. Mae Miro wrth ei fodd. Fel mae'n digwydd mae e newydd glywed jôc sy'n briodol i Foslemiaid – a Chymry. Bachgen bach yn clywed yr athro addysg grefyddol yn honni bod Duw yn holl bresennol. 'Ydy Duw yn fy nghartre i syr?' 'Ydy fachgen.' 'Ydy Duw yn fy 'stafell wely i syr?' 'Ydy.' 'Ydy e yng nghegin Sasha?' 'Ydy.' 'A hyd yn oed yn seler Mujo?' 'Ydy, fanno hefyd.' Dwi'n gweld y llinell olaf yn dod o bell. 'Nawr dwi'n gwbod bo' chi'n dweud celwydd syr. 'Sdim seler 'da Mujo!'

Dwi wedi'i chlywed hi o'r blaen ond – Vera'n dod i'r adwy eto - dwi ddim wedi deall fersiwn Bosnia o'r jôc o gwbwl. Enw Croataidd yw Sasha ac enw Moslemaidd yw Mujo. Ond nid amau bod Duw'n gofalu am Mujo am ei fod e'n Foslem mae'r bachgen bach wedi'r cwbwl ond am nad oes seler gydag e. 'Ti'n deall? Ti fod i feddwl ei bod hi'n jôc am Foslemiaid – ac wedyn ti'n sylweddoli mai jest jôc ddiniwed yw hi. Jest jôc.'

Yn sydyn mae'n dechrau pistyllio glaw. Mae hi wedi bod yn bygwth drwy'r bore a nawr mae'r sŵn yn fyddarol. I ffwrdd â Miro i gau drysau a ffenestri, y cyfarwyddwr a'r comedïwr yn troi'n ofalwr. Dwi'n dechrau deall ei jôc, a'i bregeth hefyd. Roedd 'na gymaint o arwyddocâd i fod yn Groat neu'n Foslem, mae Miro'n gweithio'n galed ar ddarbwyllo pawb o'i gwmpas e fod gyda nhw'r hawl i beidio becso dam nawr – os mai dyna sy'n ei gwneud hi'n haws iddyn nhw ddal i fyw ym Mostar, gyda'i gilydd. Mae'r jôcs – 'jest jôc' – yn rhan o'r bregeth.

Cyn mynd mae'n rhaid addo dod draw fory i glywed un o'r bandiau'n rhoi cyngerdd. Fe ymladdodd Miro'n yr un uned â thad drymiwr Magla – Y Niwl. Fe laddodd e'i hun pan ddechreuodd y Croatiaid ymladd â'r Moslemiaid. Jest ffaith.

Y tu allan mae'r glaw wedi pallu ond mae'r dŵr wedi cronni'n y tyllau mortar sy' heb eu llenwi â choncrid y Gymuned Ewropeaidd eto. Yn sydyn mae Mostar yn edrych yn ddifrifol o ddigalon. Yn yr haul, prin ro'n i wedi sylwi ar y rhesi ar ôl rhesi o dai gweigion oedd yn amlwg ar y ffrynt ond mae'r glaw wedi treiddio i'r tyllau mân lle mae'r bwledi wedi cnoi i'r waliau a does dim dianc rhag yr argraff o dref sydd yn ei thro yn methu dianc rhag ei chreithiau.

Dal tacsi ar 'y mhen fy hun a gofyn am yr hen bont, pont y pâr ifanc. Mae'n rhaid gyrru ar hyd y Boulevard i gyrraedd at yr afon, y ffordd lydan sy'n rhedeg ar hyd y lan orllewinol, a'r ffrynt lein swyddogol. Does 'na'r un adeilad sydd heb ei ddifa a does 'na neb o gwmpas. Dyw'r gyrrwr ddim yn fodlon mynd ymhellach. Falle fod y rhyfel drosodd ond dyw Dayton o ddim cysur i yrrwr tacsi o Groat sy'n hapusach yn ennill ei fara menyn ar ei ochor ei hun i'r ffin. Y gwir yw fod y ffin cyn amlyced iddo fe heddiw ag yr oedd hi 'nôl yn 1992.

Cerdded at y bont a falwyd yn yfflon gan noson ar ôl noson o gael ei dyrnu gan ynnau trymion y ddwy ochor. Prynu dyfrliw o'r bont fel roedd hi gan hen ŵr sydd wrthi'n paentio dan ymbarél – cofnodi'r hyn mae'n gofio, nid yr hyn mae'n weld. Oddi tano mae milwyr SFOR Denmarc wrthi'n codi'r cerrig o wely'r afon cyn i'r gwaith llafurus ddechrau o bontio'r ddwy lan unwaith eto.

Croesi'r bont dros dro a ffeindio 'mod i ynghanol y farchnad. Ymlwybro draw tua'r mosg a'r fynwent a thynnu sgwrs gyda bachgen ifanc sy'n pwffian ar sigarét. Doedd e ddim am fynd i'r mosg, medde fe, ond ers y rhyfel mae'n methu peidio dod draw pan mae sŵn yr alwad ddolefus i weddïo'n dod drwy'r uchelseinydd. Roedd e wedi llacio'i afael ar y diwylliant Moslemaidd yn llwyr tan y rhyfel ond pan dyfodd y diwylliant hwnnw dros nos yn rhywbeth gwerth marw a lladd drosto, roedd e wedi gorfod cythru amdano ar frys.

Kamel yw ei enw fe, DJ trendi *Radio X*, gorsaf i bobol ifanc Mostar.

Mae e wrth ei fodd gyda'r addewid y bydd pecyn o CD's yn y post pan af i adref. Prin bydd y Gymraeg yn boblogaidd fan hyn ond mae'n addo chwarae ambell gân. Stwff Americanaidd sy'n mynd lawr yn dda yn ôl ei brofiad e, y DJ cŵl sy'n eistedd ar wal tu allan i'r mosg, ymgorfforiad o'r tyndra sy'n dal i rwygo Mostar.

Cerdded 'nôl i'r Boulevard ac mae'r gyrrwr yno o hyd, wedi aros, rhag ofn.

Defodau yw'r pwnc trafod dros y bwrdd swper. Mae Miro wedi galw heibio ac yn awyddus i ailafael yn y sgwrs a dorrwyd yn ei blas gan y glaw. Mae'n gwrando ar stori'r gyrrwr tacsi ac yn mynnu mai swm a sylwedd dirnadaeth y naill garfan a'r llall ym Mostar yw'r chydig maen nhw'n ei wybod am ddefodau'r naill ochor a'r llall. 'Ddim yn bwyta porc, addoli mewn mosg – dyna'r Moslemiaid. Bwyta porc, addoli mewn eglwys – dyna'r Croatiaid. Mae rhai pobol yn credu bod y Serbiaid, fel pobol Fietnam, yn bwyta cŵn,' medde fe, cyn archebu pysgod. 'Niwtral a blasus!'

Cyn gadael Mostar fe ge's i un sgwrs arall gyda Miro. Gofyn wnes i yn sŵn byddarol Magla, faint oedd oedran ei blant, y bachgen a'r ferch roedd e wedi cyfeirio atyn nhw dro ar ôl tro tra oedd e'n siarad am ddyfodol Mostar. Tair oed, a naw mis oedd yr ateb ond gyda'r ateb fe ddaeth llif o eglurhad, ymddiheuriad bron, fod y mab hynaf wedi'i eni yn ystod y rhyfel. Roedd Miro wedi'i anafu, wedi treulio misoedd yn yr ysbyty a chael ei anfon adref at ei wraig, a dyna pam oedd e wedi gallu cenhedlu plentyn yn ystod y rhyfel. Do'n i ddim yn chwilio am eglurhad o gwbwl, heb sôn am ymddiheuriad. Dwi'n amau dim nad wrtha i roedd Miro'n ymddiheuro o gwbwl ond wrth y drymiwr gollodd ei dad, a'r gyrrwr tacsi a'r bobol sy'n byw mewn heddwch ond sy'n methu peidio ail-fyw'r rhyfel ddydd ar ôl dydd.

Cyrraedd 'nôl i Sarajevo a chael sioc o weld bod Bosnia'n ôl ar y bwletinau. Y stori'r noson honno ar newyddion *Sky* oedd fod stampiau i goffáu Diana, Tywysoges Cymru, ar werth yn Sarajevo a'r elw'n mynd i goffrau'r Groes Goch. Eitem arall yn adolygu *'Welcome to Sarajevo'*, y ffilm sy'n adrodd stori'r gohebydd ITN a gipiodd un ferch fach o ganol erchyllterau'r rhyfel yn Bosnia a'i magu hi gartre yn Lloegr. Camgymeriad oedd i Michael Nicholson ymyrryd fel'na meddwn ni, a dyna ni 'nôl eto'n trafod sut mae modd i newyddiadurwr dystio heb wyrdroi, sut mae cofnodi rhyfel yn ystyrlon ac yn deg, nes i ddau beint droi'n dri ac i bedwar droi'r sgwrs yn drafodaeth ac yn ddadl.

Dwi'n cofio un sylw. Vera ddwedodd fod ei chyfenw hi – Kordic – yn hannu o Montenegro, gweriniaeth Serbaidd roddodd ei chefnogaeth i Felgrad drwy gydol y rhyfel. Ac eto roedd hi wedi'i geni a'i magu yn Groat. Pan ofynnodd milwr Moslemaidd iddi 'nôl tua dechrau'r rhyfel gwaed pa garfan oedd yn llifo drwy'i gwythiennau hi, fe wylltiodd hi'n gacwn. 'Wedes i wrth y diawl taswn i'n mynd 'nôl ddigon pell, falle ffeindien i 'mod i'n hannu o'r lleuad!'

Fe ychwanegodd wedyn fod cynhyrchwyr *'Welcome to Sarajevo'* wedi newid enw'r ferch fach o Emira i Natasha, am fod Emira'n swnio'n rhy Serbaidd, a bod Natasha'n 'gynnes Foslemaidd'. Ymyrraeth eto.

'Sgwn i beth fyddai ymateb Elena ym Melgrad pe bai hi'n gwybod. Y gwir yw y dylwn i fynd i Serbia i ofyn iddi, a gweld sut siâp sydd ar y llyfrau sgrap 'na erbyn hyn. Fe fyddan nhw'n orlawn, mae'n siŵr, o'r straeon roedd Elena am inni'u hadrodd, y rhyfel welodd hi yn Bosnia.

'Sgwn i fyddai Elena'n fodlon derbyn un peth – mai Vera sy'n iawn. Tystio, heb ddyfalu, heb ymyrryd – dyna sy'n anodd.

Betsan Powys

Majorca

Y fath bobl ddiramant oedd y Rhufeiniaid! Wedi glanio yng ngogledd yr ynys, ger Alcúdia, a gweld oddi yno – neu o leiaf o ychydig i'r gogledd o'i phenrhyn eithaf – ynys arall, lai ei maint, dyma roi bedydd canwriad i'r ddwy: Majorca a Minorca, yr Ynys Fwy a'r Ynys Lai! Pwy fuasai'n coelio, a Majorca'n un o'r lleoedd harddaf ar wyneb daear, mai ei nodwedd bennaf hi oedd ei bod yn fwy? Fel Cymru dioddefodd lawer ar hyd y canrifoedd gan duedd estronwyr i dynnu llinyn mesur drosti, weithiau mewn ffordd angharedig. Dyna a wnaeth George Sand, wedi treulio gaeaf 1837-8 yng nghwmni dolurus ei chariad Frédéric Chopin. Rhaid mai *Un Hiver à Majorque* (Gaeaf ym Majorca) yw'r darlun mwyaf sarrug ac anghynnes a wnaed erioed o wlad a'i phobl. Mae hi'n glawio'n ddi-baid, mae'r trigolion yn llawn amheuon, casineb a choel grefydd, y tai'n llifo gan leithder, y bwyd yn ofnadwy a'r gwin yn waeth. Ac am y tafarndai, maen nhw'n estyn mwy o groeso i'r llau a'r chwain nag i'w gwesteion. O, ie! Mae hi'n digwydd bod yn ynys hardd.

Nid trwy lenyddiaeth gysefin neu estron y mae mynd orau at gymeriad gwlad neu fro, ond rhaid imi gyfaddef mai testunau llenyddol a agorodd fy llygaid i Majorca, flynyddoedd hirion cyn imi gael yr olwg gyntaf arni. Y profiad cynharaf oedd y darn sylweddol cyntaf o Sbaeneg imi ei ddarllen erioed, a hynny yn y Chweched Dosbarth. Nofel oedd hon gan un o awduron mwyaf adnabyddus a phoblogaidd Sbaen, Blasco Ibáñez. Ei theitl oedd *Los muertos mandan* (Y Meirw sy'n Llywodraethu). Oesoedd yn ddiweddarach, wedi imi gael gwell crap ar yr iaith ac ar hanes Sbaen, es yn ôl at y llyfr a chael blas arno. Trwyddo dysgais rywbeth am natur yr ynys, ac am ei thyddynwyr yn byw mewn tlodi mawr tra oedd perchnogion yr ystadau yn ei lordian hi tua Palma, neu'n bell, bell ym Madrid neu Baris. Cefais wybod bod yno draddodiad nid yn unig o bysgota, ond hefyd o smyglo, ac o ymroi'n gyson i fywyd anghyffredin y môr-leidr trwyddedig, y *privateer*. Eithr yr hyn a wnaeth y marc dyfnaf ar fy nghof oedd y peth tristaf yn hanes yr ynys, bod disgynyddion yr Iddewon a fu'n byw arni am ganrifoedd – fe'u gelwir yn *xuetas* – wedi dioddef gan erledigaeth, a'u trafod fel esgymun gan y Cristnogion, bron at ein canrif ni. Nid profiad anghyffredin yn Palma heddiw yw gweld y groes *swastika* ar y muriau.

Testun arall a gafodd ddylanwad arnaf oedd *Primera memoria* (Atgof Cyntaf), gan Ana María Matute. Nid yw hi'n frodor o'r ynys, ond oherwydd ei thras Iddewig yr oedd hi'n ymwybodol iawn o'r camwri a ddioddefodd ei phobl, a gwnaeth y casineb yn erbyn y *xueta* yn un elfen mewn hanes sy'n ymdrin, yn fwyaf arbennig, â merch bymtheg oed yn dechrau ymagor i brofiadau a theimladau brwysg llencyndod. Gosodwyd y stori yn nyddiau cyntaf y Rhyfel Cartref yn 1936, ond prin ein bod fel darllenwyr yn ymwybodol iawn o'r pethau creulon, trasig yr esgorodd arnynt, gan eu bod yn digwydd oddi ar y llwyfan, fel petai. Yr hyn a ddylanwadodd fwyaf arnaf oedd ymwybyddiaeth yr awdur o naws y lle. Ysgubodd tlysni ac amrywiaeth y tirlun fel ton trosof, a chyflewyd imi hefyd y gwahaniaethau dramatig yn yr hin – rhwng teg a stormus, rhwng wybren blwm ac wybren gyforiog o lesni rhyfeddol, rhwng tirlun llachar gan olau ac un a ddiffoddwyd yn sydyn, fel ar gyffyrddiad switsh.

Mae'n destun rhyfeddod imi bellach inni oedi cymaint cyn ymweld â Majorca. Gwn, serch hynny, beth oedd y rheswm. Yn y pumdegau, pan oeddem yn dal yn fyfyrwyr, treuliasom wythnos baradwysaidd ar Eivissa (Ibiza), un arall o ynysoedd y Balear. Yr oedd hi'n ddilychwin bryd hynny, hen ffasiwn i ryfeddu, a Sant Antoní Abat yn ddim byd rhagor na phentref unstryd dibalmant, ac un siop fechan yn y gwaelod, ar y llaw dde, lle treiddiech drwy'r cyrten mwclis i mewn i'r hanner tywyllwch. Ysywaeth, buan y trawsfeddiannwyd y pentre hwnnw – ac amryw eraill o'u tebyg ar yr ynys – gan dwristiaeth swnllyd, feddw, neu gaeth i gyffuriau. Ac yn lle'r tai gwynion yng nghanol y pinwydd cododd y tyrau uchel gyda'u balconïau dirifedi i letya'r werin ffraeth. Naturiol felly oedd gofyn tybed a oedd Majorca hithau wedi mynd yn ysglyfaeth i'r un broses? Doethach felly oedd cadw draw.

A'r ateb i'r cwestiwn, wrth gwrs, oedd ei bod hi. Yn wir, hi fu'r gyntaf ymhlith ynysoedd y Môr Canoldir i ildio i'r demtasiwn ofnadwy o ddatblygu twristiaeth i'r lliaws. A chofier mai Majorca yn y cyfnod hwnnw oedd y dalaith dlotaf yn Sbaen: nid ar chwarae bach y dywedid 'na' wrth gynnig mor atyniadol. Bellach, bob blwyddyn y mae mwy a mwy o'r arfordir yn diflannu dan goncrid. Tagwyd ffyrdd bychain y wlad gan drafnidiaeth brysur, ac yn aml, beryglus. Os chwilio'r ydych am draeth tywod, gellwch fentro bod y gwareiddiad coca-cola yno o'ch blaen. Fel y gŵyr pawb, mewn ambell ardal – fel yn Magal.luf, nid nepell o Palma – ymgartrefodd y dwristiaeth fwyaf di-chwaeth, ynysig ei hymagwedd at fywyd y brodorion, a mwy cyfarwydd â chyrri a sglodion tatws nag â hynodion ceginau Majorca, lle ceir safon uchel o goginio syml, blasus.

Felly, bron yn erbyn ein greddf a'n hewyllys y cafwyd perswâd arnom i fentro, a hynny'n bennaf yn sgîl ein cyfeillgarwch â *mallorquín* ifanc a fuasai gynt yn gydweithiwr â mi yn Adran Sbaeneg Prifysgol Leeds. Nid anghofiaf byth y profiad o lanio ym maes awyr Palma, ymhell wedi canol nos, a chael nad oedd neb yn disgwyl amdanom: yr oedd ein cyfaill Gonçal wedi cymysgu'r dyddiau ac yn meddwl ein bod yn cyrraedd drannoeth.

Aeth Gonçal â ni i'w gartref yn y darn mwyaf hynafol o ddinas Palma a threuliasom rai dyddiau chwyslyd, hapus, yn crwydro'r strydoedd ac yn yfed o awyrgylch y lle. Basâr yn agored i'r byd yw Palma, y tyrra iddo gyfran helaeth o'r miliynau a ddaw i'r ynys bob blwyddyn. Ceir strydoedd yn llawn siopau, a'r rheini'n gwerthu pob math o dlysau – mae gan y masnachwyr *xueta* enw da am eu gwaith aur – dillad drud, cotiau ffwr, esgidiau moethus, tsieina a chrisial. Hawdd dychmygu mai dyma fu Palma erioed – oddi ar ddyddiau'r Groegiaid a'r Ffenisiaid – sef un o brif ganolbwyntiau masnach y Môr Canoldir. Byddai'r llongau'n cyrraedd yn drymlwythog gan gynnyrch gweithdai Libanus neu'r Aifft, carpedi o Bersia, neu aur o'r Affrig. Os yw'r persbectif hanesyddol yn rhan bwysig o swyn Palma, nid yw hi'n brin ychwaith o'r ddawn i ddiwallu anghenion mwy materol. Mae ynddi dai bwyta o bob pris a gradd, gydag amryw ohonynt yn paratoi bwyd y bobl gyffredin, ond gan wneud hynny gyda'r sglein sy'n nodweddu'r coginio *cordon bleu*. Tueddir, ysywaeth, i gynnig ichi winoedd Catalunya neu La Rioja, neu'n wir winoedd Ffrainc, ond braint yr ymwelydd yw dewis cynnyrch gwinllannoedd yr ynys, yn arbennig win ardal Binissalem.

Wedi i'r Rhufeiniaid ymadael bu Majorca dan awdurdod yr Arabiaid am ganrifoedd, ond prin y gadawsant eu hôl ar bensaernïaeth y Palma gyfoes: yr enghraifft fwyaf nodedig yw'r baddonau Arabaidd. Yn awr ac yn y man clywir am ddarn arall o'r hen ddinas a ddaeth i'r golwg, ond yn fwy na heb, gorchuddiwyd ei hadeiladau gan ryferthwy hanes, a'u claddu'n ddwfn dan ddaear. Serch hynny, ymdeimlir o hyd â phresenoldeb yr Arab yn y strydoedd culion, dolennog, lle mae'r adeiladau'n bwrw cysgod pleserus ar ddiwrnodau o heulwen danbaid. Nodwedd Arabaidd hefyd – fel yn Toledo neu Córdoba – yw dienwedd y strydoedd, gyda'u waliau di-ffenestr yn llwyr guddio'r bywyd tu cefn iddynt, oddi eithr lle bo ambell borth tywyll yn agor ar y *patio* oddi mewn, ac yn dyfnhau'r gyfrinach wrth ei rhannol ddatgelu.

Os ewch chi ar hyd Stryd Morey o sgwâr Eglwys Santa Eulàlia, daliwch mewn hanner cysgod hyfryd hyd nes cyrraedd yn sydyn, tu hwnt i ryw fwa hynafol, lwyfan yn llawn golau. Fe'ch dellir am eiliad, ond wedi cyfarwyddo, gwelwch ymhell oddi tano y môr yn ymestyn yn stribed o las, ac ar hyd ei odre, tua'r dde, dacw'r harbwr maith gyda'i longau pleser a masnach, gyda'i sgerbydau hir o graeniau, a phob math arall o offer dadlwytho. Yn gymharol agos at y man lle sefwch – ond unwaith eto tua'r dde – yn uchel ddigon uwchlaw'r môr, cyfyd muriau'r eglwys gadeiriol sy'n gyfuniad rhyfeddol o gaer a seintwar. Mae i'r muriau hyn liw mêl aeddfed ac yn y nos fe'u dyrchefir gan lifolau, nes eu troi'n ddrychiolaeth o gysgod a golau am yn ail. Gerllaw saif castell neu gaer Arabaidd ei enw – yr Almudaina – ond ymhellach draw, tu hwnt i'r porthladd, y ceir yr olion mwyaf trawiadol o gefndir milwrol Palma, sef castell Bellver, a'i furiau'n llosgi'n wyn yn yr haul.

Y lle gorau i ymdeimlo â natur bywyd y Palma fasnachol mewn canrifoedd a fu yw La Lonja (Y Gyfnewidfa). Saif hon ar ffordd y môr, gyferbyn â'r porthladd, fel y gweddai iddi. Adeilad ydyw o'r Oesoedd Canol, a haws credu mai eglwys oedd hwn, yn hytrach nag allor i Famon. Yma bargeiniai capteiniaid llong, neu fasnachwyr cyfrwys, am y pris gorau am gynnwys howld eu llongau, neu am y premiwm isaf ar eu taith nesaf i Livorno neu Tripoli neu Fenis. Yn wir, hawdd dychmygu bod cychwyn y ddrama *The Merchant of Venice* wedi ei leoli yma, yn hytrach nag ar y Rialto, ac mai masnachwyr Palma a drafodai eu pryderon, yn eu plith, Solanio:

Believe me, sir, had I such venture forth,
The better part of my affections would
Be with my hopes abroad. I should be still
Plucking the grass to know where sits the wind,
Peering in maps for ports, and piers, and roads;
And every object that might make me fear
Misfortune to my ventures, out of doubt
Would make me sad.

Ie, mapiau. Yr oedd Palma yn enwog ar hyd y canrifoedd am ei gwneuthurwyr mapiau, a llawer o Iddewon yr ynys yn eu plith. A chyfeiriad y gwynt, neu argoelion storm, oedd yr hyn a bennai rythmau bywyd y ddinas hon.

Mewn gwirionedd lladdodd yr awyren y gwir deimlad o gyrraedd Palma. Er mwyn profi hwnnw rhaid cymryd llong yn un o borthladdoedd arfordir Sbaen, yn Alicante, Valencia neu Barcelona. Bellach, ysywaeth, rhaid i ddyn fod â chwilen yn ei ben cyn ymgymryd â'r fath antur, yn enwedig os daw o wlad dramor. Trwy lwc, mae gennyf yn aml ddigon o chwilod yn fy mhen, gan gynnwys hon. A dyma benderfynu mynd â'r car yr holl ffordd o Gymru i Santander, yna ar draws Sbaen i Barcelona. Cael noson neu ddwy o saib yn Sitges gerllaw cyn gyrru i'r porthladd, a disgwyl yno am y llong ganol nos. (Rhyfeddu, gyda llaw, wrth ddeall gan yrrwr lorri o Sir Fôn, a oedd hefyd yn y gwt, ei fod yn cludo llwyth anferth o fara wedi ei sleisio a sosej i fwydo cylla gor-sensitif y Saeson a oedd ar eu gwyliau ym Magal.luf, neu rywle tebyg.) Penyd oedd y daith i raddau, gan fod y bwyd ar y llong mor sâl, ond gwnaed mwy na iawn am hwnnw erbyn trannoeth. Codais tua chwech y bore a mynd ar y dec. Erbyn hynny yr oeddem o fewn golwg i arfordir gogleddol Majorca, ac un o brofiadau dwysaf bywyd oedd gwylio'r haul yn codi tu cefn i'r mynyddoedd, nes o'r diwedd arllwys ei aur ar ddyffryn a bryn. Ymhen rhai oriau hwyliasom i mewn i fae Palma a dynesu'n osgeiddig, nes o'r diwedd weld anferthedd yr eglwys gadeiriol yn haul y bore. Hon ydoedd y ffordd i gyrraedd yr ynys, heb un amheuaeth!

Ond waeth pa mor swynol yw Palma, lle ydyw hefyd i ddianc ohono, ac a barnu wrth y miloedd o geir sy'n cyrraedd o bob cwr bob ben bore ac yn dychwelyd gyda'r hwyr, dianc yn feunyddiol a wna hanner poblogaeth yr ynys. Dinas a'i gwreiddiau yn y wlad yw Palma, a theimlwn ninnau bob tro yr un atyniad. Nid yw Majorca'n ynys fawr, dim ond rhyw hanner cant o filltiroedd o'r gogledd i'r de, a rhyw ddeg ar hugain ar ei thraws o'r dwyrain i'r gorllewin. Serch hynny, tu mewn iddi ceir cyfuniad o froydd gwahanol iawn i'w gilydd: y gwastadedd tu cefn i Palma a'r melinau gwynt aneirif ar hyd iddo, llawer ohonynt bellach yn hanner adfail; yr ardal ymhellach tua'r gogledd-orllewin a elwir Campanet, gyda'i phentrefi prydferth a'i phantleoedd gwyrddlas yn erbyn cefnlen o fynyddoedd; neu yn y gogledd eithaf, gorynys fain Formentor, lle mae'r ffordd yn nadreddu rhwng clogwyni gwynion uchel, a'r môr yn loywlas oddi tanynt. Dyma ddetholiad byr o blith y broydd sydd i'w tramwy.

Prin ein bod yn adnabod pob bro ychwaith, a chyda phob ymweliad cwyd yr awydd i anturio rhagor; ond daw'r dymuniad hefyd i weld eilwaith ryw fangreoedd arbennig. Dilyn, er enghraifft, y ffordd o Palma i Valldemossa, sy'n graddol godi hyd at fwlch creigiog y gwelir tu hwnt iddo y pentref hardd hwnnw, a'r fynachlog lle treuliodd George Sand a Chopin y gaeaf a roddodd i'r lle ei enwogrwydd. Gwir hefyd y gellid ei gysylltu ag artistiaid eraill yr un mor nodedig. Gellwch ymweld â'r fynachlog, a werthwyd i ddwylo preifat pan aeth cyfoeth yr urddau mynachaidd i ddwylo'r llywodraeth. O ran hynny, gallech chithau yn eich tro wneud fel y gwnaeth y Ffrances a'i chariad, a rhentu cell neu ddwy. Gan na ŵyr neb i sicrwydd ymhle yn y fynachlog y trigiannodd y ddau gariad, clywir hyd y dydd heddiw dipyn o haeru a chystadlu ynghylch y gell hanesyddol gywir. Yn yr un modd, hawlir dau biano gwahanol fel y crair digamsyniol y bu bysedd y cyfansoddwr yn symud yn chwimwth ar hyd iddo. Mewn gwirionedd, nid yn y fynachlog y gorwedd swyn Valldemossa ond yn y tirlun mynyddig o gylch, ac yn y bys hir o ddyffryn sy'n arwain lawr at y môr yn y pellter. Yn Valldemossa hefyd y dechreua'r ffordd fwyaf hardd a dramatig ar yr ynys gyfan.

Gan mor greigiog yr arfordir, ac uchel iawn y mynyddoedd tu cefn, rhaid oedd creu ffordd tua'r gogledd yn dilyn y llwyfan cul uwchlaw'r môr. Yn y mannau mynych lle peidiai hwnnw, nid oedd dewis ond turio drwy'r graig galed. Fel canlyniad, mae hi'n ffordd droellog i ryfeddu a pheryglus hefyd – yn enwedig pan fo'r coetshis mawr a'u baich o dwristiaid yn dod i gwrdd â chi ar un neu ragor o'r trofâu tynn. Ond daw'r perygl mwyaf, mae'n bosibl, o gyfeiriad y môr, gan fod godidowgrwydd y golygfeydd yn demtasiwn i'r gyrrwr – rhwng un tro a'r nesaf – dynnu ei lygaid oddi ar yr heol! Cyn hir iawn dowch at bentref yn gorwedd ar lechwedd serth, o dan fynydd sy'n taflu ei gysgod du drosto am ran helaeth o'r dydd. Hwn yw Deià, a fu'n gartref am flynyddoedd i'r bardd Robert Graves, a greodd un arall o chwedlau llenyddol Majorca, nid yn unig oherwydd cymhlethdodau ei gysylltiadau rhywiol, ond yn syml am ei fod yn fardd a llenor pwysig – yn un o delynegwyr gorau'r iaith Saesneg yn yr ugeinfed ganrif, yn ôl rhai beirniaid. Claddwyd ef ym mynwent fach yr eglwys ar gopa'r bryn lle clystyra cnewyllyn gwreiddiol y pentref: bedd syml, dirodres, a ddaeth yn fangre pererindod i laweroedd erbyn heddiw. Yn sgîl presenoldeb Graves trodd Deià yn ganolfan Bohemaidd ac artistaidd, ond treiodd y llanw yn y blynyddoedd diweddar gan adael ei froc ar ôl.

Ymhellach ymlaen, mae'r heol yn disgyn mewn cyfres o ddolennau llydan, ac ymhen amser gwelwch oddi tanoch dref fach enwog Sóller. Y mae sawl ffordd i gyrraedd Sóller, ond nid hon yw'r un fwyaf poblogaidd. Hyd at yn ddiweddar iawn, gallech ddewis rhwng cymryd y ffordd asffalt a'ch arweiniai dros ben y mynydd uchel rhyngoch a Palma, neu – a dyma'r modd clasurol i wneud y daith – fynd ar y trên bach stêm sy'n araf ddirwyn o'r brifddinas, gan godi'n raddol o lwyfan i lwyfan nes cyrraedd y man lle cewch y cip cyntaf ar y dref, yn gorwedd gannoedd o droedfeddi oddi tano. Ymlacia'r trên wedi hynny, gan ddisgyn yn raddol a dolennog nes cyrraedd gorsaf Sóller, yn union gerllaw gwesty *El Guía*, un o'r lleoedd gorau am fwyd ar yr ynys. Y tro cyntaf y buom yno, rhaid ein bod – o weld y tŷ bwyta yn wag – wedi dangos peth ansicrwydd a oeddem am aros i fwyta, ond fe'n hysbyswyd ar unwaith gan y gŵr difrifol a weinai arnom, na chaem unlle gwell yn y dref gyfan! Ac yn wir, yr oedd gennyf yn fy mhoced erthygl o bapur Saesneg yn tystio i hynny. Ni'n siomwyd ni chwaith gan yr hyn a gawsom y diwrnod hwnnw. Y tro nesaf daethom i letya yn un o ystafelloedd bach syml y gwesty, gan fod *El Guía* yn enghraifft o fath arbennig o lety a geir yn Sbaen, sef bwyty a gwesty wrtho.

Rhan o hyfrydwch Sóller oedd ei fod mor anhygyrch. Ysywaeth diflannodd y nodwedd honno gan fod twnnel newydd ei orffen trwy'r mynydd yn hwyluso'r traffig o'r brifddinas. Cyn hir bydd y miloedd yn tyrru yma fel i bob hyfrydle arall sydd o fewn cyrraedd rhwydd a didramgwydd. Gwell gennyf gofio Sóller fel yr oedd cynt, tref fechan ac iddi naws y bedwaredd ganrif ar bymtheg, heb fod dim arbennig ar yr wyneb i esbonio'i bodolaeth. Y mae tram cyflym yn cysylltu'r dref â'r porthladd lle cadwyd y diwydiant twristaidd o fewn terfynau rhesymol hyd yn hyn. Oddi yno, ar lan yr hanner cylch o fae eang, gellwch edrych yn ôl at y mynyddoedd anferth ar bob tu, a'ch ystyried eich hun yn un o freintiedig rai y ddaear.

I'r dewr, y graig a dâl! Mae ffordd arall yn cychwyn o Sóller, dan roi'r argraff ei bod hi – fel ei chymar ar yr ochr ddeheuol – am ddilyn yr arfordir, y tro hwn tua'r gogledd. Nid felly. Yn hytrach, wedi iddi godi'n arswydus o uchel ar hyd llechwedd serth y mynydd, gan adael Sóller yn degan blocs di-nod ar ei waelod, y mae hi fel petai'n taro ar ddrws cudd rhwng y clogwyni sy'n ei harwain i ardaloedd newydd. Bydd hi'n dirwyn wedyn am ddeng milltir ar hugain a rhagor ar hyd meingefn creigiog, rhyw ddwy fil o droedfeddi uwchlaw'r môr, nes disgyn i Pollença, tref fach hynafol, yn dwyn enw'r *colonia* gyntaf a sefydlwyd gan y Rhufeiniaid yn sgîl eu concwest. Y mynydd-dir hwn yw'r rhan wylltaf o Majorca, a phrin iawn iawn yw'r ffyrdd sy'n disgyn oddi arni, trwy gymoedd garw, i'r môr. Bro yw hon i'r dringwr a'r crwydrad, ac i'r neb sy'n barod i godi'i babell fechan ar draethell anghysbell neu ar lethr uchel. Creodd hanes noddfa briodol ar gyfer y pererinion trowsus cwta hyn ym mynachlog anferth Lluc, a godwyd ar wefus cwpan yng nghanol y mynyddoedd heb fod nepell o'r ffordd fawr. Yma gellir gorffwys a myfyrio, bwyta neu letya, ymprydio neu bicnica. Daw pererinion yma o bob man, ac ymdeimlir â naws y mynachlogydd a fu unwaith yn rhan o'n bywyd ninnau yng Nghymru. Un peth hynod yn Lluc yw Ffordd y Groes, lle ceir cyfres o safleoedd maen ac arnynt arysgrifau barddonol mewn Lladin coeth; lle da i roi prawf ar yr hyn y mae dyn yn ei gofio o'i wersi ysgol. Arweinia heol fach arall o Lluc i lawr i gyfeiriad tref Inca. Nid anghofiaf byth y daith a wnaethom ar hyd y ffordd honno ym min yr hwyr, ac mewn niwl trwchus, gan ddisgyn o drofa i drofa beryglus trwy wlad ddieithr nad oedd rywfodd yn rhan o'r byd real!

Ond nid yr hyfrydleoedd sy'n gwir arwyddo ystyr Majorca i ni; yn hytrach, tŷ a chartref a drysorodd ynddo lawer o hanes a thraddodiad yr ynys cyn dyfod y diwydiant ymwelwyr. Mae Gonçal yn perthyn i un o hen deuluoedd bonedd Majorca, ac er mai yn Palma y mae eu prif gartref a'u gweithle, daliasant eu gafael yn yr hendre a fu dros genedlaethau yn ffynhonnell eu cyfoeth. Bellach, dim ond olion yr hen gadernid a welir yma. Gwerthwyd rhai o diroedd yr ystâd, gosodwyd eraill ar rent, ac nid oes gan y genhedlaeth bresennol yr awydd na'r ymroddiad i ailosod y seiliau. Roedd yma felin olifau at falu grawn y perllannau, ond y mae hi'n segur. Ac wrth gwrs, diflannodd y tyddynwyr a'r gweision cyflog a dendiai'r ystâd, neu a weithiai yn y gerddi a'r perllannau ffrwythau wrth y tŷ. Yn wir, mae Son Comparet yn arwyddlun o'r hyn a ddigwyddodd i'r hen ffordd o fyw, a ganiataodd i leiafrif ymgyfoethogi ar draul y rhelyw a drigai mewn tlodi. Os oes cyfiawnder ar gael yn y byd yma, fe'i ceir yn y ffaith fod amryw o'r tyddynwyr hyn, a ddigwyddai fod yn berchen ar lain neu ddwy o dir ar hyd yr arfordir, wedi troi'n filiwnyddion dros nos fel canlyniad i'r gorlif ymwelwyr. Canlyniad hyn yw mai Majorca yw'r dalaith gyfoethocaf yn Sbaen gyfan – y fath newid byd!

Crair, ar ryw olwg, yw Son Comparet felly, ond crair hardd iawn. Heibio i'r ffordd rychiog yn arwain at borth yr ardd, dacw'r tŷ yn ymestyn yn hir ar y dde. Mae iddo ddau brif ddrws. Nid yr un parchus yn y pen agosaf a ddefnyddir bellach, ond y porth dwy adain yn y canol. Oddi mewn i hwnnw ceir cyntedd eang a'i lawr o gerrig mân yn ymagor i'r chwith ac i'r dde i gyfeiriad nifer helaeth o ystafelloedd. Yn union i'r chwith mae cegin fawr ac iddi aelwyd agored lle paratoir prydau rhost o bryd i'w gilydd, a'u bwyta wrth y bwrdd hir, garw. Hon gynt oedd teyrnas y gweision, a chedwir o hyd yr hanner cylch o gadeiriau esmwyth o wiail, lle gorffwysent o'u tasgau cyn eu galw at y nesaf. Tu hwnt i'r darn canol mae'r mur sydd rhyngoch a'r hen felin olifau, a'i 'segur faen' yn garreg goffa i'r un ebargofiant ag a gorddodd awen Crwys yn Nhre-fin.

Mae dwy stâr yn arwain o bob pen i'r cyntedd i fyny i rannau preswyl y tŷ, ac yno, hyd at ddwy flynedd yn ôl, nid oedd fawr ddim wedi newid oddi ar y bedwaredd ganrif ar bymtheg: y rhes o ystafelloedd, gyfochrog â'r adeilad, y cerddech i mewn i bob un ohonynt yn syth o'r un o'i blaen; ystafell y meistr a'r feistres gyda'i gwely uchel anferth o bren mahogani, a'r darlun o'r Wyry Fair yn ei ffrâm hirgrwn ar y wal gyferbyn yn arwydd mai purdeb moesol oedd yr hyn a ddisgwylid; y lolfa gyda'i balconi a'i chaeadau gwyrddion hir, ei lle tân hen ffasiwn a nifer o engrafiadau du-a-gwyn ar y parwydydd yn adrodd hanesion o'r Hen Destament; a'r gegin ym mhen draw'r adeilad gyda'i *bosh* o garreg, y llestri pridd, a'r *estropajo* o wellt at olchi'r llestri. A thu hwnt i'r drws latis yn y pen pellaf roedd y pantri, lle cedwid yr ugeiniau o blatiau a dysglau pridd, ynghyd â'r cwpanau pridd bychain ar gyfer y coffi. Yma hefyd, lle treiglai'r awyr trwy ffenestr fechan, crogid ambell salami a chedwid y ffrwythau a'r llysiau. Yn yr hen ddyddiau mae'n sicr mai yma y cedwid yr ymenyn a'r caws a'r llaeth hefyd. Stôf nwy ddigon syml a ddefnyddid i baratoi'r bwyd, ond y peth mwyaf cofiadwy am y gegin oedd y ffenestr tu cefn i'r *bosh*. Wrth fynd ati i baratoi brecwast rhaid oedd yn gyntaf oll ddatod y caeadau arni, teimlo'n syth awyr y bore ar eich wyneb, a syllu ar banorama'r tirlun, dan olau a oedd bob amser yn wahanol.

Tŷ ag o leiaf ddwy ran iddo yw Son Comparet. Y 'tŷ newydd' yw'r enw a roddir i'r rhan arall, a hwnnw oedd teyrnasle Guillem Nadal pan oedd ar dir y byw. Ef oedd ewythr Gonçal, a threuliodd oes gyfan yn y gwasanaeth diplomyddol, gan orffen ei yrfa yn llysgennad Sbaen yn yr India, ac wedyn yn Nhwrci. Ond cadwodd gysylltiad clòs â'i hen gartref, â'r ynys ei hun, ac â'r iaith Gatalaneg y treuliodd lawer awr mewn gwlad estron yn cyfieithu iddi farddoniaeth Almaeneg a Rwsieg. Yr oedd yn gasglwr mawr. Heliodd lyfrau wrth y fil, ac mewn sawl iaith; prynodd luniau dyfrlliw o Loegr a mannau eraill, a cherfluniau a darnau eraill o gelfyddyd y Dwyrain, yn arbennig India. Y mae croesi trothwy'r 'tŷ newydd' fel camu i mewn i amgueddfa, ac wrth grwydro ar hyd iddo daw gwareiddiad arall yn rhan o'ch gwaddol. Hoffaf fynd ar hyd y coridorau, yn arbennig pan fo hi ar fin tywyllu, a gweld ambell gerflun yn rhith-rythu arnaf o'r cysgodion; neu eistedd wrth ddesg yr ewythr a darllen, wrth olau lamp isel, dudalen neu ddau o'r llyfrau ar y seld ddofn, anferth lle cadwai glasuron gwahanol ieithoedd, a chyfrolau'r gwyddoniadur mawr Catalan sy'n cynnwys aml gyfeiriad at lenorion o Gymru. Dro arall byddaf yn mentro disgyn dros y grisiau serth, agored, sy'n rhedeg ar hyd un ochr i'r neuadd ddofn lle saif y felin olifau, gan deimlo'r pydew o dywyllwch oddi tano yn fy sugno iddo. Tŷ yn llawn dirgelwch yw Son Comparet, nid lleiaf am fod ystafelloedd eraill – aneirif, yn ôl pob golwg – yn gorwedd tu cefn i ddrysau nad agorir.

Adferwyd ac adnewyddwyd y plas yn ddiweddar, a chollodd ryw gymaint o'i awyrgylch cysefin. Mae'r cyfan yn fwy cyfforddus, yn fwy modern, ac nid wyf am awgrymu nad yw'r newidiadau er gwell. Yn sicr, ni chollodd Son Comparet ychwaith yr holl nodweddion a'i gwnâi'n lle mor arbennig. Eto i gyd, pan fwyf am ei alw i gof, y darlun a welaf yn bennaf yw'r plas fel yr oedd cynt. Fe'm gosodaf fy hun unwaith yn rhagor yn y lolfa, lle mae'r tân coed yn llosgi'n braf ac yn derbyn, o un i un, y darnau boncyff a drawaf arno. Mae'r llenni uchel wedi eu tynnu ar draws caeadau'r ffenestr, y lampau darllen yn taflu golau a chysgod am yn ail, y ci yn swrth orweddian yng ngwres y fflamau, a ninnau'n sgwrsio neu ddarllen, neu wylio'r teledu. Tu allan mae'r gwynt yn uchel ac yn sydyn daw chwa o wynt, gan symud yn nerthol trwy'r prif ystafelloedd nes i un neu ddau o'r drysau gau yn glep. A theimlaf mor gysurus, yn wir mor dangnefeddus.

Hawdd anghofio bod y môr yn slwmbran ryw filltir neu ddwy o Son Comparet, a pharotach ŷm i gerdded i Son Servera, y dref fach gyfagos, nag i grwydro'r glannau. Awn yno i godi papur neu newid arian, i brynu torthau anferth o fara, neu'r *coques* llysiau neu bysgod – math o *pizza* lleol hyfryd – neu'n anaml, i gael cwpanaid o goffi. Ac ar bob llaw clywn seiniau'r Gatalaneg – y *mallorquín* – yn gyfoethog a rhugl, yn mynegi diwylliant sy'n sicr ohono'i hun, beth bynnag fo'r wasgfa o Madrid. Parotach hefyd i grwydro gerddi Son Comparet a chael dewis, oddi ar y coed, orennau i wneud sudd ar gyfer brecwast, neu lemonau i wneud *vinaigrette* y salad; parod, dro arall, i ddarllen yn yr heulwen neu'r cysgod wrth fasn y ffynnon fawr gyferbyn â'r porth.

Ac eto, rhaid peidio ag esgeuluso'r glannau! Erbyn heddiw llurguniwyd cymaint o filltiroedd ar hyd iddynt, nes bod un *ghetto* yn fynych yn ymdoddi i'r llall heb i neb sylwi. Gwelwch dro ar ôl tro yr un parêd siopau, yr un fflatiau uchel yn gwylio'r traeth trwy eu balconïau unllygeidiog, a'r un dyrfa o ddynionach unffurf yn bwhwman ar hyd rhodfa'r môr. Onid oes dianc rhag y rhain? Diolch byth! Y mae'n bosibl hyd yma, er bod rhaid meddu dyfalbarhad ac ysbryd antur. Rhaid osgoi'r traethau tywod a chwilio yn hytrach am y cilfachau culion lle brathodd y môr yn ddwfn i'r graig. Rhaid anelu am y lleoedd anhygyrch – gorau po arwaf y ffordd atynt, po ddyrysaf y llwybrau drwy'r pinwydd. Cofiaf un prynhawn hyfryd ar draeth lle câi'r noethlymunwyr eu rhyddid, a hwnnw ar y pen draw i lwybr hir, caregog. Mewn mannau felly y mae profi gogoniannau Majorca – y cyfuniadau lliw, yn goch, glas, gwyrdd a gwyn; y dŵr gloyw, tawel, yn rhydd o ymchwydd y môr mawr, oddi eithr wedi diwrnod neu ddau o storom; a'r hafanau bychain lle mae'r pysgotwyr yn dal i fynd allan at eu helfa, a phobl yn byw'n dawel heb deimlo dylanwad y barasitiaeth ddi-chwaeth sydd yn sylfaen twristiaeth.

Dihangfa, mae'n debyg, yw pob Wtopia, pob Abercuawg, pob gardd gaeëdig, a rhaid dychwelyd yn hwyr neu'n hwyrach i'r fforwm neu'r farchnad. Ychydig o bobl sydd nad ŷnt yn teimlo'r angen o bryd i'w gilydd am y ddihangfa honno. Gall rhai ei chyrraedd mewn gêm bêl-droed, eraill mewn gardd flodau neu ar gopa mynydd. Un o'm dihangfeydd innau yw ynys Majorca, lle caf lonyddwch i gorff ac enaid, lle mae'r môr yn falm ac arwyddlun, lle mae harddwch i'w anadlu gyda'r awyr, lle mae bwyd yn flasus a'r gwin yn sbarduno. Ac yn Son Comparet profwn y gwres digymar sy'n dyfod o gyfeillgarwch, ac o'r ymdeimlad bod enaid teulu yn cael ei draddodi o un genhedlaeth i'r nesaf.

Gareth Alban Davies

Bodio i Batagonia

Haf 1991 a minnau ar fin dechrau gyrfa newydd fel athrawes, dyma dderbyn llythyr oddi wrth fy mrawd yn Seland Newydd. Roedd o wedi mynd yno ar un o'r pererindodau meibion fferm yna, chwistrelliad hir o ryddid cyn cael ei gyfyngu i'w filltir sgwâr i fod yn ffarmwr go iawn ar odrau Cader Idris. Roedd cynnwys y llythyr wrth fy modd: wedi dwy flynedd, roedd hi'n bryd iddo ddod adref, ond roedd o am deithio'n ôl trwy Dde'r Amerig. Gwyddai fy mod innau wedi breuddwydio ers tro am gael gweld y rhan honno o'r byd, felly beth am geisio cyfarfod rywle fel Rio de Janeiro neu Buenos Aires a gweithio'n ffordd i Batagonia? Doedd dim angen i mi betruso, dyma ffônio asiant teithio ar fy union.

Yr unig broblemau oedd diffyg arian a diffyg amser i drefnu'n iawn gyda minnau yng Nghymru ac yntau ym mhen draw'r byd. Ond gyda winc ar y rheolwr banc a dogn helaeth o optimistiaeth, dyma archebu tocyn i Rio. Ond tocyn i Buenos Aires gafodd o. Cychwyn da. Byddai'n rhaid i mi dreulio deuddeng niwrnod yn Rio ar fy mhen fy hun cyn hedfan ymlaen i'r Ariannin. Wedi pori drwy *The Rough Guide to South America* a darllen am beryglon Rio i ferch ar ei phen ei hun, roedd yr optimistiaeth yn pylu. Ond dyma ddeall bod pedwar o hogia rygbi o Gaerdydd yn mynd i Brasil tua'r un pryd â mi. Pa well *body guards*? Roedd pethau ar i fyny, bois bach!

Ychydig ddyddiau cyn cychwyn, ffôniodd Geraint fy mrawd. Mam atebodd y ffôn, a chwarae teg, doedd y llinell ffôn ddim yn hynod o glir. Fe ddeallodd hi rywbeth am gerdyn credyd a dwyn, felly fe ffôniodd y cwmni credyd a chanslo'r cerdyn. Yn anffodus, ceisio gofyn i Mam drosglwyddo mwy o bres i mewn i'r cyfrif yr oedd Geraint, gan fod ei arian parod wedi cael ei ddwyn. Doedd o ddim yn hapus iawn.

Penderfynais ffônio Mam o Heathrow i ddweud fy mod wedi cyrraedd y maes awyr yn ddiogel. Yn anffodus, llwyddais i adael fy mhwrs yn y blwch ffôn a wnes i ddim sylweddoli hynny nes 'mod i'n ceisio prynu *duty free* rywle dros Fôr Iwerydd. Yn ffodus fodd bynnag, roedd y rhan helaeth o'm harian mewn belt arbennig am fy ngwasg ac roedd gen i bolisi yswiriant. Dim iws codi pais, felly dyma ganolbwyntio ar fy llyfryn

Portiwgaeg ac ymarfer sut i ddiolch: *'Obrigado'* i ddyn, *'Obrigada'* i ddynes.

Treuliais ddeuddydd digon difyr yn ceisio dod o hyd i'r chwaraewyr rygbi yn Rio, a chael fy siomi gan y Crist concrid anferthol. Mae'n llawer mwy trawiadol o bell neu ar gerdyn post. Penderfynais fynd i'r pictiwrs i weld *'Robin Hood, Prince of Thieves'* a chael noson wefreiddiol. Roedd y ffilm yn Saesneg gydag is-deitlau Portiwgaeg, felly roedd ymateb y dorf i'r jôcs ychydig yn araf, ond bobol bach, roedd yr ymateb i bob dwrn, swaden a saeth yn fyddarol! Mae'n siŵr mai fel hyn roedd cynulleidfaoedd Shakespeare a Twm o'r Nant cyn i gymdeithas benderfynu bod yn boléit. Bob tro roedd Robin Hood yn rhoi walden go dda neu saeth angheuol i rywun, byddai *pawb* yn neidio ar eu traed gan weiddi a chymeradwyo, a phan oeddent yn chwerthin, roedd y dagrau'n powlio a phawb yn cofleidio a tharo ysgwyddau ei gilydd. Ro'n i ar goll yn llwyr ar y dechrau, yn amau bod y gynulleidfa wedi meddwi neu rywbeth, ond naci, mwynhau pob eiliad i'r eithaf yr oedden nhw ac roedd hi'n amhosib peidio ymuno yn yr hwyl. Ro'n innau ar fy nhraed yn gweiddi pan gafodd y Sheriff ei haeddiant.

Cefais hyd i'r hogia rygbi yn y diwedd, filltiroedd pell i ffwrdd ar draethau Bahia, siwrne dwy awr ar bymtheg mewn bws i fod yn fanwl gywir! A dyna ddechrau cyfnod gwallgof yn crwydro'r arfordir mewn car i gyfeiliant Elvis Presley, yn dysgu sut i ddawnsio'r *lambada* mewn clybiau enfawr ar lan y môr a chlecio diod hyfryd ond peryglus o'r enw Pinga. Ond ar fy mhen fy hun yr oeddwn i yn ystod y dydd gan amlaf, gan fod yr hogia yn cysgu tan ddau bob prynhawn, yn codi am ginio hamddenol ac yna'n clwydo eto tan tua saith er mwyn gallu clybio tan y wawr. Roedd y gwahaniaeth rhwng crwydro'r traethau ar fy mhen fy hun, a chrwydro wedyn ynghanol y dynion mawrion hyn, yn syfrdanol. Roeddwn i'n teimlo mor glyd a diogel gyda nhw, ac fel het ddiniwed ofnus hebddyn nhw. Ro'n innau'n eitha' defnyddiol hefyd fin nos, fel asiant i'r ugeiniau o ferched hirwallt tlysion oedd yn ysu am gyfle i fachu Cymro. Roedd yr hogia ar ben eu digon. Fydden nhw byth bythoedd yn cael sylw fel hyn gartre.

Wedi cyrraedd tref hynafol Salvador, bu'n rhaid gwahanu gan fod yn rhaid i mi ddychwelyd i Rio i ddal yr awyren i Buenos Aires. Ro'n i hefyd wedi llwyddo i adael fy nhocyn awyren ar ben y wardrob yn y gwesty yn Rio, felly rhaid oedd rhoi trefn ar fanion felly mewn da bryd. Wedi ffarwelio a chofleidio, eisteddais ar fainc yn gwylio'r car yn diflannu i'r pellter, a dechrau crio. Doedd Rio ddim yn apelio mwyach. Cyrhaeddais ganol y ddinas tua diwedd y prynhawn, wedi dal bws o'r maes awyr i gael treulio un noson arall yn y gwesty gyda'r wardrob. Tua hanner canllath o ddrws y gwesty daeth llanc ifanc croenddu mewn crys T melyn ataf. Gwenais arno a'i gyfarch yn fy Mhortiwgaeg gorau: *'Tudo ben?'* Ni chefais ateb, yn hytrach, gafaelodd yn y bag oedd ar fy ysgwydd a thynnu'n galed. Allwn i ddim credu'r peth. Roedd hi'n dal yn olau a'r stryd yn llawn o bobol. Llwyddais i ddal gafael yn y bag a thynnu'n ôl. Aeth hi'n *tug-o'-war* go iawn, yn duchan a hyrddio a chicio a gweiddi, ond fo enillodd. Rhedais ar ei ôl am sbel gan ystyried rhoi tacl rygbi iddo ond roedd gen i rycsac trwm ar fy nghefn a rhoddais y gorau iddi. Rhythais ar y bobol oedd wedi bod yn ein gwylio heb godi bys i'm cynorthwyo, a phoeri *'Obri-blydi-gado'* yn uchel cyn troi ar fy sawdl am y gwesty. Roedd fy nhocyn yn ddiogel y tu ôl i'r ddesg! Roedd pethau'n gwella. Ond cefais dipyn o sioc wedyn. Oherwydd sefyllfa economaidd anwadal y wlad, roedd ystafell sengl wedi dyblu yn ei phris mewn deng niwrnod ac allwn i bellach mo'i fforddio. Cefais fy rhoi mewn bocs o ystafell gyda thwll yn y ffenest a staen amheus ar ddillad y gwely a dim lle i wardrob. Eisteddais i fyfyrio; byddai'r llanc bellach wedi bod trwy gynnwys fy mag. Byddai'n hapus gyda'r ugain doler oedd ynddo, a'r frechdan gaws efallai, ond be goblyn fyddai o'n ei wneud gyda'r nofel Gymraeg a'r dyddiadur, y dyddiadur a gedwais mor ffyddlon trwy gydol y flwyddyn? Roedd hanner 1991 wedi diflannu! Doeddwn i ddim yn hapus o gwbl.

Llwyddais i ddod o hyd i blismon, a cheisio egluro yn fy Mhortiwgaeg clogyrnaidd gyda phwyslais cryf ar feim o'r frwydr, beth oedd wedi digwydd. Gwenodd fel giât cyn gwneud synau tadol, fel pe bawn i'n ferch deirmlwydd oed wedi colli ei hoff degan. Roedd o'n annwyl tu hwnt ac aeth â mi am daith o amgylch strydoedd Rio tan oriau mân y bore, yn chwilio am lanc croenddu mewn crys T melyn. Fe welson ni gannoedd ohonynt; mae'n rhaid fod naw deg y cant o boblogaeth Rio yn gefnogwyr ffyddlon o'r tîm pêl-droed cenedlaethol. Doedd pawb yn gwisgo crysau T melyn! Doedd gennym ddim gobaith mul o ddarganfod fy mygiwr, ond bu'n noson ddigon difyr ac addysgiadol ac fe gefais fy nghyflwyno i gymeriadau lliwgar tu hwnt, a phob un yn hynod ddig fy mod wedi colli fy eiddo yn y fath fodd. Roedd hi'n braf gallu dweud *'Obrigado'* a'i feddwl o.

Draw â mi drannoeth i Buenos Aires, a chyrraedd y caffi crand drws nesaf i'r *Hotel Continental*, lle'r oedd siaradwr Cymraeg o'r enw Peter Bidovec wedi bod yn gofalu am fy mrawd tlawd. Byddai Geraint yn fy nisgwyl yno. I mewn â mi a chwilio ymysg yr holl bobol gyfoethog mewn dillad *chic* am hogyn ifanc main, ond allwn i mo'i weld yn unlle. Ond dyma ddyn tal efo ysgwyddau llydan mewn siwmper flêr yn codi ei ben melyn a dweud 'Lle ti 'di bod? Ti'n hwyr!' Ro'n i'n gegrwth! Roedd fy mrawd bach llinyn trôns wedi tyfu'n ddyn, myn coblyn i.

Roedd o wedi trefnu popeth. Roedden ni'n teithio i'r de i le o'r enw Carlos Casares y bore wedyn, lle'r oedd o wedi trefnu tridiau o waith i ni, a'r noson honno roedd Peter am ddangos ychydig o Buenos Aires i ni. Dyna i chi beth oedd profiad. Mae prifddinas Ariannin yn lle anhygoel, gydag adeiladau hardd a phobol harddach fyth. Ro'n i'n teimlo fel sach o datws ynghanol yr holl ferched perffaith. Roedden nhw fel byddin o ddoliau Barbie, yn goesau i gyd, heb ronyn o floneg a wynebau fel modelau. Ond deallais wedyn fod llawfeddygon cosmetig yn gwneud eu ffortiwn yn Ariannin. A-ha. Ro'n i'n amau.

Fore trannoeth, draw â ni i'r orsaf bwsiau erbyn hanner awr wedi saith, llwyddo o fewn trwch blewyn i gael seddi ar y bws a chyrraedd Carlos Casares erbyn tri. Roedd coesau Geraint druan wedi bod drwy uffern mewn sedd mor gyfyng cyhyd – mae pobl Ariannin yn tueddu i fod yn fyr.

Fe gawson ni groeso cynnes ar y fferm. Roedd y tŷ yn fendigedig a'r fam, Michelle, oedd o dras Ffrengig, yn edrych yn union fel Linda Evans yr actores – dim rhyfedd a hithau'n gyn-fodel. Rhyfedd fel mae cymaint o ddynion ariannog, canol oed yn llwyddo i fachu cyn-fodelau. Aeth Geraint ati'n syth i dorri llwyth o goed am ein swper, a chynorthwyo i lanhau a golchi llestri fues i. Dyma wlad lle mae dynion yn ddynion a genod yn ddel, ac yn cadw tŷ bron yr un mor ddel.

Ond am y deuddydd nesaf, gan fod 'na fintai o forynion yn golchi llestri bellach, fe ge's innau ymuno yn y gwaith caled, yn glanhau ffa soia, llenwi sachau gyda phridd ar gyfer trawsblannu coed ewcalyptws, a mynd am drip gyda'r gauchos. Roedd Juan, Horatio a Daniel yn gauchos go iawn, yn hetiau cowboiaidd a throwsusau lledr a wynebau yn greithiau o olion y paith. Y dasg oedd mynd â dau gant a phedwar ugain o wartheg dros y pampas am bymtheg cilomedr ar hugain. Roedden ni am wneud hyn ar gefn ceffylau wrth gwrs. Roedden nhw'n synnu fy mod i am ymuno â nhw, ac wedi fy holi a oeddwn i'n gallu marchogaeth. Wel, mi fûm yn aelod o'r *Pony Club* lleol am ychydig fisoedd pan o'n i'n ddeuddeg oed, ac ro'n i'n *gwybod* bod gen i fwy o glem na 'mrawd, ac os oedd o am wneud, wel ro'n innau hefyd debyg iawn. Dyma gyfarfod y ceffylau. Nid *ponies* mo'r rhain. Bu bron i mi gael ffit. Roedden nhw'n hynod o hardd, ond yn anferthol. Ceffylau ar gyfer chwarae polo oedd y rhain ac wedi eu dysgu i sefyll mewn llinell fel milwyr dim ond i Juan roi un chwiban uchel. Ceisiais roi fy nhroed yn y warthol, ond byddai'n rhaid gwneud y sblits i fedru cyrraedd. Bu'n rhaid cael help llaw – wel – ysgwyddau y gauchos, oedd yn pwffian chwerthin drwy'r broses hynod ddiurddas.

'Vamos¡' meddan nhw a minnau prin wedi setlo. *'Si,'* meddai Geraint a dechrau carlamu i gyfeiriad y gwartheg. Neidiodd fy ngheffyl innau yn union fel Trigger a charlamu ar ei ôl, fel pe bai deinameit yn ei din. Roedd hyn yn gryn sioc i mi, roedd o'n mynd braidd yn gyflym. Ceisiais ei stopio trwy dynnu ar y ffrwyn, ond mwya'n y byd ro'n i'n ffrwyno, cyflyma'n y byd yr âi! Doedd y ceffyl yma ddim yn deall y drefn *Pony Club* o gwbl. Roedd y gwartheg mawr stemllyd yn dod yn nes, a'r gauchos yn gweiddi, ond do'n i ddim mewn stad i ddeall Sbaeneg ar y pryd. Penderfynais mai'r peth callaf fyddai neidio cyn cyrraedd y gwartheg. Roedd yn siŵr o frifo, ond nid cymaint â charnau buwch flin yn fy mhenglog. Mae Geraint yn taeru mai disgyn wnes i ond rwy'n gwadu hynny'n llwyr. Wedi i'r brawd a'r gauchos roi'r gorau i chwerthin, dangoswyd i mi sut i ffrwyno ceffyl yn y dull gaucho – sef y ddwy ffrwyn mewn un llaw, a thynnu'n galed i'r naill ochr neu'r llall. A-ha. Pam na fyddech chi wedi dweud? Cefais wybod wedyn fod y darn tir lle glaniais i bellach yn perthyn i mi, yn ôl traddodiad yr ardal. Felly rwy'n berchen darn maint fy mhen-ôl o'r Ariannin!

Roedd Geraint, er mawr syndod i mi, yn mynd fel cowboi go iawn. Doeddwn i ddim wedi sylweddoli ei fod wedi bod yn marchogaeth am fisoedd ar ffermydd mawrion Awstralia. Dyna ddechrau diwrnod bendigedig yn carlamu'n ôl a 'mlaen ar ôl y gwartheg ar draws tirlun gwyllt ac anial a rhannu *maté* mewn *silhouette* gyda'r gauchos wrth danllwyth o dân a'r haul yn machlud yn wefreiddiol o'n blaenau.

Fore trannoeth, ar y degfed ar hugain o Orffennaf, fe gychwynnon ni ar y daith hir i lawr i Batagonia. Gan fod sefyllfa ariannol y ddau ohonom yn bur symol, fe benderfynom roi cynnig ar fodio. Roedd hi'n aeaf, ond nid yn ofnadwy o oer, ac roedd yr haul yn tywynnu bron bob dydd. Fe gawson ni hwyl garw arni – lorri yn mynd â llwyth o win i Mendoza aeth â ni am y can cilomedr cyntaf. Roedd gan y gyrrwr stôf nwy ym mlaen y lorri a dechreuodd ferwi tecell arno tra oedd yn dal i yrru. Fy mhengliniau i oedd yn gorfod cadw'r stôf yn ei lle ond doedd hyn ddim yn broblem gan fod y ffyrdd i gyd mor syth. Gwnaeth lond pot pren o *faté* a'i rannu gyda ni. Ro'n i'n dechrau magu blas at y stwff. Lorri arall wedyn, ac fe fynnodd y gyrrwr rannu ei ginio gyda ni, ac ew! roedd o'n ginio da. Bwyd Eidalaidd wedi ei baratoi gan ei wraig. Erbyn amser cinio, roedden ni wedi cyrraedd croesffordd y tu allan i Gral Acha, wedi teithio dros dri chan cilomedr yn gwbl ddidrafferth ac yn dechrau siarad Sbaeneg call. Roedd y ffaith ein bod yn gallu dweud mai Cymry ac nid Saeson oedden ni o fantais fawr. Roedden nhw'n dal i gofio helynt Ynysoedd y Malfinas ac roedd posteri anferthol ar ochr y priffyrdd yn cyhoeddi yn blaen *'Las Malvinas Estan Nuestras'* (Nia pia'r Malfinas). Dywedodd un gyrrwr lorri y dylai Geraint fod yn ddiolchgar mai Cymro oedd o; pe bai'n Sais, byddai'r gŵr wedi ei sbaddu. Doedd Geraint ddim yn siŵr a ddylai chwerthin yn rhy harti. Ond erbyn pedwar, a hithau'n dechrau tywyllu, roedden ni'n dal yn yr unfan, ar ochr ffordd hirfaith gwbl syth a dim golwg o gerbyd yn unman. Yr unig bethau'n symud oedd y 'cabej bach', sef pelenni o frwyn oedd yn troi yn y gwynt, yn neidio dros y ffyrdd a'r cloddiau, y pelenni 'na sydd i'w gweld ar y paith mewn ffilmiau cowbois weithiau. Fe gerddon ni am sbel ond doedd 'na fawr o bwynt. Doedd dim amdani ond cysgu yn yr awyr agored.

Roedd hi'n saith, yn dywyll iawn ac yn oer. Buom ein dau yn rhedeg ar ôl y 'cabej bach', oedd yn dipyn o sbort, er mwyn adeiladu math o gysgod rhag y gwynt. Cynnau tân wedyn gyda'r holl briciau mân oedd ar hyd y lle, a chreu pant o'i gwmpas rhag i'r fflamau ledaenu gormod. Gwisgo pob dilledyn oedd gennym ni wedyn nes ein bod prin yn gallu symud ac yn ymdebygu i ddeuddyn Michelin. Cawsom fara a chaws llaeth i swper (llaeth a siwgr wedi'u berwi yn driog lliw caramel, hyfryd, melys) ac yna ceisio setlo i gysgu. Cyn pen dim, clywsom sŵn car a drysau'n clecian. Yr Heddlu! Roedden nhw'n glên iawn, yn holi a oeddem yn oer ac a oedd gennym ni *documentes*. Wedi dangos ein pasports ac egluro ein bod ar y ffordd i Batagonia i weld cyd-Gymry, dyma nhw'n dymuno pob lwc i ni, a gadael! Roedden ni'n dau yn gegrwth. Roedden ni wedi edrych ymlaen gymaint at gael treulio noson mewn gorsaf heddlu gynnes.

Tua hanner nos, gofynnais i Geraint a oedd yna anifeiliaid gwyllt yn y rhan yma o'r wlad. Doedd o ddim yn siŵr, 'ond mae gan puma ofn tân, does?'

Drannoeth, wedi noson o gwsg rhyfeddol o dda, roedden ni'n bodio unwaith eto fel roedd y wawr yn torri. Anghofia' i byth y teimlad o weld, clywed a theimlo'r gwynt yn troi. Yn lle'r gwynt gweddol garedig o'r gogledd, daeth corwynt o'r de, un milain, rhewllyd oedd yn brathu i mewn i'r esgyrn. Ac yn ei sgîl daeth storm o eira. O! *estupendo!* Taranodd dwy lorri heibio a'n gadael i fferru, ond wedi awr o artaith o'r Arctig, a'r ddau ohonom bellach yn ymdebygu i ddau ddyn eira, stopiodd pic-yp bach rhydlyd. Dyn yn danfon bwyd i siopau bychain oedd hwn a stwffiodd y ddau ohonom i'r un sedd yn y blaen. Roedd o'n gorfod mynd i ambell bentref cyn troi am y de, ac aeth â ni i Santa Maria – lle hynod od yn llawn o bobol dawel o dras Rwsiaidd. Aeth â llond hambwrdd o fara i un siop a dychwelyd gyda stôf nwy fechan – rhywbeth i ni gael cynhesu ein dwylo arni. Roedd o wedi sylwi ein bod ni wedi troi'n las, yn bennaf oherwydd y ffaith nad oedd y drws ar ein ochr ni yn cau. Eglurodd nad oedden nhw wedi cael eira yn y rhan yma o'r wlad ers degau o flynyddoedd ac roedd pawb wedi cael tipyn o fraw. Mynnodd roi dwy oren a hanner dwsin o deisennau bychain i ni, ac yna mynd â ni at y groesffordd nesaf. Ew, dyn clên!

Wedi dwyawr o chwarae 'Mi wela' i efo'm llygad bach i . . . ' tra oeddem yn eistedd mewn ffrâm o 'gabej bach' a wnaethpwyd reit handi, fe glywsom sŵn car yn dod ar gyflymder rhyfeddol. Ro'n i'n amau a fyddai'r gyrrwr yn ein gweld, ond wedi hedfan heibio, sgrechiodd i stop a bagio bron yr un mor gyflym. Ziegfried o'r Almaen oedd hwn, gyrrwr ceir rali, ac am yr awr nesaf, tra oedd Geraint yn cysgu fel babi yn y cefn, cefais brofi y *G Force* gyda'r nodwydd yn gyson rhwng 160-180 cilomedr yr awr, a gweld tirwedd Ariannin yn saethu heibio mewn un stribed hir frown. Sgrialodd i mewn i orsaf bwsiau, a haleliwia! Roedd yno fws oedd ar fin cychwyn am Drelew! Stwffio'r gost o 278,000 Australes yr un; tynnodd y ddau ohonom ein waledi allan yn syth.

Roedd fy mrawd hynod drefnus eisoes wedi llythyru â rhai o drigolion y Wladfa drwy gysylltiadau teuluol yn Llanuwchllyn, felly ffôniodd Owen Jones, er ei bod hi'n ddeg o'r gloch y nos. Daeth hwnnw draw yn syth bin a'n croesawu yn llawen a mynd â ni i dŷ Gweneira, un sydd wedi hen arfer rhoi llety i ymwelwyr o Gymru. Wedi llond bol o swper a sgwrsio difyr, roedden ni'n dau yn cael trafferth i gadw ein llygaid ar agor, ac ew! roedd gwely go iawn mor nefolaidd o braf. Drannoeth, fe gawson ni grwydro'r dre, o'r amgueddfa a'r capeli i gaffi Rene a chyfarfod ugeiniau o'r bobol leol, gan gynnwys Mrs Lewis, gwraig weddw oedd yn fychan a delicet yr olwg ond yn gymeriad a hanner ac yn mynnu ein stwffio gyda phob math o gacennau Cymreig. Fe ddalion ni fws hwyr i Ddolafon y noson honno a chwilio yn y tywyllwch am dŷ Ieuan ac Eryl Jones, dau arall oedd wedi ymateb i lythyr gan Geraint. Roedd y croeso unwaith eto yn fendigedig, a'r paneidiau yn llifo. Wedi'r seithfed, bu raid imi fynd i'r lle chwech. Rwân, ro'n i'n gwybod 'mod i braidd yn fudr wedi'r holl deithio ond doeddwn i ddim yn disgwyl y gawod ge's i. Mi fûm i braidd yn llawdrwm efo'r tsiaen ac fe dasgodd y dŵr dros fy mhen i yn lle'r fowlen. Erbyn i mi roi popeth yn ôl at ei gilydd, ro'n i'n wlyb domen. Wedi'r ugeinfed baned – doedden ni ddim yn gallu peidio sgwrsio efo dau mor ddifyr – fe roddais gynnig arall arni, a'i falu eto! Y tro yma, roedd y dŵr yn gwrthod peidio â rhaeadru i mewn i'r fowlen. Beryg fod Ieuan yn difaru ei enaid ei fod wedi gadael y fath benbwl i mewn i'w gartref.

Bu'r tridiau canlynol yn nefoedd o olygfeydd ac *empanadas* (math o *gornish pasties* hynod flasus) a phobol fythgofiadwy. Aeth Ieuan â ni i weld Tir Halen, lle sy'n werth ei weld ar ddiwrnod braf o aeaf. Roedd yr awyr yn lasach nag unrhyw awyr a welais erioed o'r blaen ac yn gan-gwaith mwy, rywsut, ac roedd yr helyg melyn (sy'n wirioneddol felyn) yn erbyn y glesni perffaith yn ein taro'n fud. Draw i'r Gaiman a chyfarfod

Luned De Gonzalez a Tegai, fu'n sgwrsio efo ni ar Radio Chubut fel Hywel Gwynfryn efo acen hyfryd, a Senor Gonzalez a'n dysgodd bopeth am Garddel, ei arwr, y dyn ddaeth â'r *tango* i sylw'r byd. Paneidiau mewn capeli a chyfarfod Tommy Davies Heid Parc ym Methesda ac Irma Hughes de Jones yn Nhreorci, a Mrs Macdonald (mam Elvey) tra oeddem yn ciwio am y lle chwech. Roedd pawb mor ofnadwy o hwyliog ac allwn i ddim peidio â meddwl bod chwistrelliad o waed Lladinaidd wedi gwneud byd o les i'r hil. Roedd yr hen gymêrs yma mor fywiog o'u cymharu â'u cyfoedion yn ôl yng Nghymru. Yn ystod sgwrs hirfaith arall gyda Ieuan ac Eryl ar ein noson olaf, fe gyfaddefodd Ieuan iddo gael cryn dipyn o sioc pan gyrhaeddon ni. Doedd Geraint ddim wedi nodi ein hoedran yn ei lythyr ac roedden nhw wedi cymryd yn ganiataol mai hen frawd a'i chwaer yn agos at oed yr addewid oedden ni! 'Dim ond hen bobol sy'n dod yma o Gymru fel arfer!' Ond roedd o'n falch iawn mai ni oedden ni medda fo. Roedden nhw wedi dechrau poeni sut fydden nhw'n gallu diddanu dau mor ifanc, ond yr argol, doedd oed ddim wedi gwneud unrhyw wahaniaeth, roedden ni'n gwneud pedwarawd bach hapus tu hwnt!

Ar fore Awst y pumed fe ffarwelion ni'n ddagreuol gyda'r ddau a throi ein bodiau i gyfeiriad Esquel, gyda llond gwlad o fwyd roedd Eryl wedi mynnu ei baratoi ar gyfer ein siwrne. Gan fod y traffig yn brin, roedd ei *empanadas* hyfryd yn ginio cyn i ni symud modfedd. Ond o'r diwedd, daeth gwerthwr bwyd o Drelew heibio a'n hebrwng bob cam o'r ffordd anhygoel dros y paith. Mi gynhyrfais yn lân pan welais haid o *guanacos* yn pori ar ochr y ffordd. Roedden ni'n teimlo fel pe baen ni mewn ffilm gowbois, a Butch Cassidy a'r Sundance Kid ar fin carlamu dros y gorwel. Roedd Rhyd yr Indiaid, lle cafodd pedwar o'r Cymry cyntaf eu lladd, yn wefreiddiol. Bûm yn lled-freuddwydio am hir sut fywyd gafodd y Cymry hynny, yn dychmygu fy mod i wedi bod yn un ohonynt, yn cael carlamu'n wyllt a rhydd ar draws y paith gyda chondor yn fy ngwylio o bell ac Indiaid Cochion yn gwenu . . . a minnau'n gwenu'n ôl. Ro'n i'n laddar o chwys erbyn cyrraedd Esquel.

Roedd hi'n oer yno ac yn drwch o eira ond yn brydferth mewn ffordd hollol wahanol i'r dyffryn yr ochor draw, gyda mynyddoedd yr Andes yn bigog a chaled yn y cefndir. Roedden ni'n aros gyda Rini, chwaer Rene Griffith, sy'n perthyn i Mam o bell ac yn ddigon tebyg iddi rywsut, ac yn briod gyda choblyn o gês o'r enw Elias, dyn mawr sy'n chwerthin yn uchel ac yn un garw am dynnu coes.

Gan ein bod ni'n dechrau magu boliau fel bareli wedi'r holl gacennau ac *empanadas*, fe benderfynon ni gerdded drwy'r eira i weld Las Chicas Freeman. Mae 'Las Chicas' yn golygu 'y genod' ac felly yn dynodi criw o ferched ifanc iawn, ond roedd Lili, Loli, Luned a Lindi yn tynnu 'mlaen, ond yn ddigri, was bach. Roedd 'na lun o sgwâr Dolgellau uwchben y lle tân! Roedd un chwaer wedi priodi ac yn byw mewn hen dŷ hanner ffordd i fyny'r mynydd, felly dyma gychwyn drwy eira at ein ceseiliau (doedd mynd oddi ar y llwybr ddim yn syniad da) a chyrraedd yno yn wlyb domen. Wrth lwc, roedd yno bopty efo drorsus poeth i sychu dillad, a chroeso anhygoel. Y noson honno, fe gawson ni wrando ar y côr yn ymarfer ar gyfer Steddfod Trefelin ac ro'n i'n difaru f'enaid na chefais fy ngeni gyda llais canu gwerth ei glywed. Roedden nhw'n cael cymaint o fwynhad, a'r rhai oedd yn methu siarad Cymraeg yn mwynhau'n fwy na neb.

Wedi taith oer iawn i Drefelin, fe alwon ni yn Nhŷ Te Nain Maggie a chael y gacen hufen hyfryta a flasodd neb erioed. Roedd hi'n toddi ar fy nhafod ac yn gyrru gwefrau o felyster i bob rhan o'r corff. Heibio mwy o Gymru a deall bod Fred Green yng Nghymru o bobman. Amseru gwael, ond dyna fo. Swper 'nôl yn Esquel gydag Eduardo a Karen, brawd a chwaer yr un oed â ni, a chael gwybod bod byd o wahaniaeth rhwng eu bywydau hwy a ninnau. Penderfynais beidio â chwyno byth eto am ddiffyg cyflog. Mae tocyn i'r henwlad yn drysor i Gymry Patagonia ac er mai bodio roedden ni, o leiaf roedden ni wedi gallu fforddio tocyn awyren yn y lle cyntaf.

Roedden ni am fynd i Chile, a dywedodd gŵr lleol o'r enw Daniel yr âi â ni dros y bwlch i Bariloche unwaith y byddai'r ffordd yn glir. Dyna'r siwrne ryfeddaf eto: awyr las fel glas y dorlan ac eira yn sgleinio mewn patrymau arallfydol dros y coed a'r mynyddoedd. Welais i erioed unrhyw beth mor wirioneddol brydferth, ond roedd y gwynt mor ofnadwy o oer, roedd *radiator* y car yn rhewi bob gafael. Yna fe gynigiodd Geraint roi ei grys rygbi coleg dros y *radiator* er mwyn lleihau effaith y gwynt. Fe weithiodd. Bu rhannau o'r daith yn beryglus, a'r car bach druan yn llithro drwy eira fyddai wedi llorio tractor ym Mhrydain, ac erbyn cyrraedd Bariloche, ychydig iawn oedd yn weddill o grys Geraint. Doeddwn i ddim yn siŵr o Bariloche; ydi, mae'n lle tlws tu hwnt, yn union fel pentre bach yn Bavaria, ond roedd y bobol fan hyn yn wahanol i bobol y Wladfa. Efallai mai'r twll enfawr yn siwmper Geraint a'r olwg oedd ar fy sach gefn i oedd yn rhannol gyfrifol, ond roedden ni'n cael y teimlad bod pobol yn sbio i lawr eu trwynau braidd. Ac roedd pawb yn wreiddiol o'r Almaen neu'r Swisdir a'n llety o'r enw *Matterhorn* yn glociau cwcw i gyd, nid gormodiaeth yw dweud bod o leiaf ugain ohonynt yn yr ystafell fwyta a mwy fyth yn y cyntedd. Ar yr awr, bob awr, ro'n i'n teimlo ein bod yn cymryd rhan mewn ffilm hynod od.

Y bwriad oedd rhoi cynnig ar sgio, ond yn anffodus roedd y gost yn afresymol o ddrud, felly dyma fodloni ar gerdded ambell fryncyn a sglaffio bageidiau o *churros*, sef math o ddonyts hir gyda chaws llaeth y tu mewn. *Fabuloso!* Ond roedden ni ar dân eisiau mynd i Chile; roedd gormod o bobol yn Bariloche yn ein hatgoffa o *'The Boys from Brazil'*. Symud ymlaen i San Martin i ganol y jet-set sgio, oedd eto yn ein llygadu yn od, a gosod ein pac yn yr orsaf bwsiau i ddisgwyl am fws i'n cludo dros yr Andes. Edrychodd y gweithwyr arnom gyda gwên: 'Chile? Mewn eira fel hyn, amigos? Go brin!' ond wedi hir ymaros daeth cronc o fws gwag i'r orsaf a'r gyrrwr bach hoffus yn fodlon rhoi cynnig arni. Ni ein dau a merch o wlad Belg oedd yr unig deithwyr. Roedd hi'n niwl trwchus ac yn glawio'n drwm a doedd y gwresogydd ddim yn gweithio. Bu'n siwrne hir ac anodd drwy'r tywyllwch dudew, gyda'r tseiniau am deiars y bws yn sgrechian oddi tanom i fyny ac i lawr yr elltydd rhyfedda. Ar y ffin, bu'n rhaid mynd trwy dair set o *customs* gyda thair set o filwyr mewn gwisg wahanol, a dangos ein *documentes* bob tro, ond er eu bod yn edrych yn ddigon bygythiol roedden nhw i gyd yn gymeriadau ac yn awchu am sgwrs. Doedden nhw ddim yn gweld pobol yn aml mewn tywydd fel hyn wedi'r cwbl.

Cyrraedd llyn lle'r oedd cwch hynafol bron fel yr *African Queen* yn ein disgwyl. Roedd hi'n llawn o Chilenos hwyliog mewn cylch o amgylch stôf oedd yn cadw cinio'r capten yn ffrwtian yn braf ac yn berwi tecell i bawb gael *maté* poeth. Cefais gnesu fy nhraed yno a chael coblyn o hwyl yn malu awyr gyda phawb. Fe gawson ni fowlenaid o stiw y capten hyd yn oed! Fe drefnon nhw weddill ein taith i ni – stopio bws i'n cludo i Puerto Montt, a mynd â ni i westy rhad fel baw, a dweud y bydden nhw'n siŵr o ddod draw i Gymru i'n gweld ryw dro. Roedd awyrgylch Chile yn gwbl wahanol i surbwchdra Bariloche; pawb yn chwerthin a thynnu coes ac mor falch o'n gweld. I mewn i gaffi am fwyd: 'Sgynnoch chi laeth yma?' 'Nagoes, mae'r fuwch yn cysgu.'

Draw i Castro, tref fechan yn byrlymu o gymeriad, gyda phentref cyfagos wedi ei adeiladu ar stilts, a marchnad yn gwerthu nwyddau gwlân wedi eu gwneud â llaw ac yn drewi o ddefaid! Yno y cawson ni bryd gorau y daith gyfan, sef llond plât o yslywen conger ac eog gyda thatws a salad, a hir fu'r ochneidio drosto tra oedd y cogydd yn ein gwylio gyda gwên, a'r cwbl am deirpunt yr un! Mi gefais fodd i fyw pan ddywedodd un dyn fy mod i'n siarad Sbaeneg fel Chilena yn union – yr acen Gymreig mae'n debyg. Roedd Geraint yn dal â thwang Awstralaidd.

Cyfres o deithiau hirfaith yn ddiweddarach, mewn bwsiau gorlawn, rhad iawn eto oedd yn dangos fideos fel *'Eye of the Tiger'* gydag is-deitlau. Dyma gyrraedd Valparisa, lle'r oedd y tywydd yn llawer mwy addfwyn. Roedd Geraint wedi cyfarfod cwpl canol oed o'r enw Sasa a Veronica, sy'n siarad Saesneg da, pan aeth i Raeadrau Iguazu cyn i mi gyrraedd, ac roedden nhw wedi ein gwahodd draw i aros. Da'r hogyn. Roedd Valparisa yn hyfryd, fel Marseilles neu Lisbon hynafol, yn strydoedd culion, troellog a thai bendigedig, lliwgar. Roedd y bwyd yn hyfryd hefyd – bara blas mwy o'r enw *panitos* a digonedd o afocado *paltas* yn nofio mewn sudd lemwn. Aeth Sasa â ni i weld ei fferm wrth droed mynyddoedd yr Aratica, sef pymtheng mil llathen sgwâr o dir hynod ffrwythlon yn tyfu orennau, lemonau, tomatos, bresych, tatws, radish, bricyll, ceirios a chnau almwn ymysg pethau eraill, a'r cwbl yn cael ei ddyfrio gan ffos yn llifo o afon ddeng milltir i ffwrdd. I feddwl bod y wlad wedi bod trwy gymaint o broblemau tan yn ddiweddar, roedd yn edrych yn fendigedig, yn fwrlwm llewyrchus o optimistiaeth a phobol sy'n weithwyr go iawn. Aethon ni i weld nain Sasa ar y ffordd 'nôl, dynes hynod annwyl gydag acen Rhydychen berffaith, ac yn cofio Rhyl, Llandudno a Betws-y-coed fel cefn ei llaw er na fu hi ym Mhrydain ers cyn yr Ail Ryfel Byd. Roedd y siwrne yn ôl yn gomic. Sasa, heb air o gelwydd, ydi'r gyrrwr gwaetha yn y byd.

Awst y pedwerydd ar bymtheg, a theithio ymhellach i'r gogledd wedi cael hwyl garw yn beicio mynydd ger Vina del Mar. Ceisio bodio i ddechrau, a chyfarfod Jarela a Humberto, dau Chileno ifanc oedd yn ceisio mynd yr un ffordd â ni. Roedd y ddau yn gwneud eu bywoliaeth drwy werthu nwyddau lledr ar ochr y stryd, a rhywsut yn gwneud digon i fyw yn gynnil iawn, iawn arno. Roedden nhw am wybod faint oedden ni yn Ewrop yn ei wybod am hanes diweddar Chile, am yr holl bobol fu'n diflannu'n rheolaidd. Roedden nhw wedi colli nifer o ffrindiau a pherthnasau, ac yn dal heb wybod dim o'u hanes. Ond roedden nhw mor falch o'u gwlad ar ei newydd wedd ac yn gwneud popeth o fewn eu gallu i'n cynorthwyo ni. 'Pan ewch yn ôl, cofiwch ddweud pa mor hyfryd ydi hi yma. Mae hynna'n bwysig i ni.'

Ofer fu'r bodio ond fe lwyddodd Humberto i stopio bws oedd yn fodlon mynd â ni i Coquimbo, siwrne chwe awr, am £2.50 rhwng y ddau ohonom, yn cynnwys dyn bach clên yn rhannu creision am ddim i bawb. Dyna i chi beth ydi gwasanaeth.

Ond lle od ar y diawl oedd Coquimbo. Roedd 'na ddigonedd o westai ond roedd pob un yn llawn oherwydd fod llong o Sbaenwyr o Galicia newydd gyrraedd a'r rheiny i gyd yn rhowlio o gwmpas y strydoedd yn chwil, a'r sawl oedd yn dal i fedru gweld yn fy llygadu yn arw. Aethpwyd â ni i un gwesty annisgrifiadwy, ond fe wna' i roi cynnig arni: adeilad hardd o'r tu allan, ond fel pe bai wedi ei reibio o'r tu mewn. Mynnodd y perchennog hynod 'camp', siaradus a chwil ein harwain drwy'r morwyr meddw i fyny'r grisiau pren llawn tyllau i'n hystafell.

Doedd yno'r un matras, heb sôn am wely, dim ond arogl pi-pi oedd yn llosgi'r ffroenau. Bu'n rhaid gwrthod yr ystafell yn hynod ofalus gan fod golwg go wyllt yn llygaid y perchennog. Bobol bach, ro'n i wedi dychryn ac roedd hi'n anodd peidio rhedeg oddi yno. Fe gawson ni ystafell yn y diwedd, mewn twll o dŷ, mae'n wir, ond o leia' roedd o'n lân. Pan ddeffron ni y bore canlynol roedd llygaid Geraint yn binc a'i lais fel brân. Roedd ein gwelyau yn damp, ond ro'n i wedi bod yn ddigon call i gysgu yn fy sach gysgu rhwng y dillad.

Dyma benderfynu y byddai gwynt y môr yn gwneud byd o les iddo a chychwyn am yr harbwr, i weld y morfilod a'r pelicanod a'r pysgod anferthol, dieithr. Roedd yno gannoedd o ddynion tywyll, blewog, digon Orig Williamsaidd yr olwg, a dim golwg o ferch yn unman. Wnes i erioed deimlo mor anghyfforddus yn fy myw. Sylwodd Geraint, hyd yn oed, trwy ei lygaid pinc, hanner cau, fod pawb yn rhythu, a hynny arnaf fi. 'Dwi'n meddwl 'sa well inni fynd,' meddai. Doeddwn i ddim am anghytuno ac ymlaen â ni i Santiago ar y bws nos.

Taith bws ddeuddeng awr oddi yno, dros y ffin a'r Andes a'r eira yn ôl i'r Ariannin a thref hyfryd Mendoza. Roeddem ein dau wedi mwynhau Chile yn arw, er gwaethaf Coquimbo, ac yn teimlo'n drist wrth ffarwelio. Rydw i'n sicr am ddychwelyd ryw dro, pan fydd hi'n haf yno. Teimlad od iawn oedd clywed Madonna yn canu *'Like a Vi-i-i-irgin'* yn ddiddiwedd ar y bws drwy'r mynyddoedd pinc a phiws a gwyn.

Tra oeddem yn ceisio bodio draw i Mercedes, a hithau'n awyr las a haul braf, mi fuon ni'n eistedd yn hamddenol ynghanol nunlle am oriau heb sôn am gerbyd o unrhyw fath, ond doedden ni'n poeni dim, roedd yn gyfle gwych inni gael sychu'r dillad roedden ni wedi eu golchi mewn sinc gwesty yn Santiago. Roedden ni'n dau wrth ein boddau yn darllen a bwyta brechdanau banana gyda chyrten o jîns, clôs bach a sanau yn chwifio oddi ar ganghennau coeden y tu ôl i ni. Fe gyrhaeddon ni Mercedes yn y tywyllwch ac er mai chwilio am feudy yr oedden ni, fe ddaethon ni o hyd i westy, ond byddai beudy wedi bod yn well disgrifiad. Roedd y tyllau yn y ffenestri bron mor fawr â'r tyllau yn y lle chwech a'r dillad gwely. Roedd yna gawod ar y landing, ond alla' i ddim disgrifio yr olwg arno rhag codi cyfog. Roedd y sinc yn waeth, a phenderfynais olchi fy nannedd yn y *bidet*. Bu drysau yn cau ac yn agor drwy'r nos, a griddfan ac ochneidiau yn atseinio drwy'r adeilad. Nid gwesty mohono a bûm yn hir ystyried a ddylwn adael i'm sach gysgu gyffwrdd y matras o gwbl.

Awst y trydydd ar hugain, a diwrnod cwbl anhygoel. Cymysgedd o deithiau gyda gyrwyr lorri clên a cherdded am filltiroedd efo'r bagiau trwm a hynod fudr bellach yn claddu i mewn i'n cefnau. Roedden ni'n eistedd ar ochr y ffordd yn bwyta bara a cheisio penderfynu lle'r oedden ni pan stopiodd lorri enfawr. Doedden ni ddim hyd yn oed yn bodio, ac mi gynigiodd y gyrrwr ifanc fynd â ni i General Cabrera. Hector Garcia oedd ei enw, roedd o'n naw ar hugain fel fi ac mi naethon ni ein tri 'glicio' yn syth dros *faté* a llond gwlad o gnau mwnci. Dyna oedd o'n ei gario yng nghefn y lorri. Roedd ffenest y lorri yn llawn lluniau o'i blant a'i wraig ac roedd o wrth ei fodd yn siarad amdanynt a gwella ein Sbaeneg yn ofalus ac amyneddgar. Dyma fo'n ein gollwng ar y ffordd fawr a dymuno'n dda i ni. Ddeng munud yn ddiweddarach, a ninnau heb symud modfedd, dyma'r anghenfil o lorri yn ei hôl. Roedd o am ein gwahodd am ginio gyda'r teulu! Eglurodd *'Soy pobre'* (rwy'n dlawd) ond roedd o a'i wraig wir eisiau inni ddod draw. Roedd eu cartref yn focs bychan sgwâr un llofft, ond yn hynod daclus a chroesawus. Fe gawson ni stêc a wyau wedi'u ffrio hyfryd ganddyn nhw a choblyn o hwyl yn chwarae gyda'r pum plentyn. Roedd y ddau yn gweithio i'r un cwmni – Hector yn cludo'r cnau mwnci i'r ffatri marjarîn a Monica yn paratoi'r cnau. Doedden nhw'n gweld fawr ar ei gilydd oherwydd oriau gwaith hirfaith y ddau, a doedd Monica ddim ond yn cael dwyawr o gwsg y dydd rhwng bob dim. Roedden nhw wedi ceisio ymfudo i Awstralia i gael bywyd gwell, ond wedi cael eu gwrthod. Oedd, roedd eu bywyd yn galed ond roedden nhw gymaint mewn cariad ac yn bobol mor hapus, roedd o'n brifo. Cyn gadael, fe ofynnais a gawn i ddefnyddio'r lle chwech. Am y tro cyntaf roedd 'na banig yn eu llygaid a minnau'n difaru 'mod i wedi gofyn. Ond wedi i Monica ddiflannu am ryw bum munud, fe ge's i fy arwain i'r lle chwech yng nghefn yr 'ardd', ac fe ddeallais pam oedden nhw wedi anesmwytho. Twll yn y llawr gyda math o sedd o goncrit amdano oedd yno. Roedd o'n berffaith lân wrth gwrs, a Monica wedi ceisio rhoi rhywfaint o urddas i'r lle mewn pum munud. Roedd gennym ni ychydig o ddreigiau coch meddal ar ôl yn ein paciau ac fe gafodd y plant y cwbl; ro'n i'n difaru nad oedd gennym unrhyw beth o werth y gallwn ei roi iddyn nhw, ond gwyddwn ar yr un pryd y byddai'n anodd dod dros y balchder oedd mor amlwg yn Hector a Monica. Nhw eu dau, yn bendant, gafodd yr effaith ddyfnaf arna' i drwy gydol ein taith.

Deuddydd o fodio a thrampio yn ddiweddarach, a dyma gyrraedd Corrientes, wedi cael taith fythgofiadwy mewn cefn pic-yp am yr wyth awr olaf trwy gorsydd a choed palmwydd, adar anhygoel a gauchos trawiadol ar geffylau bendigedig. Roedden ni'n fudur, yn flêr ac roedd y gwesty'n rhad fel twlc mochyn, ond roedd y gawod yn nefoedd ar y ddaear. Cwympodd Geraint i gysgu ar ôl tynnu ei esgidiau, a chrynu a chwysu drwy'r nos. Roedd y creadur yn swp sâl. Roedden ni wedi dod yma i weld ffrindiau eraill roedd o wedi eu cyfarfod yn Seland Newydd ond doedd neb yn y tŷ, a'r noson honno, gan fod y pres yn diflannu'n arw, fe gysgon ni mewn croes rhwng melin wynt a wigwam bren mewn maes chwarae plant. Doedd hynny ddim yn hawdd, gan fod y mosgitos am ein gwaed drwy'r nos, ac fe gawson ni ein deffro am bump o'r gloch y bore gan warchodwr y parc oedd am ein hel oddi yno, nes i ni gael sgwrs gydag o.

Yn ffodus, roedd cyfeillion Geraint yn eu holau y diwrnod hwnnw ac fe gawson ni ein trin fel dau frenin am y dyddiau canlynol, nes bod Geraint yn holliach a minnau wedi gwirioni ar ardal ecsotig Corrientes. Fe gawson ni gynnig nofio yn yr afon, y Parana, ond roedd hi'n drewi braidd, a phan eglurwyd fod yno bysgod o'r enw *piranhas* yn ogystal, doedd 'na'm peryg i ni fentro, *amigo*! Eglurwyd ymhellach nad oes raid poeni amdanynt, dim ond i chi nofio oddi tanyn nhw. O ia, *pero no gracias*.

Roedd gan y bobol hyn fferm mor fawr, roedd yno ddarnau na welodd erioed yr un dyn byw, a doedd neb wedi llwyddo i wneud map manwl oherwydd y corsydd peryglus.

Ar Awst y seithfed ar hugain fe ddalion ni'r trên nos yn ôl i Buenos Aires. Roedd hi'n amser dychwelyd i Gymru, i gael dillad glân a bywyd normal. Ro'n i'n difaru nad oedd gennym fwy o bres ac amser i'w dreulio yn teithio trwy'r cyfandir cyfan, ond roedden ni wedi cael mwy na blas. Y bobol, fel sy'n digwydd ar unrhyw daith, oedd yn aros yn y cof. Mae gan bobol y byd gymaint i'w gynnig i'w gilydd, a phobol fel Hector a Monica Garcia a'u tebyg, y tlotaf ohonynt i gyd, sydd â'r gwersi mwyaf gwerthfawr i'w dysgu i ni.

Rydw i'n hoff iawn o'r hyn ddywedodd Michel de Montaigne yn ôl yn yr unfed ganrif ar bymtheg: 'Dylech gadw eich bwtsias am eich traed bob amser, a bod yn barod i adael'.

Maen nhw am fy nhraed, gyfaill.

Bethan Gwanas

Twristiaeth Wleidyddol

Ladysmith . . . Lisboa . . . Salzburg

Gwelodd pob Cymro gwerth ei halen grŵp roc o'r enw *Ladysmith Black Mambazo* yn canu i Nelson Mandela ar raglen yn cael ei chyflwyno gan Dewi Llwyd, wrth i'r arlywydd gael ei orseddu yn Pretoria wedi'r etholiad cyffredinol democrataidd cyntaf yn Ne Affrica. Y noson wedi'r cyfrif, prynais eu cryno ddisg *'Liph'iqiniso'* ym maes awyr Johannesburg, yn ymyl twll mawr yn y wal a'r to lle'r oedd yr asgell dde eithaf newydd ffrwydro bom, a chwythu ei phlwc ar yr un pryd. Pensaer o Pisa a'm cymhellodd i fuddsoddi yn y grŵp hwn. Gwelodd 'Cymru' yn hytrach nag *'United Kingdom'* ar fy mathodyn swyddogol a gofyn a oeddwn yn adnabod Gwynedd – yr oedd wedi mwynhau gwyliau ardderchog yno, meddai, a mwynhau Portmeirion yn arbennig – pensaer: pensaer o Pisa. Fel hithau, ar y ffordd adref yr oeddwn, ar ôl treulio'r mis mwyaf helbulus yn fy myw, a'r mwyaf boddhaol hefyd ar lawer ystyr, yn sylwedydd etholiad rhyngwladol yng nghanolbarth Kwazulu Natal. Nid yng nghyffiniau Ladysmith ei hun y gweithiwn (neu buaswn wedi cael ysgwyd llaw Mandela o flaen un o'i raliau mawr) ond yno y cynhaliwyd cyfarfodydd gyda'n rheolwr taleithiol, Sais yr un ffunud â John Le Mesurier. Gan ei fod yn cynrychioli'r Undeb Ewropeaidd, fe'n hanogai, y tro cyntaf, i arolygu'r ardaloedd traddodiadol nad oedd sylwedyddion y Cenhedloedd Unedig yn barod i fentro iddynt, rhag ofn gwŷr arfog Buthelezi, pennaeth Inkhata (mewn gwesty pum seren ar ffrynt Durban yr oedd swyddfa'r dalaith). Roedd Ladysmith ei hun mor dawel â Maenclochog cyn i'r bysus ysgol gyrraedd adref, fodd bynnag, a heb fod fawr crandiach ychwaith. Ymwelais â'r amgueddfa filwrol fach er mwyn cael hanes y gwarchae adnabyddus (Affricaneriaid yn amgylchu Saeson) a chyfarwyddyd ynglŷn â chyrraedd Rorke's Drift (Zwlwiaid yn amgylchu Cymry tan arweiniad Stanley Baker, ar ôl rhoi coblyn o gweir i'r Saeson yn Isandhlwana). *'You'll enjoy it if you're Welsh,'* ebe'r geidwades ond yr oedd y daith ddi-dar yn rhy bell, y gwrthdaro cyfoes yn rhy agos, a'r hanes yn rhwym o godi cywilydd ar fy mhartneres etholiad oleuedig – druan o'r Ddanes fach, yr oedd hithau wedi clywed hen ddigon am hanes Cymru yn barod, gan fod pob pâr o sylwedyddion tan orchymyn i aros yng nghwmni ei gilydd o fore gwyn tan nos. Y *Lady Chatterley* amdani felly – bar prif westy'r dref – a cheisio tynnu sgwrs gyda dau hogyn gwyn a laddai ar dîm rygbi o Awstralia am ddiddymu gêm yn Durban oherwydd y sôn am ryfel cartref. 'Oes gobaith gweld gêm ffordd hyn 'te?' *'You'll have to go a long way. There's nothing to do in Ladysmith except drink and sleep.'*

Erbyn inni gael ein galw eto i Ladysmith, roedd pethau'n dal i ddirywio. Y tro hwn, cawsom bregeth gan ein hymgynghorydd diogelwch: pan fo dirprwy bennaeth holl heddlu Denmarc yn eich cyfarwyddo i anwybyddu goleuadau traffig coch pryd bynnag y gwelwch ddynion ifanc ar y palmant, beth wnewch chi ond cofio parcio yn agos i'r llwybr dianc rhwyddaf, gyda'ch car yn cyfeirio am allan, a diolch mai dim ond tua ugain o oleuadau sydd yn eich etholaeth gyfan? Dyna'r pâr ifanc o'r mudiad Cyfreithwyr dros Hawliau Dynol wedyn, yn cynnig rhifau ffôn ar gyfer y llecynnau peryclaf, a lloches argyfwng: gwynion heulfrown hyderus yn estyn croeso i frawdoliaeth y gad, fel petasent wedi bod yn disgwyl amdanom ers hydoedd ar dudalennau Nadine Gordimer neu André Brink. Ond rhybudd terfynol y rheolwr a agorodd fy llygaid i'r ffaith nad cymeriadau mewn nofel mohonom: 'Ddeuddydd neu dri cyn y pleidleisio, gochelwch rhag y twristiaid etholiad, yn is-weinidogion tramor, llefarwyr gwrthbleidiau, aelodau seneddol Ewropeaidd, awdurdodau academig o fri, awdurdodau amlbwrpas yn chwilio am slot ar y cyfryngau . . . Byddant yn mynnu'ch sylw, a'ch cyngor, a'ch cymorth i'w tywys o fan i fan. Byddant am ichi eu bwydo a'u cyflwyno i bwysigion yr ardal. Un ac oll, byddant am rannu'r clod am ddymchwel y drefn hiliol, cyd-ddathlu trobwynt mawr yn hanes y ddynolryw, a llongyfarch Mandela yn y cnawd yn Pretoria wedyn. Anwybyddwch nhw. Ewch ymlaen gyda'ch gwaith. Dydyn nhw ddim gwell na thwristiaid!'

'Nid twristiaid *etholiad* mohonynt yn y bôn,' ebe Hanne ar y ffordd adref yn ein VW Golf cadarn, coch, yn dwt yn y siaced atal bwledi a roddai Swyddfa Dramor Denmarc i bob un o'i sylwedyddion. 'Twristiaid *gwleidyddol* ydyn nhw. Nabod y teip. Un esgus arall i grwydro'r ddaear ar bwrs y wlad ydi etholiad. Cynhadledd yma. Hel ffeithiau acw. Cyfnewid profiad. Fe dyfodd twristiaeth wleidyddol yn ddiwydiant mawr yn Scandinafia.' 'Siaradwch drosoch eich hunan,' atebwn innau, a gwahoddiad gan Linda Chalker i dderbyniad yn Whitehall ym mhoced gesail fy nghôt. Roedd gorwel du creigiog y Drakensberg yn ein hebrwng bob cam o'r daith, fel mur Ardudwy wrth yrru heibio Trawsfynydd am Ddolgellau, ond ei fod yn parhau am gannoedd o filltiroedd, a phum gwaith yn uwch na Moel Ysgyfarnogod. Ar wahân i hyn, dim ond ffriddoedd brown di-ben-draw a chwyddai o'n cwmpas: 'Dacw Spion Kop:

roedd sôn amdano yng ngwersi hanes fy ysgol – fan'na roedd yr Affricaneriaid yn cadw llygad ar Ladysmith: lliw'r llethrau hyn a orfododd y fyddin Brydeinig i wisgo khaki yn lle coch, roedd anelu'r Boeriaid mor gywir.' 'Imperialydd!' 'Un da i siarad, Viking! Dwi'n derbyn eich bod yn gwneud lles mawr wrth hybu hawliau merched a busnesau bach benywaidd ac ati yn Tanzania ac Uganda a Lesotho a Botswana, a phwy ŵyr lle nesaf, ond, yn siŵr i chi, hen ysfa'r Northmyn sy'n eich corddi chi mewn gwirionedd. Twristiaid gwleidyddol oeddent hwy. Twristiaid gwleidyddol ydych chi a minnau hefyd.' 'Lol botes. Mae hyn yn llawer rhy debyg i waith. Yn Tanzania, roeddwn i'n byw am dair blynedd mewn tŷ bychan to gwellt gan milltir o bob man, gyda gwarchodwr arfog rhag y lladron, a heb weld neb gydag addysg am fisoedd ar y tro.' 'Dwi'n tynnu'm geiriau cas yn ôl ond beth am sylwedyddion ifainc y Cenhedloedd Unedig sy'n mynd i'r naill etholiad ar ôl y llall rhwng swyddi neu yn ystod eu gwyliau? Welsoch chi nhw'n cofleidio a chusanu ei gilydd wrth gofio cyfarfod yn Ethiopia neu Haiti neu Cambodia neu Namibia?' 'Ac yn cofio'r amodau erchyll a'r bygythiadau hefyd.' Roedden ni wedi mynd â phob i stecen asgwrn T enfawr i *braai* nos Sadwrn y Cenhedloedd Unedig: pobl ifainc fel arweinwyr Cymdeithas yr Iaith oedd y rhan fwyaf yno – rhyw Gymdeithas Pob Iaith, Lliw ac Hil mewn gwirionedd, yn credu bod gan bob grŵp hawl i fynegiant democrataidd, fel John o Biaffra (alltud yn Dallas erbyn hynny) a Guy o Quebec. Ond beth yn y byd oedd y diplomat ifanc o Tsieina yn ei wneud mewn, o bopeth, etholiad? 'Lwc inni gyrraedd mewn pryd i rybuddio Guy rhag pryfocio'r rheinoseros yna yn Weenen. Welodd o rioed y fath beth yn eira Quebec.' 'Doedden ninnau fawr gwell yn crwydro'r Drakensberg ddydd Sul, ynghanol y babŵns, a ffoi wedyn i bwll nofio'r Makasa Sun.' 'A darllen penawdau fel *"Inkatha's War Plan"* a *"Last Week's Death Toll Tops 200"* ar fin y pwll, a gorfod mynd ugain milltir allan o'n ffordd i gyrraedd adre'n ddiogel.'

Hyhi oedd yn iawn. Does yna fawr o dwristiaeth yn perthyn i'r math o etholiad sydd angen cymorth rhyngwladol. Boddhad cyfranogwyr oedd ein boddhad ni: prin bod angen codi cwr y llen yma ar y ffordd y buom wrthi fel petasem yn ymladd sedd ymylol enfawr ein hunain: pedwar diwrnod i fynd ac, o'r diwedd, llwyddo i gael croeso i rali Inkhata enfawr, anghysbell yn y mynyddoedd, yn gorau merched dwys ac yn filwyr traddodiadol arfog i gyd: dim ond ar ôl sleifio allan cyn y diwedd y sylwasom ar eira ar y cribau pell, haul yn goreuro'r ffriddoedd, dyffryn ar ddyffryn hudol yn disgyn tua glesni di-ben-draw'r trofannau; tridiau i fynd, helpu Swyddog Etholiad o dras Indiaidd, na phleidleisiodd erioed o'r blaen ei hun, i gael trichant o glarcod etholiad dibrofiad o dair hil i dderbyn eu cyfrifoldeb, ac yn y broses gweld cymuned newydd amlhiliol yn egino am y tro cyntaf yn Mooirivier; gweld afiaith y pleidleiswyr newydd wedyn a gorfoleddu ein hunain fod y pleidleisio yn mynd yn ei flaen yn esmwyth yn Bruntville, treflan wedi ei rhannu hyd at losgi tai a llofruddio, lle'r oedd wyth deg y cant o'r bobl ifainc allan o waith, saith deg y cant o'r boblogaeth yn anllythrennog a chwe deg y cant o'r teuluoedd â dim ond un rhiant: y gyfrinach yma oedd gosod dwy orsaf bleidleisio o fewn tri chan llath i'w gilydd, y naill ar gyrrau hostel Inkatha, a'r llall yn fwy cyfleus i gefnogwyr yr ANC.

Ychydig cyn imi gyrraedd Natal roedd erthygl yn *Newsweek* i'r perwyl ei bod yn beryglus croesi'r stryd fawr yn Estcourt, ein tref agosaf, gan fod y naill ochr ym meddiant arfog yr ANC, a'r ochr arall ym meddiant Inkatha. Erbyn yr etholiad, diolch i'r eglwysi, yr oedd y saethu wedi ei gyfyngu i frwydr fewnol y tu mewn i'r ANC. Buom yn siopa droeon yn Estcourt ac yn stopio am baned ond nid yw'n syndod na welsom yr un twrist etholiadol yn ein cyffiniau ni. Wrth gludo'n hadroddiadau i'r swyddfa yn Pietermaritzburg y cawsom y fraint o gyfarfod ein hunig un, A.S.E. o'r Almaen, menyw eithaf adnabyddus, yn pwyso cymaint â Glenys Kinnock ac Eluned Morgan gyda'i gilydd. Yr oedd rhai o'n cymheiriaid yno yn dal yn welw ar ôl dod ar draws gorsaf bleidleisio wedi ei thrawsfeddiannu gan un blaid, a gorfod ffoi am eu bywydau a chuddio. Ond llwyddwyd i gynnal parti hwyliog er anrhydedd yr Aelod a'i hewfforia: wrth i'r Mercedes gyrraedd i'w hebrwng i Pretoria, diolchodd inni i gyd ar ran Senedd Ewrop: 'Gyda'ch help chi dangosodd Affrica i'r byd fod democratiaeth yn dod â phobl o bob lliw, hil, credo a thuedd rywiol at ei gilydd mewn heddwch, brawdgarwch a chydraddoldeb.' Chwiliais am ateb priodol ond diragrith, gan ymbalfalu am eiriau Goethe: '*Frei zu sein ist nichts. Frei zu werden ist das Himmel.*' A derbyn cusan am fy nhrafferth.

Tro Hanne i yfed ydoedd, a'm tro innau i yrru. Yr oedd hi'n bwrw fel o grwc a dim ond posteri gwlyb – na fuasai wedi parhau awr yn Etholaeth Conwy – i'n hatgoffa o'r etholiad wrth yrru i lawr i ganol Maritzburg wedyn: '*Peace, Houses and Jobs*', tan lun Mandela: '*The Name Says It All*', yn enw'r Blaid Ddemocrataidd, hen wrthblaid wiw y gwynion, a ysgubwyd o'r neilltu gan y grymoedd mawr. Cawsom de mewn bwyty Tuduraidd teilwng o Lwydlo hanner canrif yn ôl cyn ffoi adref i Affrica, a'r etholaeth ag enw drwg nad amharwyd unwaith ar ei heddwch etholiadol yn ystod tridiau o bleidleisio, a'r hen ffrindiau o bob hil y teimlem eisoes mor gartrefol yn eu plith, ac mor dorcalonnus o ddiymadferth drostynt.

II

Daw un o'r toriadau papur newydd a drysoraf fwyaf o golofn yn yr *Herald Gymraeg*. Mae'r awdur yn sôn am gyfaredd clonc esgidiau mawr chwarelwyr yn mynd i ddal trên y gwaith, ac yntau'n blentyn. Cofiodd amdanynt wrth weld eraill yn dal trên cynnar ym Mangor ym mis Chwefror 1983 – Yr Arglwydd Cledwyn, Dafydd Wigley a Barry Jones 'yn teithio i chwarel Westminster ac Ioan Bowen Rees, Prif Weithredwr Gwynedd, yn teithio dros ei sir a'i bobl i Strasbourg i chwilio am nawdd a gobaith'. Gobeithiai gael cyfle i sgyrsio a chwedleua gyda'r pedwar yn ystod ei daith yntau i bwyllgor yn Llundain – 'ond na, na, fe swatiai pob un yn ei gornel ynghanol papurau a amrywient o ddeddfau ar y gweill i lythyrau etholwyr . . . Paned o goffi ar blatfform Crewe oedd yr unig hamddena a fu'. Y Cynghorydd Ifor Bowen Griffith a sgrifennodd amdanom mor garedig ac fe wyddai ef cystal â neb nad mêl i gyd ydyw pob taith dros gyngor. Eto i gyd, efallai fod yna ddau fath o dwristiaeth wleidyddol. Ambell waith, daw elfen wleidyddol i mewn i wyliau go iawn, fel y tro hwnnw ar benrhyn Dingle pan ddigwyddais daro ar Charles Haughey yn dadorchuddio cofeb i gyflafan Dún an Óir, a'i ychwanegu wedyn at fy nghasgliad o Brif Weinidogion a Llywyddion gwlad y cefais air â hwy – casgliad sy'n ymestyn bellach o ginio hir gydag Edward Heath i ddau funud gyda Robert Mugabe. Gaeleg a siaradodd Haughey yn bennaf ond, wrth droi i'r Saesneg, apeliodd at bawb i beidio â dal y gyflafan yn erbyn pobl Lloegr: 'gwleidyddiaeth grym oedd yr achos, y rhyfel rhwng Lloegr a Sbaen, a bellach rydan ni i gyd yn bartneriaid mewn Ewrop newydd a drodd ei chefn ar ryfel'. Ond gwers arall a ddysgais i, gwers sy'n awgrymu bod twristiaeth wleidyddol yn bwysig i bawb: cofiwn mai un o'r straeon hanes cyntaf a ddysgid i blant bach Dolgellau gynt oedd honno am Syr Walter rhadlon Raleigh yn taenu ei glogyn ar lawr, rhag i'r Frenhines Bess faeddu ei hesgid yn y mwd. Yma yn Iwerddon, fodd bynnag, arweinydd y milwyr a laddodd yr holl wragedd a phlant a lochesai tu mewn i furiau Dún an Óir oedd Raleigh, a hynny ar ôl addo na chyffyrddid â hwy pe bai ceidwad y castell yn ildio. Rhaid sôn hefyd am y wers wleidyddol a gafodd ein mab saith oed wrth chwarae gyda'r Gwyddelod bach cyfeillgar. 'Dad,' gofynnodd un noson, 'Beth ydi Protestant?' 'Pam?' 'Y plant eraill holodd ai Catholic ynteu Protestant oeddwn i.' 'Sut ddaru ti ateb?' *'Neither. I'm an Annibynnwr.'*

Ffurf arall ar dwristiaeth wleidyddol ydyw'r cyfle sydyn a gewch, o bryd i'w gilydd, i ddianc am egwyl o gynhadledd hirwyntog neu bwyllgor di-ben-draw: am Emil Gilels yn chwarae Beethoven y meddyliaf wrth gofio cynhadledd lywodraeth leol yn Lausanne; am y sioc o weld darlun mawr gan Burne-Jones mewn lle amlwg iawn yn Oriel Gulbenkian y cofiaf gynhadledd arall yn Lisboa deg – buasai'n ffitiach imi gofio cael y fraint o groesawu'r cynrychiolydd cyntaf o ddwyrain yr Almaen i gael llwyfan yno ers iddi ymuno â'r gorllewin, ac o hysbysu'r gynulleidfa fod plant Ysgol Gynradd Pen-y-bryn, Bethesda, newydd gyfnewid gyda chyfoedion o ben draw Rwsia, a mynnu ei fod yn hurt sôn am orgynhyrchu bwyd yng ngorllewin Ewrop tra bod plant ein brodyr a'n chwiorydd heb ddigon. Dro arall, wedi diflasu'n llwyr ar ôl pwyllgora ynghylch ieithoedd llai o wyth y bore tan naw y nos un dydd Sadwrn yn Barcelona, a wynebu'r un driniaeth o naw o'r gloch ymlaen ar y dydd Sul, collais bob amynedd a mynd allan tua saith yr hwyr, gan gyrraedd holl fireindra dieithr Sefydliad Joan Miró ar y bryn, mewn pryd i fynd o gwmpas, am ddim, gyda gosgordd o geidwaid a glanhawyr wrth iddynt gloi gwahanol ddrysau a'm sgubo innau yn fy mlaen. Weithiau, aeth dwy elfen twristiaeth wleidyddol yn un, a dyna'r ffurf orau oll arni. A oes harddach golygfa ddinesig na'r Stadshuset, Neuadd y Ddinas, ar draws un o'r cilfachau heli yna sy'n iacháu ac yn cyffroi prif strydoedd Stockholm, a'u cysylltu â phellafoedd byd? Y tu mewn, yr oedd y Faeres newydd fy hysbysu bod dwy ran o dair o staff y ddinas yn weithwyr cymdeithasol. Onid oes cysylltiad rhwng harddwch y neuadd a pharodrwydd y trethdalwyr i ysgwyddo'r baich am y gwasanaeth? Ac onid yn Stockholm y clywais yr anerchiad mwyaf Gwynforaidd ei fyrdwn ag a glywais erioed y tu allan i Gymru, o enau'r Prif Weinidog merthyredig, Olaf Palme?

III

Os ydyw gwaith a gwyliau erioed wedi mynd yn un yn fy hanes i, yn Salzburg y digwyddodd hynny, a Leopold Kohr biau'r diolch. Annerch symposiwm er anrhydedd iddo ef oedd y gwaith, tan nawdd Corfforaeth Ddarlledu Awstria a Llywodraeth Talaith Salzburg, a oedd newydd anrhydeddu Leopold a'i rhyddfraint. Salzburg oedd yn gyfrifol am y gwahoddiad a'r costau ond mynnai pawb fy nghroesawu fel Landeshauptmann Gwynedd, hynny yw, llywydd etholedig talaith gyda'r hawl i ddeddfu ac i drethu (yn ogystal â'i phrif weithredwr), yn hytrach na gwas cyflog distadl fel Prif Weithredwr Cyngor Sir cyfyng iawn ei alluoedd a'i adnoddau. Ond, mewn cyfrol Almaeneg, yr oedd y rhamantydd yn Leopold wedi'm cysylltu â Wilfried Haslauer, Landeshauptmann go iawn Salzburg, fel dau o'r ychydig weinyddwyr a gymerai syniadau *'klein ist schon'* (harddwch y bychan) E.F. Schumacher o ddifrif, ac yr oedd Schumacher yn cydnabod mai Leopold, yn ei dro, oedd ei *guru* ef. Dyna sut y cefais y fraint annisgwyl o rannu llwyfan gydag enwogion fel Ivan

Illich a Gwynfor. Cofiwn fod fy nghyfaill James Nicholas hefyd wedi cael croeso mawr pan agorwyd Arddangosfa Geltaidd fawr yn Salzburg: ac yntau'n Archdderwydd, gosodwyd ef ar ben yr orymdaith swyddogol trwy'r strydoedd, gyda neb o'i flaen ond Archesgob Salzburg (sy'n dod yn union ar ôl y Pab yn ei fyd ef), gyda Llysgennad Prydain Fawr yn gorfod bodloni ar ddod yn drydydd. Wedi clywed fod yna hanner dwsin o Gymry yn y symposiwm, estynnodd Maer tref gyfagos Hallein wahoddiad inni i weld yr Arddangosfa Geltaidd barhaol yno, ar ôl clamp o ginio mewn tafarn gyfagos. Profiad rhyfedd oedd gweld delwau aur a luniwyd yn ystod cynoesau canolbarth Ewrop, ond a'm hatgoffai o ddelweddau llenyddol Cymraeg cyfarwydd fel y pair dadeni a'r twrch trwyth a phen Bendigeidfran.

Un o'r Cymry yn ein plith oedd Goronwy Daniel, Ysgrifennydd Parhaol cyntaf y Swyddfa Gymreig gynt, ond erbyn hynny yn Brifathro Coleg Aberystwyth, ac yn barod i gyhoeddi ar yr awyr na ellid cyfiawnhau bodolaeth ei hen Adran heb ei gwneud hi'n atebol i Gynulliad etholedig. Ni allaf wrthsefyll sôn am y noson pan gerddasom yn ôl gyda'n gilydd o'r ddinas i hostel y symposiwm ar y cyrrau, a chael bod y drysau wedi cloi, a neb yn ateb y gloch. Er moethused y Bildungshaus, adeilad modern llyfn a moel ydyw, gwahanol iawn i'r colegau hynny a arferai gau eu pyrth mor gynnar rhag is-raddedigion Rhydychen. Yn ffodus, sylwais ar ffenestr heb ei chau'n dynn, a llwyddo i ddringo ati a thrwyddi heb drybini er mwyn agor y drws i'r Prifathro. Leopold ei hun, mi gredaf, a drefnodd inni symud wedyn i westy bychan yng nghanol yr hen ddinas (ai'r *Goldener Hirsch?*) heb fod ymhell o fan geni Mozart, lle gallwn ddilyn gweithgareddau ymylol y symposiwm yn y 'tafarnau academig' a oedd mor agos i galon yr hen fyfyriwr tragwyddol hwn.

A'r symposiwm yn tynnu at ei derfyn, mynnodd Leopold fynd â chriw ohonom i weld ei hen gartref ym mhentref Oberndorf, lle'r oedd ei dad yn feddyg, a'r eglwys lle canwyd y garol *Stille Nacht* – Tawel Nos, gwaith athro o'r cylch – gynta' rioed. Croesawyd ni i'r hen gartref gan chwaer yng nghyfraith Leopold a chofiaf Gwynfor, ar ei fwyaf hawddgar, yn cydymdeimlo â hi ynglŷn â'r amser dychrynllyd a gafodd, yr oedd yn siŵr, yn ystod teyrnasiad y Naziaid. 'Fel y mae'n digwydd,' atebodd hithau 'wnaeth o fawr o wahaniaeth i ni yn Oberndorf. Roedd pawb yn gorfod addasu. Myfi oedd cadeirydd cangen leol y Blaid Naziaidd.' Nid dyna'r unig adeg y diwrnod hwnnw pan ofidiwn nad nofelydd neu awdur straeon byrion mohonof. Dros ginio wrth fwrdd hir mewn un arall eto o'r tafarndai goludog cynnes, rhyfeddwn mor amrywiol oedd fy nghymdeithion – sylwebyddion trwm ac ymgyrchwyr gwyrdd dwys o Ogledd America gydag enwau fel Savory Crunch neu Lexington K. Bore (*'say, have you ever considered running for office?'*); golygydd cylchgrawn ecolegol; Is-ganghellor Puerto Rico ('Prifysgol gydag ynys, nid ynys gyda phrifysgol'); Saesnes ifanc o Sheffield, o bobman, a reolai, o bopeth, un o theatrau Salzburg, ac a ddatgelai wrthych dros yr *apfelstrudel* sut foi oedd Karajan neu Abbado mewn gwirionedd; awdur pur adnabyddus gyda merch ddiniwed yr olwg tua deugain mlynedd yn iau nag ef (*'If I was her mother I would die,'* chwedl un o'r Americanesau); Dug neu Iarll a bleidiai hunanlywodraeth i Wessex ac, ar ei fraich, seren fain ffilm Ffrangeg fwyaf adnabyddus y flwyddyn. Ai Cymry cefn gwlad, ai Ymneilltuwyr – a Daniaid – yn unig a all gymdeithasu'n ddi-lol heb actio rhan nac actio swydd? Diolchwn fod cyfeillion agos Leopold o Ystrad Meurig, y meddygon Ann a Glyn Rhys, yno hefyd fel lefain.

Yn ystod y prynhawn, aeth rhai ohonom dros y ffin i'r Almaen er mwyn cerdded min y Königsee. Nid oedd Berchtesgaden ymhell ond rhywle o'r golwg, ar ben un o'r llethrau, roedd tŷ haf Hitler. Cofiais *chauffeur* o Bournemouth yn dod â meibion hen ffrind coleg i'm tad i lochesu yn ein tŷ ni uwchben Dolgellau, ar ôl cwymp Ffrainc yn 1940, ac yn gofyn, *'What d'you call this place, Berchtesgaden?'* Ymhell cyn 1940, yr oedd Leopold ei hun wedi dianc o Awstria, dod i adnabod Hemingway ac Orwell wrth sylwebu ar Ryfel Cartref Sbaen, ac yna ymsefydlu yn Canada. Eto i gyd, roedd arswyd yn ei straeon am ddigwyddiadau fel Brad y Cyllyll Hirion mympwyol pryd y llofruddiwyd Ernst Röhm ac ugeiniau o'i gydnabod, ar adeg pan oedd brawd Leopold yn digwydd bod yn ffrind coleg i fab Röhm ym München. Y tu allan i München y mae Dachau, llai na chan milltir oddi wrth Salzburg ar hyd y draffordd. Heb ffoi, nid yn unig o Ganolbarth Ewrop, ond oddi wrth yr iaith a gynlluniodd ac a gyfarwyddodd ac a gofnododd ddienyddiad arteithiol chwe miliwn o Iddewon, tybed a allai Leopold fod wedi cadw'r cydbwysedd a esgorodd ar *The Breakdown of Nations* yn 1957? Sut yn y byd y llwyddodd i osgoi mynd i feddwl, fel alltud arall cyfoes, Theodor Adorno, mai Celf yw'r unig gyfrwng posibl, bellach, i wirionedd? Hunanladdiad mewn alltudiaeth oedd tynged y nofelydd Awstraidd-Iddewig Stefan Zweig, a fu'n byw am ugain mlynedd yn Salzburg. Mor agos erioed y bu pob nefoedd ar y ddaear i ryw uffern gyfatebol!

Ni allaf ymglywed yn iawn ag unrhyw le newydd heb fod, am gyfnod, ar fy mhen fy hunan. Un diwrnod, aeth Leopold â dyrnaid ohonom i'r Müllner Bräu, neuadd gwrw enfawr yn un o adeiladau'r hen fynachdy Awgwstinaidd, a'i llond o fyrddau hir ar gyfer y math yna o gwrw casgen ysgafndroed llesmeiriol, heb fod yn felys nac yn chwerw, na phrofais erioed y tu allan i Awstria – a faint fynner o *Wurst* a *sauerkraut* a bara i fodloni'r archwaeth poeth a godir gan y cwrw. Yr oedd y cwmni yn felys a thafodau'n rhydd. Serch hynny, gwelodd fy nghalon falch ac estron gyfle am dro ar hyd crib y Mönchberg, o'r naill ben i'r llall. A'r gorwelion yn lledu i bob cyfeiriad, a naws y gwanwyn yn llawn o ystrydebau beirdd bach y cyfansoddwyr mawr, cerddwn mewn perlewyg nes cyrraedd sedd ymhell uwchben yr hen ddinas ei hun. Yn y man, daeth mam gyda merch alaethus yr olwg tua ugain oed ataf a thynnu sgwrs. Yr oedd ôl crio ar y ferch ac eglurodd y fam fod ei chariad newydd ei gadael, gan fynd ymlaen i fanylu ar yr amgylchiadau fel petaswn innau yn weithiwr cymdeithasol neu'n weinidog. Ond teimlwn, dan ddylanwad cwrw mor wâr, yn fwy fel telynegwr a allai alw ar ryw Schubert i osod fy ngeiriau, a llwyddais i ddod a gwên i wynebau'r ddwy wrth sôn am yr holl bysgod sy'n aros yn y mor ar gyfer merch hawddgar, dlos: '*Aus meinen Tränen spriessen . . .* ' Wrth gerdded yn fy mlaen, sylweddolais fy mod wedi bod yn siarad Almaeneg yn hollol ddi-ball, ar bwnc anghyffredin heb gysylltiad yn y byd ag ymreolaeth awdurdodau lleol, a heb i'r wraig ofyn o le rown i'n dod – fwy neu lai am y tro cyntaf yn fy mywyd, a mwy na thebyg am y tro olaf hefyd. Wedi cyrraedd castell Hohensalzburg ym mhen arall y mynydd, ymhyfrydais yn yr olygfa yn hytrach nag ymweld â stafelloedd fel y *Goldene Stube* o ddechrau'r unfed ganrif ar bymtheg, sy'n llechu tu ôl i'r waliau llym. Gallwn weld y rhan fwyaf o *Land* Salzburg o'r fan hyn. O gwmpas y Mönchberg yr oedd y gwastadeddau mawr agosaf at yr Alpau, a golwg lawer llai cyfyng arnynt nag oedd o awyren yn ceisio osgoi'r Watzmann a'r Unterberg wrth lanio. Tua phellter Eryri o Gadair Idris, heibio canolfannau sgïo Badgastein a Zell am See, roedd eira tragwyddol yr Hohe Tauern, mynyddoedd uchaf Awstria: buasai Alfred Winter, a ofalai am gysylltiadau cyhoeddus y *Land*, wedi hoffi efeillio Parc Cenedlaethol y Gross Venediger gydag Eryri, a Gwynedd gyfan gyda'r *Land*: 'Cawsom lond bol ar grachach yr Ŵyl. Hoffwn weld corau o bobl gyffredin yn cyfnewid, a naws werinol i'r cyfan'. Ar y pryd, dim ond canwr penillion nodedig yn Ysgol Dyffryn Nantlle oedd Bryn Terfel a chytunais gyda awch. Ond . . . 'Ond ofnaf y bydd yn rhaid aros i dymor y Gweinidog Cyllid presennol ddod i ben cyn anfon atoch yn swyddogol'. O'i chymharu â Chyngor Sir yng Nghymru, ni wyddai llywodraeth Salzburg ei geni, fodd bynnag: tan bwysau'r canol, 'cynnil, tra chynnil, colli tri chymaint', fu hanes llywodraeth leol Brydeinig ers degawdau.

Ers talwm roedd Archesgob Salzburg hefyd yn Dywysog Gwladol mwy neu lai annibynnol. O weld cymaint o'r holl *Land* yno o'm blaen ar ben y Mönchberg, sylweddolais o'r newydd sut y gallai'r fath grynhoad o harddwch tir a gwychder dinesig fod wedi tueddu Leopold o blaid chwalu'r gwledydd mawr a rhoi ei ffydd mewn ffederasiynau llac o wladwriaethau bychain, gan ddweud am yr Archesgob mawr bydol, Wolf Dietrich:

> Heb unrhyw gyfle i ehangu ei feddiannau, ailgyfeiriwyd ei natur ymosodol tuag at adeiladu eglwys gadeiriol ysblennydd yn arddull y Dadeni, y gwnaeth ei thalcen gefnlen anghymarol i Jedermann (*Pobun*), atyniad canolog gwyliau ffyniannus Salzburg o hyd. Cododd ei olynwyr eglwysi eraill, i gyd yn hollol ddianghenraid ond pob un yn harddach na'r llall, gan chwythu twneli trwy greigiau, naddu theatrau yn ochrau'r mynyddoedd, adeiladu ffynhonnau hyfryd a phyllau marmor gwych lle gallai eu ceffylau nofio yng ngwres yr haf, a chreu'n gariadus yn y fforestydd gestyll hud ar gyfer eu meistresi ffrwythlon. Trawsffurfiwyd Salzburg, prifddinas gwlad gyda llai na dau gan mil o drigolion, yn un o emau pensaernïol y ddaear.

Llwyddodd yr hen dywysogaeth annibynnol i gadw allan o'r Rhyfel Deng Mlynedd ar Hugain. Dim ond rhyfeloedd a chywilydd a ddaeth i'w rhan wedi i Napoleon ei darostwng, a rhoi cyfle i'w goncwerwyr yntau ymddwyn yn yr un modd. Ym mhen draw cyfres o ryfeloedd eraill, dyna Almaen Hitler yn darostwng Awstria ei hun (nid heb gryn gymeradwyaeth o'r tu mewn), yn chwalu cofeb y dramodydd a'r bardd mawr Hugo von Hofmannsthal, awdur *Jedermann* a sefydlwr Gŵyl Salzburg, gan fod ganddo waed Iddewig, a denu cryn ddifrod i'r hen ddinas o'r awyr yn ystod yr Ail Ryfel Byd. Nid saint oedd yr hen Archesgobion, bid siŵr. Fel carcharor ei olynydd, Marcus Sitticus, yma yn y castell y treuliodd yr adeiladwr mawr Wolf Dietrich wyth mlynedd olaf ei fywyd, a'r holl ogoniant a greodd rhwng 1587 ac 1611 o'r golwg tan ei draed. Ond agosrwydd yr Almaen oedd prif broblem Salzburg. Cyffelyb yw problem pob gwlad fach, weithiau ar ffurf bygythiad arfog, yn amlach heddiw ar ffurf economaidd neu amgylcheddol. Dyna paham yr oedd Leopold, fel y rhan fwyaf o genedlaetholwyr gwledydd bychain, yn gydgenedlaetholwr hefyd. Ond tybed faint o ffydd a oedd ganddo y gallai deddfau rhyngwladol, a'r llysoedd a'r heddlu i'w gorfodi, warchod ymreolaeth gwledydd bach am gyfnod digon maith i ladd yr hen ysfa Napoleonaidd am byth? Os oedd Leopold yn ddigon o ddelfrydwr llon i fawrygu'r wlad fach, roedd yn ddigon o realydd hefyd i werthfawrogi pob cam bychan ymlaen.

Ni allai neb a fagwyd ym Meirionnydd i redeg o gwmpas rhyfeddod newydd Portmeirion beidio ag ymateb i ddinas fach gryno fel Salzburg; neb ychwaith a fu'n byw yng Ngholeg y Frenhines, Rhydychen, gan fod arddull olau glasurol Hawksmoor yn rhagori cymaint ar Gothig ystrydebol Coleg y Brifysgol gyferbyn, heb sôn am golegau bach tywyll y Turl. Fel arfer, gyda threfn a chynllun a gofod y cysylltir y baróc, yn enwedig y baróc cynnar sy'n nodweddu Salzburg ac yn perthyn yn nes i'r Eidal nag i rococo Bafaria. Ond yn wahanol i Fflorens neu Rufain, gwasgwyd hen ddinas Salzburg rhwng yr afon a'r graig nes bod ei strydoedd culion yn perthyn yn nes i'r Oesau Canol nag i'w phensaernïaeth amlycaf. Oni ddylai Salzburg fod wedi bodloni ar y Dom, yr eglwys gadeiriol baróc fwyaf y tu yma i'r Alpau, a gysegrwyd, ar hen safle, yn 1628? Wyth mil oedd poblogaeth Salzburg ar y pryd ond yr oedd lle yn ei chynteddau Paladaidd i ddeng mil a hanner. Trwy drugaredd, mae lleoliad afradlon eglwysi Salzburg yn awgrymu ffantasi angylion yn hytrach na mympwy esgobion. Ar draws y Platz o'r Dom, cwyd gwddw hir pigfain y Franziskanerkirche ar gorff o ddechrau'r drydedd ganrif ar ddeg; oddi yno, wedi gweld allor baróc Fischer von Erlach, pensaer mwyaf Awstria – a'r Fair a adawyd o hen allor bren Gothig Michel Pacher o Dde'r Tirol – prin fod gan y pererin pensaernïol fwy na dau gan llath ymlaen at y Kollegienkirche, eglwys yr hen brifysgol, un o weithiau pennaf von Erlach – cerflun cryno ynddi ei hun, gyda'i chromen a'i thyrau blaen yn adlewyrchu'r Dom ar raddfa lai, ond wedi ei gwasgu at ei gilydd, yn null mynachlog ddwyreiniol braidd. Rhuthrwn yn ôl heibio i'r Franziskanerkirche eto at San Pedr yn erbyn y graig, eglwys y fynachlog Fenedictaidd a sefydlwyd tua'r flwyddyn 690, yr hynaf yn y gwledydd Almaeneg. Adeilad o'r ddeuddegfed ganrif sydd yma yn y bôn ond, fel y dengys y ddau dŵr nionynllyd, trawsnewidiwyd hi yn y ddeunawfed ganrif. Ymlaen wedyn ar hyd troed y Mönchberg, tan y castell grymus bedwar can troedfedd uwchben, at dair eglwys nodedig arall: y Kajetanerkirche, gyda'i chromen foel gan troedfedd a'i phorth gymen; yna, yn ymyl blaen y graig, eglwys hen leiandy'r Nonnberg, a gafodd wedd newydd tua 1500 ond sy'n cynnwys murluniau o gyfnod Owain Gwynedd; a Sant Erhard, gyda'i thair cromen baróc hwyr, a wardiau hen ysbyty cyhoeddus o bobtu. I feddwl eu bod nhw'n arfer cwyno bod gan yr Annibynwyr ddau gapel ar stryd fawr Bethesda!

Ond peidiwch meddwl eich bod wedi gweld hanner yr eglwysi a'r capeli yn y wasgfa hynod yma o gromenni mawr, tyrau cromennog, tyrau pigog, tyrau nionyn (sengl a dwbl), cyrtiau, grisiau, clawstrau a chlosydd, cerfluniau ac addurniadau dirifedi, mawr a bychain, pyrth carreg urddasol a gatiau rhwyllog cywrain, orielau a bwâu, ffynhonnau a phlaciau. Crwydro Salzburg yn hamddenol fyddai orau, gan daro ar gerflun modern i Papageno yma, llew Romanésg mewn cilfach acw, ond aros i ryfeddu beunydd at y dŵr yn tasgu trwy ffroenau a safnau ceffylau marmor y Residenzbrunnen meistrolgar (o'r Unterberg draw y daeth y marmor). Ar ochr ogleddol y Capuzinerberg, rhaid picio ar draws yr afon o bryd i'w gilydd, i erddi plasty Mirabell a'r Mozarteum yn arbennig, neu i fyny'r grisiau at eglwys arall eto fel y Dreifaltigkeitskirche (Eglwys y Drindod), campwaith arall gan von Erlach o ddechrau'r ddeunawfed ganrif. Beth sy'n denu rhywun drwy ddrysau'r eglwysi hyn? Nid crefydd gyfundrefnol yn fy achos i, nid crefydd o gwbl heblaw yn yr ystyr fod popeth cain yn glod i Dduw nad oes modd ceisio ei amgyffred heb amharu ar hanfod anamgyffredadwy Duwdod. Digon yw crwydro eglwys fel crwydro cywydd, cywydd gan Goronwy efallai:

Llen o'r ffurfafen a fydd
Mal cynfas, mil a'i cenfydd,
Ac ar y llen wybrennog
E rydd Grist arwydd Ei grog . . .

neu fel clywed offeren yn eich crwydro chwithau, un o offerennau Haydn neu Mozart wrth gwrs: *Et incarnatus est de Spiritu Sancto ex Maria, ex Maria Virgine, et homo factus est.* Unwaith crwydrais y Dom ar ganol offeren, ond prin fod arogldarth a seremoni yn dwysáu miwsig y nenfwd a'r bwâu, heb sôn am ategu pensaernïaeth y gerdd.

Llwyddwyd rywffordd i wasgu theatrau Gŵyl Salzburg rhwng yr eglwysi oll a'r graig, gan addasu ambell adeilad a oedd yno'n barod, a defnyddio eraill ar gyfer holl rwysg cymdeithasol y fath achlysur rhyngwladol. Yn hen Residenz yr Archesgob rhwng y Dom a'r Franciskanerkirche y cynhaliwyd prif dderbyniad symposiwm Leopold Kohr. I'r *Land* y mae'n perthyn bellach ond ni ellid dychmygu unlle harddach ar gyfer trafodaethau rhyngwladol na'i stafelloedd gorau. Chwalwyd yr hen grachach teitlog ers i Franz Joseph ei hun aros yma yn 1908. Nid Ymerodron a Brenhinoedd Ewrop sy'n cyfarfod yma yn awr ond mudiadau cydwladol fel Clwb Rhufain ac ambell bâr o arweinwyr, fel yr Arlywyddion Ford a Sadat yn 1975. Os cofiaf yn iawn, yn y Prunkräume deublyg eu hunain – y parlyrau gorau, fel petai, ar yr ail lawr, yn arddull canhwyllyrog, gwyn a rhosliw dechrau'r ddeunawfed ganrif – y cynhaliwyd ein derbyniad ni, ond cofiaf hefyd gael fy syfrdanu gan y Karabinierisaal gyda'i lawr a'i byrth marmor o ddechrau'r ail ganrif ar bymtheg, a'r darluniau gan Rottmayr yn y nenfwd. Nid bod y stafelloedd hyn ymhlith y mwyaf syfrdanol oll yng nghanolbarth Ewrop: o gofio mai von Hoffmansthal oedd prif libretydd Richard Strauss, dywedwn y buasent yn gweddu'n well i gywirdeb Arabella nag i'r Rosenkavalier siwgwraidd, dirywiedig.

Tipyn o Arabella oedd prif gyfieithyddes y symposiwm: '*Das ist ein Engel, der vom Himmel niedersteigt,*' chwedl un o'r criw camera a allai ddyfynnu o'r *libretto*, wrth ei gweld yn dod i lawr y grisiau dur o'r safle cyfieithu uwchben neuadd ganolog Landesstudio chwaethus yr ORF. Ar ôl imi siarad o'r llwyfan, gofynnodd Bella am ganiatâd i ddefnyddio fy anerchiad fel enghraifft o Saesneg gyhoeddus gyfoes ar gyfer ei myfyrwyr yn Fienna. Rhybuddiais hi mai Cymro oeddwn ond yr oedd wedi clywed bod y Cymry Cymraeg yn siarad gwell Saesneg uchel na'r Saeson – fel yr oedd cenhedlaeth fy nhad a'm mam yn sicr. Tua diwedd derbyniad y Residenz, dyna Bella yn amneidio ar un neu ddau ohonom i'w dilyn trwy ddrws yn ochr y stafell, ac i fyny ac i lawr grisiau, ar hyd coridor a thrwy ddrysau eraill, nes ein bod yn gorfod sefyll yn stond ar rimyn cul yn y tywyllwch, uwch ben dibyn mawr, mewn rhyferthwy o fiwsig. Wedi arfer mymryn, gwelsom olau gwan yr organydd yn hongian rhyw ugain llath oddi wrthym, a goleuadau eraill ymhell oddi tanom ar y dde, ac amlinellau bwâu Romanésg yn cyfarfod uwch ein pennau. Trwy ryw wyrth bensaernïol, yn y Franziskanerkirche yr oeddem ninnau'n hongian hefyd, rhywle rhwng arswyd a gorfoledd, fel petasem yn disgwyl galwad gan Bedr. Hyd hynny yr oeddwn wedi tybio mai hyfrydwch pur, hyfrydwch araul ei heglwysi yn anad dim, a roddai stamp Salzburg ar Mozart. Yn nenfwd yr eglwys hon, un hŷn na'r Dom, un gymysg ei hanes a'i harddull, tybed a oeddwn wedi taro ar eginyn yr elfen arall gynhyrfus honno sy'n dod i'r golwg yn y pedwerydd concerto ar hugain i'r piano, yn anad unman, yn y deugeinfed symffoni, yn symudiadau cyntaf y Requiem ac, ym mygythiadau cerflun y *Commendatore*, yn *Don Giovanni*:

Non si pasce di cibo mortale
Chi si pasce di cibo celeste.
Altre cure piu grave di queste,
Altra brama quaggiu mi guido . . .

Pentiti, scellerato . . . Pentiti

(Nid yw'r hwn sy'n gwledda ar fwyd y nefoedd yn bwyta bwyd meidrolion. Ystyriaethau mwy difrifol, bwriadau gwahanol, a'm harweiniodd i lawr i'r fan hyn . . . Edifarhewch, ddihiryn . . . Edifarhewch)

Cyn gadael Salzburg, dychwelais i'r Residenz ar fy mhen fy hunan. Nos Sadwrn y cyntaf o Fai, am hanner awr wedi wyth y nos, llwyddais i gael tocyn i gyngerdd gan aelodau o adran linynnol Cerddorfa Philarmonig Fienna. Siom oedd gweld bod hen ffefrynes fel *Eine Kleine Nachtmusik* yn y rhaglen ond yr oedd brathiad y llinynnau hyn yn ddigon i adfer bywyd iddi hi hefyd. Am y gweddill, dau Ddivertimento y gallasai'r Mozart ifanc fod wedi eu harwain ei hunan yn yr union fan (KV 138, a gyfansoddwyd pan oedd yn un ar bymtheg oed, a 205) a'r Pedwarawd yn F, KV 168, ni ellid fod wedi rhagori arnynt. Diplomat o Seland Newydd a eisteddai yn fy ymyl: yn ystod yr egwyl, amlygodd lawn cymaint o ddiddordeb mewn rygbi a phris menyn ag ym Mozart, ond Mozart, heb os, a'i denodd yno. Wrth annerch y symposiwm, yr oeddwn wedi cyfeirio at Leopold fel Mozart o wyddonydd gwleidyddol, gan ddyfynnu ei alarnad ynghylch y gorarbenigo sy'n cyfyngu profiad uniongyrchol arweinwyr y gwledydd mawr, yn rhoi'r pwyslais ar yr offeryn, y modd, yn hytrach nag ar unrhyw amcan tymor hir, ac yn tueddu i ddifreinio dinasyddion cyffredin fel y cyfryw: *'If a business man knows a sculptor, he is suspected of being a sex pervert. If an engineer knows a philosopher, he is suspected of being a spy'.*

Hyd yn oed yn rhinwedd ei swydd, efallai mai'r peth gorau y gall gwleidydd neu weinyddwr ei wneud yw dianc yn gyson o bob cynhadledd er mwyn cael darlun cyffredinol o'r bychanfyd o'i chwmpas. Nid oes amheuaeth nad ei Gŵyl fawr a gododd Salzburg o ddirwasgiad y dauddegau: yn ôl y Baedeker a etifeddais, argraffiad 1923 o *Tirol, Vorarlberg und Teile von Salzburg und Kärnten*, dim ond tri deg chwe mil oedd poblogaeth y ddinas yr adeg honno: ymhen hanner canrif yr oedd yn gant a hanner o filoedd – gormod, er bod y rhan fwyaf o'r adeiladau newydd wedi eu gwahanu oddi wrth yr hen ddinas gan y Mönchberg. Cadarnhawyd gwerth economaidd y celfyddydau gan astudiaethau Prydeinig hefyd. Hyd yn oed ar adeg o ddiffyg twf enbyd daeth yn amlwg fod sefydlu S4C o werth economaidd sylweddol i Wynedd. Efallai fod Salzburg wedi godro gormod ar Mozart. Do, mi ddisgynnais innau am y peli siocled yna, Mozartkugeln, yn y maes awyr. Gwell gennyf gofio'r oriau hamddenol cyn gadael. Gan fy mod yn mynd trwy Zürich er mwyn casglu'r llyfrau diweddaraf ar lywodraeth yn Orell a Füssli, ychydig ohonom oedd ar ôl. Rhoddais dro arall am Schloss Mirabell a'i erddi, gan edmygu ceffyl adeiniog y Pegasusbrunnen, ond teimlo fod *putti* uchel baróc grisiau'r plas yn mynd dros ben llestri. Trueni fod gerddi Hellbrunn, yr unig fan yn y cyffiniau i gael sylw hunangofiant Clough Williams-Ellis, mor bell. Gresyn fod y tymor sgïo drosodd a'r tymor mynydda wythnosau i ffwrdd. Ger y bont, estynnodd y dduwies ffilm law imi ei chusanu cyn diflannu i gyfeiriad yr haul mewn car nerthol isel, drud. Yfais goffi yn ffenestr *Tomaselli*, bwytais ginio ysgafn mewn lle crand (ai'r Mirabell oedd hwn hefyd?) i gyfeiliant potel o *grüner Veltliner*, llowciais y deisen fwyaf ofer ohonynt i gyd gyda the cynnar rhywle yn y Getreidegasse yng nghwmni, o bryd i'w gilydd, Landeshauptmann y Voralberg, a ofidiai o hyd fod cais ei *Land* i ddod yn ganton o'r Swistir, ar ôl y Rhyfel Mawr cyntaf, wedi ei wrthod, ac Is-ganghellor Puerto Rico, a'm hysbysodd fod gan Lywydd Puerto Rico hawl gyfansoddiadol i fynnu cyfarfod gyda Llywydd yr Unol Daleithiau, ac Elisabeth, a oedd yr un mor ddifyr ei sgwrs am olympiaid yr Ŵyl, ond yn hiraethu peth am, o bobman, Sheffield. Ac erbyn hyn yr oedd arnaf finnau hefyd hiraeth.

Ioan Bowen Rees

Fiena

Peth anodd ydi dweud dim byd cryno am ddinas, yn enwedig pan fo rhywun yn ei nabod yn dda. Yn hyn o beth, mae dinasoedd yn debyg i bopeth arall. Ond crynhoi'i hun mae Fiena. Crwn ydi'r siâp sy'n dod i'r meddwl ac i'r golwg wrth ei hystyried.

Dychymyg crwn oedd eiddo'r Celtiaid, meddan nhw. Mae eu celf yn gylchoedd i gyd, ac mae'n debyg mai cyd-droi â chylch misol y Fam Dduwies wnâi amser ganddynt. Hwyrach nad cyd-ddigwyddiad mohono felly mai gerllaw hen safle Celtaidd – mewn teyrnas o'r enw Noricum ar lan afon Donaw – y sefydlodd y Rhufeiniaid ddinas Vindobona. Dyma sylfaen Fiena fodern. Yno, ar lan afon Donaw y mae'r ddinas o hyd: perl gloyw canolbarth Ewrop, ond bod clustog a chragen yr wystrys a elwid ymerodraeth Awstria-Hwngari bellach wedi'u tynnu oddi amdani.

Mae'r perl crwn, croyw, gloyw, wedi aros yn ei gyfanrwydd caled drwy'r oesau. Mae'n ffordd o ddarlunio yn y meddwl gnewyllyn dinas sydd yr un mor galed hefyd.

Bu'r perl ynghrog am wddw ymerodrol teulu'r Habsbwrg am ganrifoedd rhwng 1273 ac 1919. Gwnaeth yr Hwngariaid eu gorau glas i ddwyn y perl yn y bymthegfed ganrif. Y Tyrciaid fu wrthi wedyn, a hynny dan arweiniad Swltan Swleima yn 1533, ac er na welsant lewyrch y perl ond o gyrion y ddinas, mi ddaliodd y Tyrciaid ati i drio drwy gydol y ganrif honno a rhan helaeth o'r nesaf. Ddaru'r Pla ddim pylu sglein y perl pan ymledodd yn drychinebus drwy'r ddinas yn 1679 a lladd llwyth o'r bobl. Daeth Napoleon i Fiena yn 1805 ac 1809 a'i choncro a rhoi'r perl mewn modrwy yn ei fys wrth fynd i fyw i gartref yr Habsbwrg yn Schönbrunn. Gwelwyd ffraeo ofnadwy ynghylch perchenogaeth y perl wedi i hwnnw ymadael, a hynny yn yr enwog Gyngres Fiena yn 1814/15. Eisiau caboli mwy ar y perl a thynnu sylw ato roedd y bwrdeisiaid ar ôl eu chwyldro nhw yn 1848, fel y cawn weld wrth drafod creu'r *Ring*. Yn llaw'r Sosialwyr – Karl Seitz a Julius Tandler, a'r lleill – drwy gydol y 1920au a hyd 1934, daeth y perl yn fwled i'w anelu at y sawl a wrthwynebai sefydlu gweriniaeth Sosialaidd gyntaf y byd, Fiena Goch. Ond fe gafwyd gwrthwynebydd, sef y Canghellor Dollfuß, a'i Almaen-garwyr ffasgaidd yn 1934 yn rhoi rhwydd hynt i'r Natsïaid fartsio drwy'r ddinas bedair blynedd yn ddiweddarach. Rowlio'r perl yng nghledr ei law wnaeth Hitler wrth annerch y dorf ar yr *Heldenplatz* – sgwâr yr arwyr – drannoeth yr *Anschluß* bondigrybwyll. A dweud y gwir, Hitler oedd y cyntaf i sôn am y perl, nid y fi. Ond dotio at galedwch y gronnell wen ddaru o.

Wedi'r rhyfel, ym mlynyddoedd y Rhyfel Oer a sbïwyr yn gogordroi yn y strydoedd, fe ddygwyd y perl gan yr Americanwyr a'r Rwsiaid bob yn ail i'w roi ym modrwy eu goruchafiaeth nhw. Prifddinas gweriniaeth fechan Awstria ydi Fiena heddiw, a'r perl mewn cwpwrdd gwydr, ac ymwelwyr yn llygadrythu, a'r boblogaeth yn gwgu ac yn llesmeirio'n ddistaw bach arno, am ddal i fod yn ei gyfanrwydd caled.

Felly, crwn ydi Fiena o hyd, ac nid godro gormod ar ddelwedd y perl ydi dweud hynny. Yn gylch allanol amdani mae ffordd brysur y *Gürtel* – y gwregys – sydd yn ffin ar y ddinas fel y'i pennwyd gan y llywodraeth yn 1850. Mae'r *Gürtel* yn cael ei wau'n dynnach bob dydd gan geir a thacsis yn gwau drwy'i gilydd ar gyflymder ofnadwy. Wedi dweud hynny, dydi o fawr o wregys chwaith, yn ddim gwell na gwregys trowsus rhywun tew, achos wedi goferu dros ymyl y gwregys mae'r ddinas erbyn hyn, a'i chyrion bellach yn cyrraedd coedwig y *Wienerwald* a'r bryniau gleision.

Mae 'na dir glas cadwedig – melfed o gylch y perl – o gwmpas Fiena er 1905, pan orchmynnodd y maer gwrth-Semitig, Dr Karl Lueger, mai felly roedd pethau i fod. Mae'n syndod sawl un o ddynion hyglod Fiena aeth ati i drefnu tir yn yr un modd: penseiri, yn anad neb, gafodd eu gorchymyn i grynhoi'r ddinas yn ôl cynllun penodedig. Penseiri, wedi'r cyfan, ydi tirlunwyr pob dinas.

Ond i ddod yn ôl at y *Gürtel*: fanno, yn addas iawn, mae'r *peep-shows* neon a'r genod a'r hogia'n gwerthu'u cyrff gyda'r nos a'r dydd, yn fodrwyau i gyd. Ac o fynd tu hwnt i'r *Gürtel*, os maddeuwch imi fod mor bowld, mae cylch llai yn mynd am ganol Fiena, sef y *Ringstraße*. Hon, mae'n debyg, oedd y ffordd gyntaf i gael ei chynllunio gan benseiri dinas, ac mae'n dal i fod yr enwocaf, o bosib, ymhlith ffyrdd dinasoedd y byd. Ac yn sicr, hi ydi'r fwyaf unffurf.

Yr ymerawdwr, Franz Joseph, a gomisiynodd y *Ringstraße* yn 1857, ar ddarn o dir agored oedd wedi amgáu canol Fiena ers canrifoedd; fan hyn y safasai'r hen fagwyrydd. Ond y llywodraeth fwrdais Ryddfrydol oedd tu ôl i'r fenter go iawn, a'i bryd ar grynhoi'r canol ac arddangos i'r byd lewyrch y ddinas oedd ar fin dod yn enghraifft glasurol o'r ddinas fodern. Comisiynwyd penseiri enwocaf y cyfnod i gynllunio adeiladau fyddai'n ffinio'r ffordd ac yn diffinio Fiena: rhai godidog, rhai dinesig, rhai hanesyddol, a rhai y gallai'r bwrdeisiaid da-eu-byd drigo a gweithio ynddyn nhw'n gysurus. Dyma'r tro cyntaf erioed i hyn ddigwydd mewn dinas. Aeth Hansen, Schmidt, Semper, Hasenauer a llu o rai eraill ati i baratoi cynlluniau. Plesiwyd yr ymerawdwr a dwy flynedd yn ddiweddarach dyna ddechrau ar adeiladu'r *Ringstraße*, neu'r *Ring* fel y'i gelwir ar dafod leferydd, achos ar siâp y ffordd mae pwyslais y bobl ac nid, i bob golwg, ar ei swyddogaeth. Fyddai'r *Ring* byth yr un un petai hi'n ffordd syth.

'Verschönerung des Stadtbildes,' medd Eduard Suess, oedd y bwriad wrth adeiladau'r *Ringstraße* ysblennydd, sef, a chylchymadroddi hynny'n Gymraeg, harddu llun y ddinas. Wrth hemio'r canol – fel yr hemiai'r *Gürtel* yr ymylon – ei gwneud hi'n haws eto i ddweud pethau cryno am Fiena ddaru'r dinasyddion, ac â lleisiau croes pobloedd eraill yn dechrau dweud ar grynder ymerodraeth Awstria-Hwngari'n y cyfnod hwn, roedd medru crynhoi Fiena felly'n gysur i'w phobl hithau.

Pwysleisio'r crynhoi mae cylch adeiladau'r *Ringstraße* sy'n cyd-gylchu â'r ffordd. Adeiladau bostfawr ydyn nhw, ac arddull pob un wedi'i ysbrydoli gan arddull a fu – hyn er mwyn crynhoi a chyfleu cyn-hanes Fiena. Wrth fynd ar dram rhif 1 a rhif 2 rownd y *Ring* maen nhw i gyd i'w gweld o hyd, yr adeiladau hynafol sydd ond yn ganrif a hanner oed.

Gellid dechrau wrth y tŷ opera bondigrybwyll, un o'r enwocaf yn y byd mae'n siŵr, a chalon ddiwylliannol Fiena hefyd. Hen horwth o adeilad cefngrwm a gynlluniwyd gan y penseiri enwog August von Siccardsburg ac Eduard van der Nüll. Mor gefngrwm ydi'r tŷ, yn wir, nes i bobl fynd ati i'w gymharu ag eliffant – unwaith yr oedd wedi'i gwblhau, wrth gwrs – a pheri i un o'r penseiri ladd ei hun mewn siom a surni.

Dyna'r ddwy amgueddfa fawreddog o bobtu i'w gilydd, dros y ffordd i'r *Heldenplatz*, a chrymdo ar eu pen. Arddull neo-Ddadeni sydd i'r rheiny a'r pensaer oedd Hasenauer, a Semper, yn ddiweddarach, yn rhoi talwyneb newydd arnyn nhw. Maen nhw'n adlewyrchu ei gilydd o ran pensaernïaeth, y *Kunsthistorischesmuseum* a'r *Naturhistorischesmuseum*, a hynny er mwyn pwyslais. Arddangos trysorau celf ymerodraeth yr Habsbwrg mae'r naill. Arddangos trysorau o fyd natur mae'r llall. Mae cerflun o'r ymerodres Maria Theresia'n tafoli'n y canol sydd yn cynnal cydbwysedd y ddau le trwm, a honno'n beth ddigon crwn a thrwm ei hun ar ôl esgor ar lwyth o blant, yn eu plith Marie Antoinette, gwraig brenin olaf Ffrainc. Ac yn gylch am draed Maria Theresia mae pedwar ceffyl, fel chwrligwgan mewn ffair ond bod y rhain yn ddu ac yn aros yn llonydd.

Dyna senedd-dŷ Groegaidd Hansen wedyn, y *Parlament*, a cherflun o Athena, duwies doethineb, ar ben ffynnon gerfiedig o'i flaen. Ac yn llaw honno mae pelen gron, bron fel perl, ond yn fwy ac yn lliw aur tywynnog, fel petai'r dduwies ddoeth yn dal ei syniad hi am Fiena yn ei llaw. Sbio'n ddigon oeraidd mae hi beth bynnag, dros y *Ring* a thua canol crwn y ddinas oddi mewn.

Ymlaen â mi ar y tram – er mai tafliad carreg sydd 'na – at neuadd y ddinas, y *Rathaus* Gothig a gynlluniwyd gan Friedrick Schmidt. Ar dŵr uchaf hwnnw, yn y canol, mae cloc mawr, a hwnnw, fel y bydd clociau, yn un crwn ac yn tarfu braidd ar yr arddull sydd, fel arall, yn ymgyrraedd yn fertigol.

Dros y ffordd i neuadd y dref mae'r theatr ymerodrol, y *Burgtheater* o waith y penseiri poblogaidd Semper a Hasenauer. Dewisodd Semper arddull y Dadeni Eidalaidd tro 'ma. Tu mewn i'r theatr mae siambr fawr gron goch lle bydd y perfformio'n digwydd. Digon ydi dweud bod y theatr ar y tu allan hefyd yn un gron, ac yn crymu tuag at ymylon y *Ring*.

Ceugrymu mae'r brifysgol drom neo-Ddadeni, fodd bynnag – fan'no lle mae twr o fyfyrwyr yn dysgu Cymraeg – oddi wrth y *Ring* ac i mewn arni'i hun ac ar y cerfluniau o ddynion hyglod sy'n un rhes yn y cwad canol.

Mi allwn fynd ymlaen ar y tram: heibio eglwys neo-Gothig y *Votivkirche*, a heibio i'r gyfnewidfa stoc, y *Börse*, a'r llysoedd barn ymerodrol, i gyd mewn arddull hanesyddolaidd. Na, dydi hi ddim fel petai unrhyw un o adeiladau gwreiddiol y *Ringstraße* yn trio dweud dim byd newydd. Ond dyna fynd rownd a rownd mewn cylch ac yn gegagored wrth ysblander cryno'r cyfan. Felly y gwnaeth Hitler ar ei ymweliad cyntaf â'r ddinas. Hyn a sgrifennodd o bryd hynny: 'Am oriau, mi allwn sefyll o flaen y tŷ opera, am oriau mi allwn syllu ar y senedd-dŷ; imi, roedd ffordd y *Ring* i gyd yn swyngyfareddol, fel rhywbeth allan o'r *Mil Noson ac Un*.' Hyn gan ddyn oedd wrth ei fodd efo rhodres, a dyn a dreuliodd weddill ei fywyd yn arfaethu a chlodfori ei ymerodraeth ei hun, a dyn oedd â'i holl athroniaeth ofnadwy am fywyd wedi'i seilio ar grynhoi hunaniaeth pobloedd yn sfferau gwahanadwy i'w gwisgo fel gleiniau am ei wddw, neu eu diosg yn ôl y gofyn. Dim rhyfedd ei fod wedi ffoli'n llwyr ar rwysg taclus y *Ring* a'r perl yn honno.

Pwysleisio cylch y *Ringstraße* mae'r adeiladau rhwysgfawr, y *Prachtbauten* fel y'u gelwid. Mae ceir wedyn yn gwau trwy'i gilydd hyd y ffordd aml-lôn, yn cynnal mosiwn y cylch, a'r trams yn edefynnau coch yn gwau bordor i'r cyfan. Y fath dapestri cynlluniedig! Pwy feiddiai styrbio'r cynllun wrth fynd i ganlyn edefynnau eraill neu gaglau? Mae Fiena'n diffinio'i hun yn grwn ac yn awdurdodol. Peth anodd ydi dod o hyd i ffordd allan o'r gwagle sydd yng nghanol yr awdurdod hwnnw. Fel y mae hi efo'r byd, y crynder sy'n pennu be ydi be yn y diwedd.

Tu hwnt i gylch y *Ring* ac i mewn tua chanol y ddinas mae mecanyddwaith o gylchoedd llai sydd hefyd i swyno'r ymwelydd. Pedwar o'r gloch ydi amser defod y *Kaffee* a'r *Kuchen*. Yng nghaffi crand *Demel* mae'r ford yn llawn cacennau sy'n ddigon â chodi'r bendro ar neb sydd â stumog wag: cylchoedd o hufen, o siwgwr, o fefus, o bâst almwn, o eirin, o gnau, o daffi, o ffrwyth bob lliw, o fisged; oll wedi'u rhannu'n sleisys tew haenog. Mae trobwll yr *Apfelstrudel* yn f'atynnu i, ond dewis yr Americanwyr yn aml yw cylch siocled y *Sachertorte*. Daw'r coffi efo'r gacen ar hambwrdd arian; cwpan fach gron llawn coffi du'n troi'n ara deg, powlen siwgwr gron, a gwydraid crwn o ddŵr oer i wneud i'r profiad bara, ac i nadu camdreuliad. A chrwn ydi'r bol wedyn.

Ond be ydi'r ots am hynny pan all rhywun fynd i chwyrlïo bob yn ddau hyd loriau un o'r palasau gerllaw: dawnsio'r walts i gyfeiliant melodïau ailadroddus teulu'r Strauß ac un walts yn llithro i mewn i'r nesaf ac i'r nesaf mewn cylch diddiwedd. A'r calonnau'n curo i guriad triphlyg efo'r traed. Gyda'r nos wedyn, mae siambr fawr goch ac aur y tŷ opera yn cau'n grwn fel croth am rywun. Perlau ym mhobman yn gadwyni am yddfau merched blin, a golau'r siandelîr enfawr gron ar y nenfwd – mae mil o gylchoedd grisial yn hongian arni – yn pylu cyn i nodau cyntaf y perfformiad seinio. Drama gerdd Wagner piau hi tro 'ma, y *Ring des Nibelungen*. Mae ceg y bariton – nid Bryn Terfel tro 'ma – yn ogof lydan-agored, a'i ddwy ffroen hefyd. Awr yn ddiweddarach, agor eu ceg yn ddigymell mae rhai o'm cyd-wylwyr a'm cyd-wrandawyr, cegau mawr crwn sydd tu ôl i wefusau sy'n straenio i aros ynghau. Weithiau mi fydd hanner cylch ffan rhyw ledi yn agor i guddio mwy ar yr agor ceg. A bydd wynebau watsys aur rhyw ddynion yn fflachio bob hyn a hyn.

Ond os ydi operâu'r tŷ opera hwn yn rhy drwm, syniad da ydi ei throi hi tua'r *Volksoper* i wrando ar operetâu ysgafnach Strauß, Millöcker, Suppé a Léhar. Tybed a fuaswn i'n gor-ddweud wrth honni bod 'na rywbeth crwn, taclus am lot o gyfansoddiadau'r rheiny hefyd? Cael y teimlad mae rhywun fod cerddoriaeth y rhain – a sawl cyfansoddwr arall sydd wedi trigo'n y ddinas hon – wedi bod yn fodd i ddinasyddion Fiena gysoni'r anghytgordiau oedd yn seinio ymhlith pobloedd Awstria-Hwngari.

Ond gyda'r nos mae'r miwsig. Golau dydd ydi'r peth gorau os ydi rhywun am weld cylchoedd Fiena yn eu gogoniant.

O sefyll ar ben tŵr cadeirlan San Steffan, yng nghanol y ddinas, a gweld tu hwnt i'r ddau wregys a thu mewn iddyn nhw hefyd, cylchoedd sydd ar y gorwel eto. Dacw grymdo copor glaswyrdd eglwys y *Karlskirche*, ac o'i mewn, pe treiddid trwy'r to hwnnw, gylchoedd baróc hyd y waliau a'r nenfwd yn ymgordeddu yn enw Duw. Heb fod ymhell o fan'no mae pelen aur fawr ddecadent Gustav Klimt yn sgleinio oddi ar do adeilad y *Sezession*, yn rhwydwaith o ddeiliach cywrain. Bwrw golwg wedyn tua'r de-ddwyrain ac at fynwent fawr y *Zentralfriedhof* lle'r ymgeleddir beddau'r mawrion – y cyfansoddwyr, yn anad neb, Beethoven, Brahms,

Mozart, Schubert a Strauß – â choronau llawryf. Ac yn gylch am y gorwel i gyd, fel y dwedais, mae bryniau gleision a'r *Wienerwald*.

Ond yr hyn sy'n mynd â bryd rhywun go iawn wrth edrych mewn cylch o ben tŵr San Steffan ydi olwyn fawr Walter Bassett yn ffair y Prater. Yr olwyn fawr, mae'n debyg, ydi'r olygfa fwyaf poblogaidd ar gardiau post ac mewn llyfrau i'r bobl ddiarth. Dyma gyfarwyddnod pennaf Fiena o bosib, yn enwedig ers ffilmio *The Third Man* gan Orson Welles arni yn 1948. Cylch, wrth gwrs, a hwnnw'n pwysleisio'i siâp ei hun wrth droi a throi heb stop (ac mae chwrligwganod yn troi'n llorweddol dani). Troi a throi a throi ar y gorwel, heb fod wedi stopio, prin, ers pan y'i hadeiladwyd dros gan mlynedd yn ôl yn 1897.

Ond mae cylchdroadau'r olwyn fawr a chylchoedd y ddinas i gyd – yn y caffis, y tai opera, y neuaddau dawns, yr eglwysi, ar y *Ring* ac ym mhob adeilad hyd gylchyn honno – fel petaent yn mynd yn llai ac yn llai wrth ddal i sbio, yn cyflymu, ac yn cau fwyfwy am y meddwl. Ai hynny, tybed, ynteu uchder y tŵr sy'n codi'r bendro wrth ystyried Fiena o'r fan hyn?

Laru mae rhywun ar y cylchoedd cryno; y diffiniadau taclus hynny mae Fiena'n eu cynnig i'r sawl sy'n sgrifennu amdani, y patrwm cynlluniedig sy'n gomedd unrhyw dynnu'n groes. Peth hawdd ydi sôn am y ddinas hon yn gryno, ailddangos y perl yn ei gwpwrdd gwydr i gynulleidfa newydd. Peth heb fod mor hawdd ydi trio diffinio'r lle o'r newydd; ailsiapio'r cylch. Tynnu llinell groes-gongl yn fan hyn lle mae'r farchnad Dwrcaidd, y *Naschmarkt*, sy'n llawn arabedd. Cael fy nghornelu mewn ongl sgwâr mewn clwb nos di-raen. Ffeindio fy hun mewn drysfa rwtsh ymhlith ysgrifau Sigmund Freud yn y *Berggasse*. Trio dod i ben â chyfansoddiadau onglog beirdd yr *avant-garde* yn yr *Alte Schmiede*. Synnu at y llinellau llorweddol a fertigol yn y stadiwm pêl-droed wrth i dîm Fiena herio *Ajax Amsterdam* a chreu tonnau efo'r dorf. A chanfod llu o linellau syth a cham, a chorneli, a sgrialu eraill, os ydi rhywun yn ddigon powld i chwilio.

Ond prin bod yr un o'r agweddau hyn yn nemor gyffwrdd cylchyn y cylchoedd cyfarwydd. Tarfu ar y cylchoedd mae'r llinellau syth, a'r rhai croes-gongl, a'r onglau sgwâr, a'r rwtsh bob siâp, ac anghyfarwyddo Fiena i bawb sydd am wybod amdani a phawb sydd am sôn amdani hefyd. Achos yn y diwedd, crynder Fiena sydd fwyaf amlwg, a chrynder Fiena sydd hawsaf ei gyfleu. Cyfleu mae hi'n ei wneud ei hun, wedi'r cwbl.

Mae'n bosib y dwedai rhai fod y cylchoedd tra-awdurdodol yn mennu ar greadigrwydd rhywun. Mi ddwedai eraill, bid siŵr, fod yr holl gylchdroi yn yr unfan yn beth swrth, ac efallai wir mai gwactod sy'n y canol; tra gallai eraill eto honni bod dinas sy'n troi i mewn arni'i hun fel hyn yn bownd o fod yn afiach.

Ond mae'r cylchoedd yn gofiadwy iawn, yn aros yn y meddwl ac yn y golwg wrth ystyried Fiena o bell a thrio'i chrynhoi. Yn wir, onid am eu bod nhw'n gofiadwy mae'r cylchoedd yn bod?

Ia, licio cofio ydw i; sbio i lawr ar y cylchoedd yn gogordroi fel system gocos danaf a finnau mewn awyren yn hedfan o'no mewn llinell syth.

Licio cofio wedyn am y bobl onglog oedd, fel bydd pobl ym mhobman, yn gomedd i neb roi cylchyn amdanynt. Dim ond un dyn, yn ôl a gofia' i o fan hyn, oedd â chylch o'i gwmpas a'r cylch hwnnw'n debycach i gorongylch lawryf na dim arall, a'r goron fwy fel helics na chylch lleuad lawn. Bardd tu-chwithig-allan sydd dan sylw; dewin geiriau oedd yn eu defnyddio, nid i grynhoi, ond i gyfareddu, nid i chwilio am y gwirionedd ond i'w wneud yn chwil. Enw'r bardd-ddewin oedd H.C. Artmann ac ymddangos mewn cylch o fwg sigarét wnaeth o mewn bar yn Fiena.

Dysgodd H.C. Artmann Gymraeg iddo'i hun yn 1936. Pedair ar ddeg oed oedd o bryd hynny. Gweithiai yn siop grydd ei dad yn Fiena, ac roedd yn ieithmon distaw-bach. Dysgodd ddegau o ieithoedd eraill oddi ar hynny, yn eu plith Latfieg, Ffinneg, Swedeg, Catalaneg, Basgeg, Rwmaneg, Swahili, Hebraeg, Groeg, Sbaeneg, Eidaleg, Ffrangeg, a Saesneg hefyd, gan grwydro am flynyddoedd o wlad i wlad. Ond gyda'r Gymraeg y dechreuodd y cyfan, fel y tystiodd Harald Hartung yn y *Frankfurter Allgemeine Zeitung* yn 1991, ac fel y dywedodd Artmann ei hun wrthyf yn Fiena. Dywedodd hefyd mai'r gweithiau barddonol a ddylanwadodd fwyaf arno fel bardd oedd eiddo'r Gogynfeirdd Cymraeg. Soniodd hefyd iddo gyhoeddi cyfieithiadau Almaeneg o 'hen gerddi'r Celtiaid'. Ond cyn imi fedru holi mwy am hyn roedd y dewin geiriau wedi diflannu i ganol cylch arall o fwg. Doedd dim amdani ond troi at y llyfrgell ym Mhrifysgol Fiena a mynd i wneud tipyn o waith ymchwil. Wedi'r cyfan, cael fy nhalu i fod yn fyfyriwr yr oeddwn i, a pheth braf oedd ffeindio testun oedd yn gymaint o sbort, ia, heb sôn am fod yn dal yn fyw. Ond nid peth hawdd, yn Fiena mwy nag yn unman arall, oedd gweld dylanwad y Gogynfeirdd ar farddoniaeth H.C. Artmann, er ymchwilio'n ddyfal. Y peth agosaf ati imi ei ganfod oedd y gerdd ganlynol o'i gyfrol *Flaschenposten und Erweiterte Poesie (Negeseuon mewn Potel a Barddoniaeth Estynedig)*:

> *ginevra verrät sich im schlaf und der konig artus antwortet ihr mit einem gedicht* (mae Gwenhwyfar yn bradychu'i hun yn ei chwsg ac mae'r brenin Arthur yn ei hateb gyda cherdd)
>
> *yr mwyzaf gwr mynyz*
> *yn rhozoz*
> *oed brangl y mae hi*

yn sychred
ond cwyrlwch o gwrion:
ynysoez attedion
och cwcw!
un cwpa llechlen can pen
wele ond ni dderbyn
yn vyrz cyffeithiol
mab bychan norphen camäel
ŵr rhezeg ev i'r âl
yngharid dibetrws zim
goch gilzmasi llegorh punt
cwymp gavael nodau twyb
zim mwllwn . . .

Crafu pen ddaru mi, fel darllenydd Cymraeg, wrth weld y gerdd y tro cyntaf. Roedd y geiriau'n swnio'n gyfarwydd rywsut, ac eto rwdlan oedd y gerdd. Ond i ddarllenwyr Almaeneg H.C. Artmann, siŵr braidd, roedd hon yn swyn-gân, a sŵn y geiriau'n ddigon estron iddynt beidio â mynd i boeni ynghylch eu hystyr.

Creu *collage* sŵn Celtaidd a wnaeth Artmann gyda'r gerdd (yn seiliedig ar batrymau Cymraeg a Llydaweg, yn ôl pob golwg) er mwyn cyfleu naws y cynfyd Arthuraidd i'w gynulleidfa gartref, a'u meddwi ar sŵn geiriau anystyrlon. Ni chyfeiriai geiriau at ystyron allanol; nid symbolau mohonynt. Yn hytrach, yn eu heffaith goncrid ar y glust y mae eu hystyr. Dychwelyd at hen syniad am farddoniaeth wnaeth H.C. Artmann, lle'r oedd sŵn gair cyn bwysiced â'i ystyr, syniad fu'n anffasiynol ers dwy ganrif a mwy, ers yr Oes Oleuedig a'r obsesiwn ynglŷn â datrys y pos newyddiadurol sy'n gofyn: 'Am beth mae'r gair yma'n sôn?' Nid oedd cerdd Artmann yn *sôn* am ddim byd fel y cyfryw; yn y teitl roedd y stori, os oedd yno stori o gwbl. Eto, roedd iddi effaith synhwyrus fel darn o gerddoriaeth eiriol. Mynd un cam ymhellach na'r cynganeddwyr Cymraeg wnaeth Artmann yn ei gerdd sŵn; yr un yw'r gred sylfaenol yn swyn sŵn geiriau.

Cerddorion geiriol gwerth chweil oedd y Gogynfeirdd, arwyr H.C. Artmann. Eu pwyslais ar goethder sŵn sy'n gwneud eu cerddi mor astrus weithiau. Tybed nad dyna oedd eu dylanwad ar H.C. Artmann, penbandit beirdd concrid Awstria wedi'r Ail Ryfel Byd? Tybed, hefyd, oedd o'n eiddigeddus o'r parch a gâi eu barddoniaeth hwy gan y gynulleidfa Geltaidd oedd yn gweld gwerth sŵn gair? Gwawdio cerddi sŵn Artmann a'i griw wnaeth pobl Awstria yn y pumdegau a chwyno yn y papur newydd am oferedd y to ifanc a'r *avantgarde*. Ac er nad oes neb yn amau dilysrwydd cerddoriaeth – sydd byth, bron, yn *sôn* am rywbeth nac yn amau mawredd arlunwyr haniaethol gorau'r ugeinfed ganrif a'u darluniau heb stori, ffromi mae pobl hyd heddiw wrth iaith nad yw'n traethu, iaith sy'n troi yn ei hunfan fel olwyn fawr Walter Bassett.

Yn 1959 y cyhoeddwyd cyfieithiadau Artmann o 'hen farddoniaeth y Celtiaid', chwedl yntau, yn dilyn ei daith gyntaf i Iwerddon flwyddyn ynghynt. Teitl y gyfrol yw *Der Schlüssel des Heiligen Patrick. Religiöse Dichtungen der Kelten* ('Allwedd Sant Padrig. Canu Crefyddol y Celtiaid'). Mae'n deitl penagored, heb gyfeiriad at gyfnod na lleoliad y canu, ond bod y cyfeiriad at 'Sant Padrig' a'r 'Celtiaid' yn creu naws rhyw gynfyd pell fyddai'n rhwym o werthu'n dda yn Fiena ac ym mhobman Almaeneg ei hiaith.

Cynyddu wna'r niwlogrwydd oddi mewn cloriau'r llyfr. Yng nghyflwyniad Paul Wilhelm Wenger i'r gyfrol, sonnir am 'air hynafol yr ynys werdd sydd mor bell o'n Hewrop ni heddiw â'r canrifoedd rhwng ymfudiad y pobloedd a dadeni Siarlymaen'; sonnir am 'lwon dychrynllyd y canu, a'i danbeidrwydd elfennol'; sonnir am 'y cynfyd Gwyddelig' a'r 'canrifoedd anoleuedig hynny' a'r cerddi sy'n 'rhoi mynegiant i wawr gyntaf y gorllewin newydd'. Sonnir yn bennaf oll am fucheddau'r seintiau Celtaidd yn y bumed a'r chweched ganrif: Brendan, Brigid, y ddau Columban a Phadrig, ond heb ddangos beth oedd perthynas uniongyrchol y rheiny â chynnwys y llyfr.

Yna daw y cerddi. Deugain ohonynt sydd yn y gyfrol; mae deg yn hanu o Iwerddon, y mwyafrif 'o lawysgrifau na chyhoeddwyd mohonynt eisoes'; 'caneuon gwerin' yw rhai; daw un o'r ddegfed ganrif, un o'r bymthegfed ganrif ac un arall o'r ddeunawfed ganrif. Ar ben hynny, mae pedwar cyfieithiad o gerddi wedi eu cynnwys, rhai 'a gofnodwyd gan Artmann yn Iwerddon', heb fod sôn am unrhyw ffynhonnell.

Ymhlith gweddill cyfieithiadau Artmann o 'air hynafol yr ynys werdd' mae un gerdd Lydaweg o'r ganrif ddiwethaf; dwy Gernyweg o tua'r ail ganrif ar bymtheg; un gerdd ar hugain o'r gyfrol Albaneg *Ortha nan Gaidheal* (casgliad Celtaidd arall a 'gyfoethogwyd' gan y golygydd Alexander Carmichael yn y ganrif ddiwethaf); a dwy gerdd Gymraeg. O'r rheiny, fe ymddengys y gyntaf anhysbys yn *Llyfr Du Caerfyrddin*, ac mae'n debyg o fod yn perthyn i'r ddeuddegfed ganrif. Daw'r ail gerdd Gymraeg sy'n moli'r Forwyn Fair 'o lawysgrif nas cyhoeddwyd eto', meddai Artmann. Afraid dweud na lwyddais, hyd heddiw, i ddod o hyd i ffynhonnell fuasai'n sail i'r cyfieithiad. Tybed a oedd y gerdd, yn ôl dull y dewin geiriau o Fiena, yn seiliedig ar lawysgrif ddychmygol a 'ganfu' Artmann ar ei ffordd gylchol rhwng Fiena ac Iwerddon yn 1958? Oni chaiff rhywun ei atgoffa'n syth o hanes yr Albanwr, James Macpherson (1736-1796), un a 'ddarganfu' waith y bardd Gaeleg o'r drydedd ganrif,

Ossian, a chyflwyno gerbron y cyhoedd brwdfrydig gyfieithiadau Saesneg o'r canu hwnnw? Ysywaeth, sylweddolwyd ymhen amser mai cyfieithiadau o ganu Saesneg Macpherson ei hun oedd yr hen weithiau Gaeleg. Ac nid canu rhyw 'gynfyd Gwyddelig' sydd yng nghyfrol Artmann chwaith, i bob golwg, er gwaethaf haeriadau Wengel. Nid oes yma chwaith 'lwon dychrynllyd' rhyw 'ganrifoedd anoleuedig', na chanu'r hen seintiau yn y bumed a'r chweched ganrif. Yn hytrach, detholiad o gerddi o bum gwlad wahanol sydd yn ei gyfrol, yn ymestyn o'r Canol Oesoedd hyd y ganrif ddiwethaf ac yn amrywio'n fawr yn eu mynegiant a'u cynnwys. A do, mi werthodd y gyfrol yn dda yn siopau llyfrau Fiena. Diddorol oedd sylwi i *Allwedd Sant Padrig* gael ei ailargraffu yn 1993. Dichon bod y cyhoeddwyr, Otto-Müller-Verlag, yn disgwyl rhagor o lwyddiant eto wrth nesáu at droad y ganrif.

Yn un o feibion enwocaf Fiena heddiw, ond yn byw yn Salzburg, chwilio wnaeth H.C. Artmann am awen yn y cynfyd Celtaidd, a chwblhau'r cylch wrth fynd â chyfran o lên ei famwlad yn ôl at ei sylfeini'n fan'no. Rhyfedd fel y mae'r cynfyd Celtaidd wedi tanio dychymyg pobl dros y blynyddoedd. Rhyfedd hefyd, cyn imi fedru ei holi am hyn, sut y diflannodd Artmann a'i gorongylch lawryf tu-chwithig-allan drwy gylch mwg mewn rhyw far yn Fiena: cylchoedd sylltau Awstria'n tincial yn ei boced a finnau â'i lyfr petryal yn onglog yng nghledr fy llaw.

Angharad Price

Dadbacio

Rydan ni i gyd yn euog o'u defnyddio nhw, ond yn greadur hen ffasiwn fel ag yr ydw i – a chyndyn felly i anwesu'r 'Gymraeg Newydd' – caf hi'n anodd i gydnabod bod y geiriau a fabwysiadodd y bachigyn '-io' wedi gwneud rhyw lawer i gyfoethogi ein hiaith. Rwy'n siŵr y byddai wedi bod yn bosibl cael gwell teitl na 'Pacio' er enghraifft i raglen wyliau. Ac eto, trowch at y negydd ac fe glywn yn sŵn y gair y math o dinc a wna i rywun dybio iddo fod yn rhan o'n geirfa erioed.

Yn gynnar yn 1997 y daeth cyfle i feddwl am y peth, pan ddaeth y tro ar fyd a olygodd fod amser dadbacio wedi dod i minnau. Ar ôl byw o siwtces yn ddi-dor am ddeunaw mlynedd, roedd y peth fel rhoi'r cryman ar y bach. Neu, a dewis cymhariaeth fwy priodol, yr oeddwn i, mae'n debyg, wrth dynnu'r celfi trampio allan o'r cês i'w gwasgaru i'w priodol fannau ar hyd y tŷ, yn profi'r hyn ddaeth i ran fy nhad y tro olaf y rhoddodd ei arfau saer coed yn y bocs tŵls sydd gen i dan glo yn y garej 'ma o hyd.

Ar draul cael fy nghyhuddo o bentyrru delweddau, wnes i ddim rhoi'r ffidil yn y to oherwydd rwy'n greadur, diolch i'r drefn, sydd prin yn adnabod y felan. I'r gwrthwyneb, fe roddodd y cyfle i oedi a phwyllo cyn arallgyfeirio, am gyfnod, i'r byd corfforaethol amser imi feddwl ac i werthfawrogi. Yn awr ac yn y man, wrth draddodi sgyrsiau ar hyd y lle, fe arferwn ddweud wrth ddwyn i gof ambell brofiad neu dro trwstan ddigwyddodd imi ar fy nheithiau, y byddai'n rhaid, rhyw ddydd cyn ymddeol, chwilio am joban go iawn! O'r diwedd, ym mis Hydref 1997, fe'i cefais – neu rywbeth a ymddangosai felly ar y pryd: swydd a olygai wisgo coler a thei a chadw oriau sefydlog. Fe wnaeth y profiadau a gafwyd ac a rannwyd gymaint â hynny'n felysach.

Ond serch imi grwydro'r cyfandiroedd i gyd, ychydig gelfi drud sydd yn ein cartref ni ym Mhorthaethwy. Dro'n ôl bu Luned, sydd fel finnau wedi gweld cryn dipyn ar y byd erbyn hyn, yn ymweld â hen ffrind oedd â'i gŵr ar fin ymddeol.

'Fe ewch i grwydro rŵan, siawns,' meddai hi.

'Na, go brin,' meddai honno. 'Fyddai gennym ni ddim byd i'w ddangos ar ôl bod . . . !'

Sion y mab, a oedd yn y man i etifeddu'r chwilen grwydrol ac sydd bellach yn croesawu teithwyr o bedwar ban byd i'w hostel ryngwladol yng Nghaerdydd, a gychwynnodd y cyfan. Yn fachgen dengmlwydd rhannai ein cyfyng-gyngor teuluol pan gefais y cynnig i fynd i gyflwyno 'Heddiw' i'r BBC am dair noson. Ni all plant amgyffred milltiroedd ac felly, iddo ef, doedd dim yn afresymol yn ei awgrym y dylwn wneud y daith 'nôl a 'mlaen i Gaerdydd bob wythnos!

Fe ddaeth yn ffordd o fyw i ni am saith mlynedd ac yn bererindod a oedd i fraenaru'r tir ymhen y rhawg i'm holynydd yn y swydd, Dewi Llwyd, sydd hefyd a'i gartref nid nepell o lan y Fenai. Dim ond wrth edrych yn ôl yr ymddengys yn wyrthiol na chollais yr un wythnos drwy gydol y cyfnod oherwydd gwaeledd, damwain, nac unrhyw anffawd i'r car. Chefais i yr un olwyn fflat hyd yn oed, a dim ond dau docyn am or-yrru! Ond fe fu'r tywydd unwaith, yng ngaeaf enbyd 1982, yn gyfrifol am imi allu cyhuddo'r Gorfforaeth Ddarlledu Brydeinig nerthol a di-flewyn-ar-dafod o sensoriaeth.

Codi'n blygeiniol ar fore Llun i weld y wlad yn wyn. Tybio mai doethach fyddai peidio mentro. Dyma ffônio Beti George i ofyn a gyflwynai hi 'Heddiw' y noson honno yn fy lle. Hithau'n cytuno ac felly dyma gychwyn fore Mawrth a'r eira'n dal yn drwch. Croesi Bwlch yr Oerddrws yn drafferthus, gan nad oedd cadwynau ar olwynion y Saab, a chan wrando ar adroddiadau di-fwlch Radio Cymru am gyflwr enbyd y ffyrdd. Y tywydd fel pe'n peri diflastod i bawb drwy Gymru benbaladr, heblaw am Sulwyn Thomas a oedd wedi ei weindio ac i bob golwg yn mwynhau'r cyfan yn ddirfawr!

Yn bwyllog, dyma gyrraedd yn y man at y tro pedol hir hwnnw ar y ffordd rhwng Llanidloes a Rhaeadr lle dengys arwydd fod lle o'r enw St Harmon rywle tua'r chwith ar hyd ffordd gul i'r bryniau, na fyddai modd ei thramwy y diwrnod hwnnw nac am ddyddiau wedyn. Yno hefyd mae ciosg teliffon oedd y bore hwnnw â'i ddrws wedi ei ddal ar agor gan luwch. Dyma benderfynu ei bod yn bryd cywiro'r celwydd oedd yn cael ei ailadrodd ar y radio bob dau funud fod pob priffordd drwy Gymru gyfan ynghau. Ar ôl dod cyn belled fe deimlwn yn bur ffyddiog y byddai ffyrdd Bannau Brycheiniog yn agored gan mor effeithiol bob amser oedd erydr eira Cyngor Powys. Brwydro drwy'r domen eira ar fin y ffordd i ffônio'r BBC ym Mangor a mynnu cael siarad gyda R. Alun Evans oedd yn cyflwyno'r adroddiadau oddi yno. Ond fy ngwrthod a gefais . . . Doedd dim croeso y bore hwnnw i unrhyw un a fynnai ddifetha stori dda!

Yr un mor llugoer oedd y derbyniad pan gyrhaeddais Gaerdydd o'r diwedd, a hithau'n hwyr brynhawn. Cyflwynais y rhaglen y noson honno gan gychwyn gyda'r geiriau, 'Mae holl briffyrdd Cymru wedi eu cau gan eira heno ac eithrio'r A470 y teithiais arni o'r gogledd yn gynharach . . . '. Ond rhyw deimlo ym mêr fy esgyrn a wnes y byddai'n well gan y golygyddion yng Nghaerdydd hefyd pe bawn wedi aros gartre yr wythnos honno!

Doedd dim sensoriaeth ar yr adroddiadau o faes y gad yn Beirut, serch imi deimlo oerni baril dryll ar fy ngwegil yno a bod mewn gwesty y chwalwyd ei ffenestri gan ysgytwad ffrwydriad. Bu'r daith honno, yn nyddiau cynnar S4C a'r rhyfel yn ei anterth, yn baratoad buddiol ar gyfer teithiau mwy diweddar i fannau eraill a ymddangosai o hirbell efallai yn beryglus ond na fyddai, wedi'r daith i Libanus, yn codi unrhyw arswyd. Yn y trên i Lundain ar fy ffordd i Beirut, darllenais fod gohebydd teledu o Ganada wedi cael ei saethu ym mryniau'r Chouf. Darllen yn yr awyren ar y ffordd i El Salvador dro arall fod tynnwr lluniau i'r cylchgrawn Americanaidd *Newsweek* wedi cael ei chwythu'n yfflon ar gyrion pentref yr awn innau iddo.

Eto, o'r naill wlad a'r llall, nid ergydion y magnelau sy'n aros yn y cof ond y tawelwch afreal rhwng dwndwr y ffrwydriadau. Mae'n syndod pa mor gyflym y daw rhywun i ddygymod â'r anghyfarwydd; i dderbyn bod sefyllfa afreal, yn ei chyd-destun, yn gwbl normal. Dyna paham mai priodol i ysgrifenwyr yw cofnodi eu hargraffiadau am leoedd dieithr o fewn dyddiau i gyrraedd unrhyw wlad. Daw eliffantod yn cerdded ar balmentydd India, neu ddwndwr gwallgo Cairo neu Bangkok, yn rhan o'r 'norm' mewn dim o dro.

Normaliaeth ym mhentref Souk al Gharb ym mryniau Libanus yn 1982 oedd cicio casau gloywon bwledi yn y tywod dan draed. Mae gen i rai ohonynt o hyd er bod eu sglein wedi pylu peth gyda threigl y blynyddoedd. Clywed am y tro cyntaf, er na chlywn glec yr ergyd, sŵn bwledi yn siffrwd drwy ddail y coed, ac yna alwad y gohebwyr profiadol ar ei gilydd, '*Is it going out or coming in?*'.

Mae angen clust gyfarwydd milwr i adnabod pa ddryll sy'n tanio ac i allu dweud ai'n hochr 'ni' ynteu eu hochr 'nhw' sydd yn saethu. Dringais y ffordd dyllog o Souk al Gharb i Kaifoum yng nghwmni gohebydd Americanaidd mewn crys blodeuog llachar.

'Mae'n siŵr eich bod chi'n meddwl 'mod i'n greadur rhyfedd iawn yn gwisgo fel pe bawn i ar y ffordd i'r traeth,' meddai, 'ond chymerwn i mo'r byd am ddod i le fel hyn wedi'm gwisgo fel'na.'

Cyfeiriai at fy nghrys saffari lliw pridd buddiol, oedd yn bocedi i gyd. Yr oeddwn wedi ei ddewis yn fwriadol er mwyn edrych fel y dylwn i edrych, yn fy nhyb i. Aeth yr Americanwr ati i esbonio ein bod ni'r munud hwnnw yng ngolwg milwyr y Druze Militia oedd â'u cadarnleoedd ar draws y dyffryn.

'Pe baen nhw'n dewis saethu atom ni,' meddai fy nghyfaill newydd, 'y chi ac nid y fi fyddai'r sneipar yn ei ddewis. Peidiwch byth â mynd i ryfel wedi'ch gwisgo fel milwr!'

Wrth ddychwelyd yn ddiogel o'r *front line* i ddinas Beirut dyma ddyrnaid ohonom yn herio'r wylnos orfodol drwy fynd allan i chwilio am fwyd. A ninnau ar hanner ein pryd chwythwyd ffenestri'r tŷ bwyta yn yfflon gan ysgytwad bom. Ar ôl i bethau dawelu rhaid oedd mentro allan i lewych gwan y stryd ac ymbalfalu i gyfeiriad ein gwesty. Y nerfau'n dynn fel tannau a phob greddf yn dweud mai sleifio'n dawel yng nghysgod yr adeiladau fyddai'r peth doethaf i'w wneud. Ond dyma ŵr camera profiadol y BBC, Bill Nichol, fu drwy lawer i drin o'r blaen, yn ein hannog i oleuo'n lampau llaw a cherdded yn dalog ar ganol y ffordd dan siarad yn uchel.

Yn ôl wrth far Gwesty'r Ambassador roedd y poli parot a gafodd ei hyfforddi i wneud sŵn chwibaniad bwled er mwyn dychryn newydd ddyfodiaid i faes y gad yn dal i sgrechian! A chefais innau eglurhad. Yn ôl Bill Nichol, sneipar llwfr fyddai'n saethu at bobl uchel eu cloch, ond fe fyddai unrhyw un a symudai'n llechwraidd yn y cysgodion yn *fair game*. Oes, mae i bob gêm ei rheolau, dim ond fod y pris am golli ambell un yn uwch.

Flynyddoedd wedyn, ar saffari yn Botswana yn Affrica, roeddwn yng nghwmni gŵr arall profiadol ar faes y gad – Sam Msibi – ar gyrch plygeiniol i chwilio am anifeiliaid gwyllt ym mharc cenedlaethol Chobe yng ngogledd diffaethwch y Kalahari. Ar deithiau felly yr arfer yw eistedd yn y cerbydau yn hollol lonydd gan obeithio y daw rhyw anifail i'r golwg. Mae'n arfer hefyd i gario papur tŷ bach gan mai teithiau ydyn nhw, o anghenraid, sydd yn eich cario ymhell o gyrraedd unrhyw gyfleusterau! Ynghanol y tawelwch llethol gafaelodd Sam yn y rholyn papur a diflannodd i ganol y coed heb ddweud yr un gair. Aeth munudau lawer heibio. Yna'n sydyn dyma drwst o'r drysi. Rai llathenni y tu ôl i ni ymddangosodd Sam ar lwybr y goedwig â'i wynt yn ei ddwrn. Honnodd fod llew wedi dod i fusnesu ac yntau ar hanner gwneud ei fusnes!

'Y ti o bawb,' meddwn i wrtho, gan gofio ei storïau am brofiadau a gafodd yn y rhyfel yn Angola. 'Zulu dewr yn cael dy ddychryn gan lew!'

Wna' i byth anghofio ei ateb. *'Man,'* meddai, *'you know what is the most dangerous animal on earth? It is a black man, with a gun, drunk, and with no education.'*

Y tro nesa' imi weithio ar gyfandir Affrica – yn Pilgrims Rest yn y Transvaal gyda Michael Owen, gynt o Gwm-y-glo yn Arfon – gŵr gwahanol a gofnodai'r sain i ni, ond fe wyddwn ei fod yn adnabod Sam a holais amdano. Dywedodd fod Sam wedi cael ei saethu gan un o'i gydwladwyr. Dyn croenddu, meddw a ymosododd arno pan oedd yn gyrru'n ôl i'w gartref yn Soweto un diwrnod. Da clywed na fu'n ergyd angheuol ac mai'r cyfan a gollodd oedd ei fodur.

Yr unigolion yn aml, ac nid y lleoedd, sy'n aros yn y cof, ac weithiau rywun sydd wedi ei glymu mor annatod i'w gynefin newydd, ond pell o wlad ei faboed, fel na ddetyd y cwlwm byth. Rhai felly oedd Gwyn Jones a Jim Ellis. Fe fyddai'n anodd canfod dau mor wahanol ac eto, wrth fod yng nghwmni'r naill roedd yn anodd peidio meddwl am y llall. Dau Gymro, a phe tynnid llinell unionsyth ar fap o'r byd, saith mil o filltiroedd o fôr heb un darn arall o dir a fyddai'n gwahanu'r ynysoedd lle cartrefodd y ddau. Yr ynysoedd yw Jamaica – un o ynysoedd mwyaf poblogaidd y Caribî – a'r llall yn un o'r ynysoedd lleiaf ar erchwyn Ewrop. A bod yn fanwl gywir, nid ynys yw Gibraltar wrth gwrs, er ei bod yn teimlo felly. Craig enfawr ynghlwm wrth arfordir Sbaen yw hi, yn gwarchod y culfor sy'n arwain i'r Môr Canoldir.

Gwasanaeth milwrol aeth â Gwyn Jones i Jamaica am y tro cyntaf. Y *National Service* nad oedd modd ei osgoi yn y pumdegau. O'i gymharu â Ro-wen yn Nyffryn Conwy roedd Kingston a'r cyffiniau fel paradwys i lanc o'r wlad. Yn fwy ecsotig yn sicr na phe bai wedi cael ei anfon i blicio tatws neu i wyngalchu cerrig ar gwr y *parade-ground* yn Aldershot. Ar ôl ei ddwy flynedd orfodol mewn lifrai, adre y cafodd o fynd, ond doedd 'gwyrthiau'r Arglwydd' ddim ar lannau afon Conwy chwaith i Gwyn Jones. Aeth o ddim yn ôl i fod yn glerc yn swyddfa'r dreth incwm yn Llandudno. Yn hytrach, arbedodd bob ceiniog a chyn hir roedd ganddo ddigon i dalu am docyn yn ôl i Jamaica. Ar y ffordd arhosodd y llong yn Havana, Cuba. Y teithwyr allai ddangos eu bod â chyfalaf o chweugain gâi fynd i'r lan. Dim ond pum swllt oedd gan Gwyn Jones. Oddi ar y *gangway* gwyliodd rai mwy goludog yn mynd i brynu sigârs.

Cafodd waith yn Kingston ac yn y man daeth yn bennaeth y cwmni a'i cyflogodd. Priododd ferch o'r wlad a sefydlodd ei gwmni ei hun i wasanaethu'r awyrennau sy'n cario ymwelwyr i Montego Bay. Heddiw mae'n cyflogi mwy na chant a hanner o bobl. Cododd westy moethus a'i alw'n Tŷ Gwyn. Ym mhopeth, ac eithrio lliw ei groen, Jamaicad yw Gwyn Jones. Caiff ei dderbyn gan ei lu cyfeillion fel un ohonyn nhw. Y dyn gwyn na chefnodd yn nyddiau chwyldro Michael Manley yn y chwedegau ac a wnaeth ei bum swllt yn hanner can miliwn o ddoleri mewn deugain mlynedd.

Nid ei fod wedi anghofio'i wreiddiau. Bob blwyddyn mae'n gwahodd ei deulu dros Fôr Iwerydd am wyliau yn yr haul. Ac er bod ganddo gloc wyth niwrnod o Lanrwst yng nghyntedd ei gartref moethus uwchlaw Montego Bay, a hen gramoffon sy'n chwarae disgiau saith deg wyth o David Lloyd yn canu 'Elen Fwyn' (ond i chi roi tro neu ddau ar yr handlen!) dydw i ddim yn meddwl ei fod yn colli llawer iawn o gwsg yn hiraethu am Ddyffryn Conwy.

Un gwahanol iawn oedd y gŵr y cefais alwad ffôn ganddo yn yr *Holiday Inn* yn Gibraltar. Roedd wedi fy nghlywed ar orsaf radio a gâi ei rhedeg gan y gatrawd fechan o'r lluoedd Prydeinig sy'n cael amser braf yn gofalu am bron yr unig drefedigaeth dramor sy'n weddill ar ôl inni ffarwelio â Hong Kong. Y peth cynta ddywedodd y dyn oedd ei fod o wedi colli ei ganeri. Un gwyn, oedd yn canu fel eos cyn i'w gymar farw. Wedyn y down i ddeall bod esboniad syml dros gyfarchiad mor annisgwyl. Ond os oedd y gŵr wedi colli caneri, roedd ei wreiddiau'n ddwfn iawn yn naear Llangollen.

Mr Ellis oedd ei enw. Doedd o mo'r math o ddyn y gallech chi byth ddod i ddygymod â'i alw'n Jim. Ar ôl gwneud ei ran yn ymladd yn erbyn Franco ni symudodd ymhell iawn wedyn. Fel Gwyn Jones yn Jamaica fe briododd yntau â merch leol. Fel Gwyn Jones tyfodd yn biler o fewn terfynau cyfyng ei sefydliad.

'Y fi,' meddai, 'oedd dirprwy lywydd Cymdeithas Gymraeg Gibraltar – pan oedd hi.' Ond yr argraff gefais i, yn ystod y sgwrs ar y ffôn, oedd mai rhyw berthynas oriog fu rhwng Mr Ellis a man ei fabwysiad.

Cerddodd i far y gwesty â set radio fawr yn cyfuno peiriant tâp dan ei gesail. Roedd hiraeth am ei wreiddiau yng Nghymru yn ei osgo; ymlyniad â gwlad bell ei faboed yn nhoriad ei frethyn, o'r *flazer* gyda phlu tywysog Cymru ar ei phoced at y tei yn cofnodi camp driphlyg a champ lawn y crysau cochion mewn oes o'r blaen. Serch yr ymddangosiad islaw llinell fain y mwstásh sarjant mejor, dyn swil oedd o. Y set radio, fel ei gyfarchiad yn sôn am ganeri, oedd y props. Llwyr ymwrthodwr ond yn hoff o ganu. Dyn aflonydd ac am imi wrando'r munud hwnnw ar y peth mwyaf gwerthfawr a feddai – tâp o gôr a roddwyd iddo yn y saithdegau cynnar gan Arwel Hughes a fu yn Gibraltar, yn ôl Mr Ellis, i feirniadu rhyw gystadleuaeth 'Pwy yw'r berta?'

Prif borthor – unig borthor – bloc o fflatiau ar gwr Main Street, prif stryd Gibraltar, oedd Jim Ellis. Efallai ei fod o yno o hyd.

'Unwaith bob dydd,' meddai, 'wedi i bawb fynd allan, a'r fflatiau'n wag, fe fydda i'n gwrando ar y tâp ac mae'r caneuon yn f'atgoffa fi o gartre . . .'

Diflannodd wedyn i'r nos, i lawr yr allt ac i gyfeiriad goleuadau'r porthladd islaw. Ond fe glywais ei lais unwaith wedyn cyn imi ddod adre. Canodd y ffôn wrth imi daflu ceriach tridiau i'm siwtces.

'This is Mr Ellis,' meddai'r llais. *'Before you go I thought I'd like to wish you a proper farewell.'*

A thrwy dderbynnydd y ffôn fe glywais eilwaith, fel pe o waelod bwced, y tâp mawr ôl ei draul. Côr Meibion y Rhos yn canu dros dreigl araf blynyddoedd Mr Ellis, '*In the sweet bye and bye . . .* '.

Nid teithiau ynglŷn â gwaith fu'r cyfan. Unwaith gwelais gyfle i alw Luned allan i'r India inni dreulio'r Nadolig a'r flwyddyn newydd ar draeth yn Goa. Y syniad oedd y byddwn yn ymuno â hi ar ôl cwblhau rhaglen yn Calcutta. Ar yr unfed awr ar ddeg cynghorwyd ni gan y Swyddfa Dramor i gadw draw oherwydd cythrwfl rhwng yr Hindwiaid a'r Moslemiaid, yn dilyn llosgi'r mosg yn Ayodhya oedd heb fod ymhell. Yn anffodus daeth y cyngor yn rhy ddiweddar inni gysylltu â Mair Jones o Dywyn oedd yn teithio yn India. Wythnosau ynghynt, a hithau bryd hynny yn nhalaith Uttar Pradesh wrth droed yr Himalayas, yr oeddem wedi cynnig ychydig ddyddiau o waith iddi yn ein cynorthwyo ar y rhaglen yn Calcutta. Ni allem ond gobeithio y byddai hithau wedi clywed am y trafferthion yn Ayodhya ac wedi peidio mentro yno.

Ond gyda thocynnau wedi eu harchebu a Goa fil a hanner o filltiroedd o fangre'r helyntion, manteisio ar fy nghyfle wnes i. Am unwaith hefyd cael osgoi yr hyn sydd i mi (a feiddiaf gyfaddef!) yn ddiflastod rhialtwch y Nadolig. Roedd traethau Goa yn wyn, yr awel yn dyner a byddai syrthni'r lle, ddeng mil o filltiroedd o Gymru, yn falm i'r enaid.

Doedd dydd Nadolig ei hun yn ddim gwahanol i unrhyw un arall o'r dyddiau hirfelyn hynny. Pendwmpian ar y tywod islaw ambarél o ddail palmwydd yr oeddwn i – yn gwrando ar Dafydd Iwan yn canu am Esgair Llyn ar y *Walkman*. Pwniad gan Luned wnaeth imi ymysgwyd.

'Roedd y rheina'n siarad Cymraeg,' medde hi.

'Dychmygu wnest ti,' meddwn innau. Mae acen Indiaidd yn gallu swnio fel acen Gymraeg. Ond pobl groenwyn oedd y rhain. Roedd dau sgwter wedi eu parcio yn y tywod gerllaw a'r bobl oedd newydd gyrraedd wedi diflannu i gysgod y cwt lle'r oeddem ninnau newydd fod yn cael tamaid o ginio – amheuthun o an-Nadoligaidd. Un o chwech o gytiau tebyg a'n tuedd ni, am ddim rheswm yn arbennig, oedd mynd bob dydd i'r ail o'r pen yn y rhes.

Wysg fy nghefn dyma glosio at y cwt ac ar fy ngwir, roeddent yn siarad Cymraeg. Yn uchel eu cloch. Llond ceg o Gymraeg. Nid fy mod yn un i wneud môr a mynydd o beth felly. Cyn hynny, ac wedyn, clywais Gymraeg yn cael ei siarad yn y mannau rhyfeddaf ac eto, mae'n rhaid cydnabod, nunlle yn y byd rhyfeddach nag ar brynhawn dydd Nadolig ar draeth yn India!

Dyma fynd yn nes eto at fwrdd y Cymry cyn troi'n sydyn ar fy sawdl i'w hwynebu gan feddwl ynganu rhyw ystrydeb lesg fel, 'Onid ydi rhywun yn cyfarfod Cymry yn y llefydd rhyfedda deudwch . . . ?'

Ni wn ai Mair ynteu fi a gafodd y syndod mwyaf. Mair Jones o Dywyn y clywais amdani ddiwethaf yn Varanasi! Yr un Mair a oedd i fod ar ei ffordd i'n cyfarfod yn Calcutta – yma ar draeth bymtheng can milltir oddi yno. Yr oedd wedi cyfarfod â phâr o Gaernarfon a chyda'i gilydd wedi llogi beiciau modur. Roeddent wedi eu marchogaeth am ugain milltir hyd arfordir Goa ac ar fympwy, o blith ugeiniau o gytiau tebyg iddynt eu pasio, wedi dewis yr ail o'r pen mewn un gadwyn o gytiau gwellt ger ein gwesty ni i dorri syched.

Ac eto, teimlo wnes i imi golli cyfle . . . Gallwn fod wedi mynd y tu ôl i'r cwt a gofyn i'r gŵr rhadlon a redai'r lle roi'r tâp o Dafydd Iwan ar ei beiriant. Yna mynd i eistedd ar y tywod i ddisgwyl yr ymateb. Ond dyna ni, dim ond wedyn – bob amser – mae rhywun yn meddwl am bethau felly!

Mae'r arswyd o golli cyfle yn rhywbeth y gŵyr criwiau teledu yn dda amdano. Bu'n gysgod dros fy nheithiau i gyd. Gyda dim ond un cynnig, a dyddiau'r 'saethu' mewn gwlad bell yn brin, nid oedd ail gynnig i fod. Nid oedd gennym y moethusrwydd o deithio fel y gwna Michael Palin, er enghraifft, gyda thîm o ymchwilwyr wedi braenaru'r tir o'i flaen. Ni chaem ychwaith gyllideb o gannoedd o filoedd o bunnoedd – digon i allu talu i griw ffilmio fynd yn ôl i ambell fan i gael lluniau newydd i lanw bylchau pe bai angen! Yn fwriadol ymdrechwn i arbed pris un rhaglen gyfan o fewn cyllideb cyfres rhag ofn y byddem rhyw ddydd yn cael cam gwag ac ar ôl croesi'r byd yn canfod na fyddai'r 'stori' yn ddigon cryf i ddal ei thir.

Wrth lwc, ni ddigwyddodd hynny serch i mi fynd ar fwy nag un siwrnai â'm gwynt yn fy nwrn. Un o'r rheiny oedd y daith i jyngl Bolivia i chwilio am Gwilym Parry o Garndolbenmaen, heb ddim ond dau lythyr, a misoedd rhyngddynt, yn brawf o'i fodolaeth. Diolch i'r drefn bu Gwilym, a'r pymtheng mil o wyau a werthai ym marchnadoedd Santa Cruz bob wythnos, yn destun rhaglen ddifyr.

Weithiau byddai bonws annisgwyl yn ein haros. Mewn parc cyhoeddus ynghanol Santa Cruz, er enghraifft, mae'r unig dylwyth dinesig o'r anifail rhyfedd y *sloth* yn byw. Creadur diog, ac oriog fel rheol, sydd yn well ganddo ddyfnderoedd y coed.

Ond daliaf i gofio'r cyfle a gollwyd ar lechwedd yn uchelderau'r Andes. Taith oedd hi yng nghwmni Brian Williams sydd â'i gwmni *Journey Latin America* yn cynnig gwyliau i bobman ar y cyfandir, o Panama i Cape Horn. Y syniad oedd arloesi taith newydd dros gopaon yr Andes i 'ddinas goll' Machu Picchu. Mae cyfrolau wedi cael eu hysgrifennu am gyfaredd y lle hwnnw serch nad oes neb eto wedi gallu datrys dirgelwch bodolaeth y ddinas na sut y llwyddwyd i asio ei meini anferthol i'w gilydd mor gelfydd. Bellach cafodd 'llwybr yr Inca', sef y ffordd draddodiadol i gyrraedd Machu Picchu, ei erydu yn enbyd. Roedd Brian am fy nhywys yno ar hyd trywydd newydd a oedd am ei alw'n 'llwybr y gwehyddion' gan ei fod yn ein harwain drwy gadwyn o bentrefi lle nyddai'r merched y carthenni coch llachar sy'n nodweddiadol o wledydd yr Andes. Ac yr oedd y peth yn rhyfeddod. Dilyn ffyrdd troellog mewn bws i ddeuddeng mil o droedfeddi cyn ei adael a dringo'n uwch i lechweddau uchaf y copaon. Yn awr ac yn y man gwelem o hirbell glytiau cochion ar y llethrau. Wrth ddynesu deuai'n amlwg mai merched yn bugeilio oedd yno, yn difyrru'r amser drwy nyddu carthenni ar fframiau pren. Er mai go brin y gwelsant ymwelwyr Ewropeaidd o'r blaen ni thalai neb unrhyw sylw ohonom heb i ni eu cyfarch yn gyntaf. Wedyn roedd eu croeso yn dwymgalon.

Ond buan y gadawyd hyd yn oed y mwyaf gwydn o'r gwehyddion unig. Cyn hir roeddem yn gwersylla ymhlith y copaon. Yn ffodus roedd gennym hanner dwsin o borthorion i gario'n pebyll a'n gêr ac ar ôl tair noson roeddem ar y goriwaered eto. Daeth yn bryd ffarwelio â'r bechgyn rhadlon fu'n ein tywys. Pob un ac eithrio'r ieuengaf, oedd ond yn ddeuddeg oed, a'u croen fel lledr a'u dannedd brown yn bwdr oherwydd eu harfer beunyddiol o gnoi dail y coca. Gyda diod berwedig a wnaed o'r dail, sy'n sail i'r cyffur cocên, y caem ein deffro bob bore. Ei ddiben oedd ein hamddiffyn rhag effeithiau'r uchder ac i wella'r cur pen parhaus a'n blinai. Roedd mor chwerw â'r ddiod a wnâi fy nhad o ddail y wermod lwyd a dyfai ers talwm yng ngardd fy nghartref yn Nhynygongl. A choelia' i byth nad yr un effaith a briodolid i'r naill a'r llall!

Daeth Sion, y mab, gyda mi ar y daith hon. Bu ei Sbaeneg yn ddefnyddiol yn Periw er mai Quechua, iaith brodorion copaon yr Andes, a siaradai'n tywyswyr. Gyda phrofiad helaeth o fynydda roedd yn fwy heini o lawer na mi ac yn fwy atebol i gyfarwyddo'r rhaglen. Pan adawsom Gymru roedd yn wythnos apêl Marie Curie a daeth Sion â nifer o'r cennin Pedr a ddefnyddir fel symbol yr elusen i'w rhannu i hwn a'r llall ar y daith. Roedd ganddo ddigon yn weddill i roi un yr un i'r porthorion ac awgrymodd y byddai fy ngweld yn eu cyflwyno gyda'r pecyn pae i'r bechgyn yn ychwanegiad dilys at y ffilm.

Rhoddaf y bai ar salwch yr uchelfannau – penysgafndra'n cymylu fy nghrebwyll – oherwydd dadleuais yn erbyn y peth. Roedd ceg y ffordd a'n harweiniai o'r mynydd i'w gweld yn nyffryn Urubamba islaw a gwely clyd a bàth yn aros amdanom yn Ollantaytambo. Ond tra byddaf byw ni wnaf anghofio'r osgordd o gludwyr yn ein gadael. Pob un â chenhinen yn ei gap yn tywys eu mulod, yn ysgafndroed heb ein pynnau, nes i'r niwl a chwyrlïai o gopaon yr Andes eu llyncu. Wna i ddim anghofio chwaith mai oherwydd fy styfnigrwydd i y gadawyd y camera yn ei focs . . .

Ar ddydd Gwener ym mis Awst 1997 y cwblheais fy rhaglen olaf i S4C. Treulio'r bore yn stiwdio Barcud yng Nghaernarfon yn rhyfeddu at olygu Huw Orwig a medrusrwydd Steve Stockford wrth osod caneuon môr J. Glyn Davies mor effeithiol ar luniau o ail fordaith arwrol Richard Tudor o amgylch y byd yn ras hwylio y *BT Global Challenge*. Wrth baratoi ar gyfer y ras gyntaf yn 1992, a thrwy ddarparu nifer o raglenni eraill yn ymwneud â'r môr cyn hynny, cefais wybod imi grynhoi digon o brofiad hwylio i gael fy nerbyn yn aelod o'r clwb ecsgliwsif hwnnw, y *Royal Ocean Racing Club*. Mil o filltiroedd o rasio dan hwyliau ar y môr mawr yw'r gofyn. Diolch i daith gyda Richard o Southampton heibio i Land's End i Bwllheli ar fwrdd *British Steel II*, ac i Gwilym Evans, Cricieth a chriw Corwynt Cymru ar ras fythgofiadwy o amgylch Iwerddon, fe'i cefais. Ar hirddydd haf gallwn wneud cryn argraff yn ei lordio hi tua Aber-soch yn arddangos y morfeirch ar gefndir glas tywyll y tei. Yn anffodus ni thelais ddigon o sylw yn ystod fy mordeithiau i hwylio cwch rwber ar draws pwll hwyaid!

Ond ar gorn y profiad fe hawliwn aelodaeth o glwb sydd i mi yn llawer pwysicach – ac yn sicr yn fwy ecsgliwsif na'r R.O.R.C. – sef y clwb dethol hwnnw o bobl all hawlio iddynt fod yn rhan o ddigwyddiad hanesyddol a hynny drwy gyfrwng y Gymraeg! Fe ddigwyddodd yn Tasmania a minnau'n disgwyl i Richard gyrraedd ar draws Môr Tasman o Seland Newydd dan rym ei beiriant a chymorth yr un hwyl fechan y llwyddwyd i'w chodi ar *British Steel II* wedi i'r prif fast fynd i waelod y môr.

Yn blygeiniol un bore fe'm codwyd o'm gwely yn y gwesty yn Hobart gan un o swyddogion *British Steel*. Roedd am i mi fynd gydag ef y munud hwnnw i benrhyn unig y tu draw i Port Arthur, sydd ym mhegwn eithaf talaith fwyaf deheuol Awstralia. Yno, mewn tŷ unig uwchlaw'r môr, roedd gŵr wedi llwyddo i ddod i gysylltiad â chwch Richard ar ei *radio telephone*. Y syniad oedd i mi siarad yn Gymraeg gyda Richard ac yn ystod y sgwrs roeddwn i roi gorchymyn iddo groesi'r llinell derfyn ym mhorthladd Hobart dan bwysau'r gwynt yn ei hwyl fechan yn unig. Fe fyddai wedyn – yn dechnegol – wedi cydymffurfio â rheolau llym y ras a'r gobaith oedd y câi ei dderbyn yn ôl yn gystadleuydd dilys, fel y câi gwblhau'r daith yn ddibenyd. Yn naturiol, efallai, ni weithiodd yr ystryw ond bu'n werth rhoi cynnig arni!

Pan glywyd i ddechrau am yr anffawd i *British Steel II* fe anfonais at rieni Richard – Huw a Gaenor Tudor ym Mhwllheli – gopi o gerdd Moelwyn, *'Yr Antur'*, a deimlwn oedd yn briodol dan yr amgylchiadau. Dyfynnais y cwpled olaf ohoni sawl tro mewn llyfrau croeso ledled y byd ac ar wynebddalen fy nghyfrol *Gwyn a'i Fyd* a gyhoeddwyd yn 1996:

Gwell mynd yn gandryll ar foroedd pell
Na phydru ar dywod y glennydd.

Mewn dwy linell fe grisiala fy athroniaeth seml innau, a phan hwyliodd Richard ar ei fordaith ddiweddaraf o amgylch y byd roeddwn yn falch o weld ei fod wedi glynu'r gerdd yn gyflawn uwchlaw'r bwrdd lle cynlluniai gwrs y cwch. Bu yno gydol y fordaith.

Y noson y cwblhawyd y rhaglen am y ras, roeddem fel teulu yn gadael am wyliau yn Portiwgal. Yn ystod prysurdeb prynhawn o gasglu pethau ynghyd cefais gyfle i anfon cais am swydd y gwelais ei hysbysebu gyda *Celtec*, sef Cyngor Hyfforddi a Menter Gogledd Cymru. Yn y man, ar ôl dod adre o'r gwyliau, daeth galwad i gyfweliad a chefais gynnig y swydd. Doedd fy arhosiad ym myd cysylltiadau cyhoeddus ond yn mynd i bara pum mis ond ar y pryd roedd apêl yn y syniad mai cynnig cyfle a chyfeiriad newydd i bobl mewn cyfyng-gyngor neu ar groesffordd yw rhan o swyddogaeth *Celtec*.

Roedd fy nghwmni, *Monitor*, ymhlith yr ugain a rhagor o gwmïau cynhyrchu y gwelwyd eu diddymu fel rhan o'r ad-drefniant ym mholisi comisiynu S4C, a serch i mi fod yn ddi-waith i bob pwrpas am naw mis, fûm i ddim yn segur o gwbl. Bu'r trawsnewid yn esmwyth ac yn ddi-fwlch a chludais i ddim *baggage* efo mi. Dim ond atgofion a phrofiadau fyrdd.

Ac yn ôl i fyd darlledu yr es i. Yn ôl at y BBC un mlynedd ar hugain ar ôl bod yn un o'r tîm a gychwynnodd Radio Cymru. Yn ôl ym Mangor lle cychwynnais i, yn syth o'r ysgol, i gasglu newyddion lleol i'r *North Wales Chronicle*. Dechrau, ac efallai, orffen gyrfa. Rhwng y ddau begwn fe fu'r byd ar gledr fy llaw. Mae'r dadbacio wedi ei wneud; fy sgrepan yn wag – ac yn llawn i'r ymylon . . .

Gwyn Llewelyn

Dyfrliw o bont Mostar cyn iddi gael ei chwalu

Rhai o'r press passes *bondigrybwyll i gael 'mynd-i-mewn' i Bosnia*

Cala *(hafan fechan) ar ynys Majorca*

Son Comparet, Majorca

Melin wynt gerllaw Palma, Majorca

Bethan a Geraint y gauchos!

Las Chicas *Freeman yn Esquel*

Cwm Hyfryd, gyda'i helyg melyn, yn y gaeaf

Dinas Salzburg tan yr hen gastell ar y Mönchberg

Arwyddion uwchben y Getreidegasse, Salzburg

Olwyn fawr ffair Prater, Fiena
a anfarwolwyd yn y ffilm The Third Man

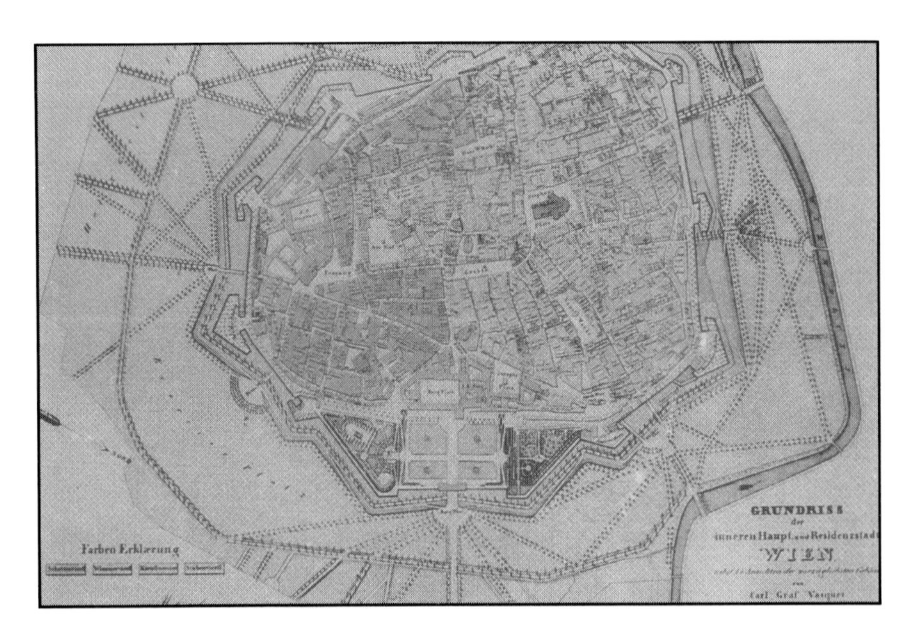

Hen fap o Fiena yn dangos y wal gylchol

Gwyn Llewelyn ar British Steel II *gyda Richard Tudor*

Y porthorion ar derfyn y daith hyd Lwybr y Gwehyddion yn uchelderau'r Andes

Gwyn Llewelyn yng nghwmni sloth *Santa Cruz, Bolifia*

Angharad Tomos yn dynwared y cerflun rhyddid
ar gopa'r Empire State Building!

Rhaeadr Iguaçu, Brasil

Cwrachod ar y traeth, Cill Mhuirbhí, Inis Mór

Mynd i gyfarfod y llong ager, Cill Ronán, Inis Mór

Aran

Catharine Nagashima (de) a'i chwaer Angharad mewn gwisg ywcata ar y traeth yn Zwshi, haf 1969

Zwshi a Bae Sagami, tua 1968

Parti yn yr ardd i ddathlu priodas arian Catharine a Koichi Nagashima, Medi 1990 (Taro, Asami, Catharine, Koichi, Elen, Mari, Yasuko a Yumi)

Iwan, Elvis a Memphis

America

Hŵfyr, Heuston a'r Hogan

'Draw dros y don, mae bro dirion . . . ' Am flynyddoedd bu America yn enw hud, yn enw drwg, yn addo pethau da. Cymysgedd o deimladau oedd gen i tuag at y cyfandir hwn, a ddarganfuwyd gan Columbus yn 1492 fel y dysgwyd inni yn yr ysgol, ond yn ôl pob sôn oedd yn bodoli ymhell cyn hynny. Rydw i am adrodd tri phrofiad tra gwahanol a gefais wrth ymweld â thri lle gwahanol – gogledd, canolbarth a de, a hynny yn yr un flwyddyn.

I Herbert Hoover mae'r diolch am imi allu ymweld â'r Amerig gyntaf. Tua dechrau'r nawdegau cafodd rhywun yng nghwmni Hoover y syniad gwreiddiol y byddai trip am ddim i 'Merica yn gymhelliad cryf i bobl brynu hŵfyr. Cydiodd yr abwyd yn nychymyg y werin, i'r fath raddau fel y bu bron i'r cwmni fynd i'r wal. Y syniad oedd eich bod yn prynu un tocyn, a'ch bod yn cael un arall am ddim. Ni fu raid i mi brynu'r teclyn glanhau hyd yn oed. Cyfaill i mi, Karl Davies, bwrcasodd hwnnw, a che's innau'r cynnig o wythnos yn Efrog Newydd yn fuan wedi'r Calan yn 1994.

O'r holl fannau yn y byd ro'n i am eu gweld, rhaid cyfaddef nad Efrog Newydd oedd ar ben y rhestr. Ro'n i'n llawn rhagfarn yn erbyn y lle, ac Efrog Newydd oedd tarddiad bob pechod. Fodd bynnag, doeddwn i ddim am wrthod y cynnig, felly i ffwrdd â mi. Ychydig oriau yn unig a gymerodd imi chwalu fy rhagfarn tuag at ddinas y *Big Apple*. Roedd pawb a welais yno yn bobl glên ac mi ddois adre'n fyw. Mewn gwlad efo cymaint o saethu ynddi rydw i'n ystyried hynny'n dipyn o fargen.

Rhaid ichi fod braidd yn wallgof i fyw yn Efrog Newydd meddan nhw, felly ro'n i'n cychwyn ar y droed iawn. Rhaid ichi beidio gadael i'r sŵn darfu'n ormodol arnoch, boed o'n fiwsig calypso ar ochr stryd, yn gyrn tacsis yn canu am ddau o'r gloch y bore, neu os buoch chi'n ddigon anffodus i gael gwesty oedd yn digwydd bod uwchben gorsaf dân, fel yr un gawsom ni. Deallais yn fuan eiriau Le Corbusier pan ddywedodd:

A hundred times I have thought, New York is a catastrophe,
and fifty times: it is a beautiful catastrophe.

Mae'n hanfodol – er mwyn eich mwynhad eich hunan – fod gennych chi ddiddordeb mewn pobl, o bob cenedl dan haul. Pobl y Caribî, Canol America, De America, Groegiaid, Eidaliaid, Iddewon, Gwyddelod, Tsineaid, Japaneaid . . . Efrog Newydd yw'r ddinas fwyaf amrywiol ei phoblogaeth yn y byd. Mae'n rhaid i chi hefyd fwynhau bod yn agos atynt – mewn lifft, mewn trên, mewn caffi, mewn pictiwrs – does yna ddim lot o le i bawb.

Mae'n help mawr hefyd os ydych chi'n hoffi bwyta – unrhyw beth, unrhyw amser. Brecwast yn Efrog Newydd ydi crempog, jam a menyn yn llifo arni, triog melyn drosti, sosej a wyau – ie, i gyd ar yr un plât! Nhw sydd â'r dewis gorau o goffi, myffins, hufen iâ, cigoedd, gwinoedd, dônyts a *coke*. Mentrwch flasu bwydydd eraill hefyd – piciwch i Chinatown i weld pysgod cymaint â'ch braich yn sglefrio mewn bocs o rew, a hwythau'n dal yn fyw.

Mae'n rhaid i chi fod yn un da am wario – dydi o fawr o ots ar be. Boed o'n ddiamwntiau a ffwr ar Fifth Avenue neu'n gerfluniau plastig gwyrdd o'r Statue of Liberty – cyn belled â'ch bod chi'n peri i'r doleri ddiflannu, wnewch chi ddim diflasu. Â'r tymheredd ymhell o dan y rhewbwynt, mi fuddsoddais mewn het felfed ddu a milltiroedd o sgarff, rhywbeth na fyddwn i byth yn ei wisgo gartref, ond doedd neb yn 'od' yn fan hyn.

Agor eich llygaid a rhyfeddu, dyna yw'r cyngor gorau – at uchder y *skyscrapers*, at gelfyddyd fodern, at amrywiaeth amgueddfeydd, at ddychymyg a dyfeisgarwch, at fenter a chyflymder, at gyfoesedd y cyfan. Do, mi ddaru ni'r pethau twristaidd i gyd – dringo i ben yr Empire State Building, tynnu lluniau o dop y World Trade Centre, a llusgo'n hunain i dop y Statue of Liberty. Synnais fod yn rhaid croesi'r dŵr i gyrraedd y symbol enwocaf hwn o America, ac mai rhodd gan Ffrainc ydoedd i nodi can mlynedd wedi Chwyldro America. Treuliwyd noson yn y dafarn lle cafodd Dylan Thomas ei beint olaf yn ôl y sôn, a buom yn dotio wrth edrych ar yr hyn gâi ei arddangos yn y *MOMA*, Museum of Modern Art. Mae'n rhaid i chi fod yn eitha rhyddfrydol eich agwedd yma. Yr hobi mwyaf poblogaidd yw codi gwallt eich pen chi. Os ydi pornograffi, hoywon, trais, gwleidyddiaeth, rhyw, crefydd neu hiliaeth yn eich gwylltio, tydi o ddim tamaid o ots gan Efrog Newydd. Os ydyn nhw am ei wneud o, mi wnân nhw – dyna reol eu buchedd.

Mi gymerais at y lle – er fy ngwaetha. Che's i mo fy siomi gyda'r olygfa welodd King Kong o'r uchelfannau. Deuthum yn ffrindiau gyda'r dduwies Roegaidd yn y caffi oedd yn sicrhau bod fy ffiol yn llawn o goffi. Dotiais at yr eira fel-ers-talwm yn disgyn yn dawel dros Central Park.

Dysgais osgoi gyrwyr brwd y tacsis lliw caneri, a meddwais ar rywioldeb powld a pheryg Times Square.

Unwaith y bu arna i ofn – gwirioneddol ofn. Mae i bob gwyliau ei greisis, ac roedd hwn yn un gwaeth na'r cyffredin. Wedi rhyw bum niwrnod yn y ddinas, roeddem ill dau yn teimlo'n bur gartrefol, yn ddigon cartrefol i fentro teithio ar ein pennau ein hunain. I ffwrdd â Karl i weld rhyw sioe o'i ddewis o, a dyma finnau'n cadw gafael ar y map a chanfod sinema oedd yn dangos *'The Trial'*. Byddai'n well petawn i wedi dewis unrhyw ffilm arall ar wahân i'r un yma oedd yn addasiad o nofel Franz Kafka am ddieithrwch y byd o'n cwmpas. Pan gamais o'r sinema roedd fy hyder cynnar wedi diflannu. Gyda 'mhen i lawr, dyma gerdded yn frysiog i'r gwesty oedd rownd y gornel o Times Square a llongyferchais fy hun ar gyrraedd heb i neb ymosod arnaf. Dyna pryd y cychwynnodd yr hunllef. Fedrwn i ddim dod o hyd i'r stafell. Wedi dod o hyd iddi, doedd y goriad ddim yn ffitio'r clo. Canfod fy mod ar y llawr anghywir ac wedi anghofio rhif y stafell. Roeddwn wedi fy hyrddio yn ôl i fyd swreal y ffilm. Yn y diwedd, dyma ganfod y stafell a llwyddo i agor y drws ac arhosais ar fy nhraed nes y deuai Karl yn ôl. Erbyn tri o'r gloch y bore ro'n i wedi blino'n lân, a heb syniad beth arall i'w wneud. Dyma ddisgyn i gysgu.

Gwawriodd y bore, a doedd dim siw na miw o'm cyd-deithiwr. Dyna pryd y sylweddolais fod yr hunllef yn parhau, ac ni allai haul egwan y bore dros eira ysgafn Efrog Newydd fy rhwystro rhag wynebu'r gwirionedd cas – roedd rhywbeth enbyd wedi digwydd i Karl. Wedi cael brecwast ar fy mhen fy hun, sylweddolais mai fel hyn roedd trasiedïau yn digwydd: nid gyda rhyw ddigwyddiad dramatig, ond yn syml gyda dim yn digwydd. Fedrwn i ddim aros yn hwy yn fy stafell, felly cymerais y cam mawr o fynd at ddesg y fynedfa a nodi bod Karl yn *missing person* a bod angen galw ar yr heddlu i ymchwilio i'r mater. Nododd y swyddog wrthyf fod yn rhaid i rywun fod ar goll am bedair awr ar hugain cyn i'r heddlu gymryd diddordeb. Dyna ddod wyneb yn wyneb â realiti dinas fawr.

Doedd dim amdani ond cymryd teitheb Karl a cherdded i ben y stryd gyda'r bwriad o ddechrau holi pobl – 'Ydych chi wedi gweld y gŵr hwn?' Ond y funud yr oeddwn ar y stryd, roedd arna i ofn pawb. Roedden nhw wedi peidio bod yn bobl glên ac roedd pob un yn llofrudd posib. Dyma fentro ar y trên tanddaearol, ond doedd gen i ddim o'r *tokens* oedd yn hanfodol i deithio. *'Any spare change, miss?'* meddai rhyw wyneb o'r cysgodion, a rhedais oddi yno am fy mywyd. 'Nôl i'r gwesty rhag ofn fod neges – 'run gair. Bellach gwyddwn fod Karl yn gorwedd yn gelain mewn pwll o waed a neb yn hidio 'run iot amdano. Fi oedd yr unig un yn y byd allai wneud rhywbeth. Ceisiais feddwl sut oedd dod â chorff yn ôl ar awyren, trefniadau'r angladd, wynebu'r heddlu. Fi fyddai â'r cyfrifoldeb erchyll o ffônio'r teulu i dorri'r newydd. Gweithia Karl i Blaid Cymru, ac am ryw reswm, roedd y syniad o ffônio Dafydd Wigley yn codi mwy o ofn na dim arnaf. Mentrais allan unwaith yn rhagor ond dod yn ôl i'r gwesty yn fuan a wneuthum, wedi fy nhrechu gan ofid, gan bryder, gan ddiffyg cwsg, a chan ddychymyg gor-fywiog. Yn stafell y gwesty hwnnw, yn unigrwydd Efrog Newydd, dyma gyrraedd yr iselder dyfnaf a brofais erioed. Beichio crio ddaru mi, heb wybod beth arall i'w wneud.

Am un o'r gloch daeth cnoc ar y drws, ac yno y safai ysbryd Karl. Wedi i mi sylweddoli ei fod yn fyw ac yn iach, ac iddo yntau ddeall nad oedd ei negeseuon wedi fy nghyrraedd, profais y rhyddhad eithaf. Roedd o wedi crwydro ymhell ac wedi cael llety mewn man arall, ac yn cymryd yn ganiataol fod ei alwadau ffôn wedi eu trosglwyddo i mi. Dydw i byth eisiau profi dim byd tebyg i hynny eto yn fy mywyd. Cymerodd amser go faith imi sylweddoli nad oedd angen imi bellach gysylltu â'r heddlu, nac â'r teulu – nac â Dafydd Wigley, diolch byth. Dathlwyd yr aduniad drwy fynd i Chinatown a chael pryd o fwyd yn y bwyty odiaf i mi ei weld erioed. Mewn rhyw ddeilen gabatsien roedd cynghorion fel y papurau gewch chi mewn cracyrs:

Avert misunderstanding by calm, poise and balance.

Roedd y tipyn cyngor hwnnw braidd yn hwyr yn y dydd yn fy nghyrraedd!

Er gwaethaf y digwyddiad anffodus, ddaru mi ddim digio efo'r ddinas. O edrych yn ôl ar y trip, dwi'n credu mai'r hyn a hoffais fwyaf am Efrog Newydd oedd y ffaith nad yw'n cymryd ei hun ormod o ddifrif. Mae ei phechodau fel ysgarlad – o afradlonedd gwyn Park Avenue i dlodi hiliol chwerw Harlem. Dyw hi ddim yn ceisio eu cuddio. Rhwng yr eithafion hyn, mae yna bobl sy'n gwybod sut i wenu. *'Have a nice day,'* meddai'r wraig honno yn y caffi ben bore a'i cheg fel crocodeil. A'r gŵr hwnnw dan y blanced ar y stryd a welodd ddyddiau gwell, yn canu nerth esgyrn ei ben. Os na fyddi gyfoethog, bydd hapus oedd byrdwn ei gân. Heibio iddo pasiodd dynes wedi ei lapio mewn ffwr. Tu ôl iddi daeth ci bach yn gwisgo côt a het.

Mae'n wir na welsom y dagrau. Dim ond ystadegau'r gofid a gawsom. Fry ymysg y *skyscrapers*, rhwng yr hysbyseb am y denim arallfydol a choca-cola'r duwiau roedd hysbysfwrdd arall. Mewn llythrennau wedi eu goleuo, roedd galwad am reoli nifer y gynnau oedd yn yr Unol Daleithiau.

Ar y dydd Gwener, Ionawr y seithfed, roedd nifer y rhai a laddwyd gan ynnau yn 1994 yn 669. Erbyn y dydd Sadwrn, roedd y rhif yn 743. Cyn gadael fore Mawrth, dyma gael sbec sydyn ar y sgôr ddiweddara. Oedd, roedd dros fil. Nifer y bywydau a gollwyd oherwydd gynnau mewn deng niwrnod yn yr UDA – 1,004. Os llwyddech i'w oroesi, *'Have a nice day'.*

* * *

Mae maes awyr Managua, prifddinas Nicaragwa, yn gwbl wahanol i faes awyr JFK. Y peth cyntaf sy'n eich taro ydi'r gwres. Y peth nesaf sy'n eich cyffwrdd yw dwylo – dwylo plant yn estyn am arian a'u llygaid llo yn rhythu arnoch. Does dim pwynt rhoi darn arian mewn un llaw, byddai ugain llaw yn eich wynebu wedyn, fel neidr â sawl pen. Wrth gael ein lluchio o'r naill ochr i'r llall mewn *jeep* ar y ffordd o'r maes awyr, a dim tarmac ar y lôn, dyma ddifaru f'enaid 'mod i wedi cytuno i ddod.

Ryw chwe wythnos wedi imi ddod yn ôl o'r trip hŵfyr oedd hi ac roedd cryn dipyn mwy o baratoi wedi mynd i'r daith hon. Daeth cais i aelodau Cymdeithas yr Iaith ymuno gyda dirprwyaeth o Gymru i ymweld â Nicaragwa. Grŵp Cefnogi Nicaragwa oedd yn trefnu'r daith ac roedd gofyn eich bod yn codi bron i fil o bunnau. Mentrodd pedwar ohonom ni, aelodau'r Gymdeithas, ymuno â'r hanner dwsin arall. Roedd y rhybuddion iechyd wedi peri cryn bryder i mi. Roedd posib dal pob haint dan haul, a doedd y dwsin brechiadau a gawsom ddim yn ein diogelu gant y cant.

Bwriad y daith oedd arolygu etholiadau yng ngorllewin y wlad. Bu Nicaragwa yn gyrchfan boblogaidd ymysg sosialwyr y byd yn yr wythdegau wedi i'r wlad fechan hon yng nghanol America lwyddo i gael chwyldro yn 1979 er gwaethaf pwysau aruthrol o du'r Unol Daleithiau. Cymerwyd camau breision i ailddosbarthu cyfoeth ac addysgu'r bobl gyffredin, a deuai *brigades* o bob rhan o'r byd i'w helpu am wythnosau ar y tro. Daeth y freuddwyd i ben yn 1990 pan adfeddiannodd y Dde eu gafael ar y Llywodraeth. Ers hynny, roedd amodau byw wedi dirywio yn arw. Peidiodd Nicaragwa â bod yn achos poblogaidd ac roedd llawer llai yn ymweld â'r wlad.

Rwy'n edrych yn ôl ar fy nyddiadur i ganfod beth oedd fy nisgwyliadau. 'Pam mynd?' ydi'r cwestiwn mawr:

> Dwi'n beio'r hen ysfa wirion 'ma sy'n rhan o'm traed, a'r rhan yma o'm pen ddylai wybod yn well. Mae o'n perthyn i'r cymhelliad hwnnw oedd yn eich gyrru i ben sleid ers talwm a llithro lawr wyneb i waered ar wib. Mae o'n perthyn i'r grymoedd cudd yna sy'n eich denu at ymyl y dibyn.

Cyrhaeddais ymyl y dibyn sawl gwaith – ymyl dibyn anobaith, ymyl dibyn ofn, ymyl dibyn digalondid. Un peth ydi clywed am dlodi, peth arall ydi edrych i fyw llygaid sy'n llwgu, ac arogli tlodi. Wyddwn i ddim ei fod o'n drewi cymaint o'r blaen. Ac un atgof fydd gyda mi drwy'r amser fydd y teimlad o rwystredigaeth ynglŷn â pha mor aneffeithiol yw tlodi. Drwy'r amser ro'n i'n meddwl 'tase nhw ond yn cael ffyrdd gwell', 'tase nhw ond yn buddsoddi mewn system garthffosiaeth gall', 'tase nhw ond yn gallu trefnu cyflenwad o ddŵr glân i bawb', 'tase nhw ond yn gallu cadw cyflenwad trydan cyson'. Heb ddeall wrth gwrs fod yr holl bethau sylfaenol hyn y cymerwn ni yn gwbl ganiataol yng Nghymru yn golygu cyfoeth.

Cawsom ymweld â theulu y tu allan i'r brifddinas oedd wedi cael arian ar gyfer prosiect gan Gymorth Cristnogol. Roedd y teulu yn mynd i lawr at yr afon bob dydd i gasglu alwminiwm. Roedd yr afon wedi sychu'n llwyr ac yn cael ei defnyddio fel tomen sbwriel, yn ffordd wych o roi noddfa i lygod mawr a sicrhau bod afiechydon yn lledu. Fodd bynnag, bob bore, byddai'r teulu yma'n mynd i ganol y sbwriel i chwilota am hen ddarnau o fetel. Yn eu gweithdy wedyn byddent yn toddi'r rhain ac yn gwneud sosbenni a chelfi cegin i'w gwerthu. Doedd o ddim yn ateb delfrydol o gwbl, ond i'r teulu hwn roedd o'n golygu'r gwahaniaeth rhwng tlodi a llwgu.

Y rhwystredigaeth fwyaf mewn sefyllfaoedd fel hyn oedd methu cyfathrebu â'r teuluoedd a'r bobl leol gan mai Sbaeneg oedd eu hiaith. Roedden ni wedi ceisio paratoi ein hunain, ac roedd Maria de los Angeles Gonzales o Ddeiniolen, bendith arni, wedi bod yn dod i lawr i Lanrug yn wythnosol i geisio egluro dipyn o gyfrinachau'r iaith Sbaeneg i ni. Yn y diwedd, anobeithiodd a gofyn i ni beth oedden ni angen ei ddysgu. Un frawddeg yn unig a lynodd yn fy nghof: '*Sorocco, Ne me dispare-estoy de tu lado*', yr hyn o'i gyfieithu yw 'Help, peidiwch â'm saethu, rydw i ar eich ochr chi' – sydd yn werth dim pan mai dim ond cyfarch teulu a diolch iddynt yw'r cyfan ydych eisiau ei wneud.

Wedi rhai dyddiau yn ardal y brifddinas, daeth y cyfle inni hedfan mewn awyren fechan i orllewin y wlad, Arfordir yr Atlantig. Does yna ddim ffordd sy'n cysylltu'r fan hyn a'r brifddinas; dim ond mewn awyren y gallwch deithio yno. Gan fod pris taith awyren y tu hwnt i'r rhan fwyaf o bobl y lle, mae pobl yr Arfordir yn ystyried eu hunain yn bobl ar wahân. Teimlant fod ganddynt fwy yn gyffredin gyda phobl y Caribî, a Saesneg yw eu hiaith. Y rheswm am hyn yw mai'r Saeson a'u concrodd, tra mai'r Sbaenwyr goncrodd orllewin y wlad. Sbaeneg oedd iaith swyddogol y wlad yn ôl y llywodraeth, ac roedd gennych y sefyllfa ddiddorol lle'r oedd y Saesneg yn iaith dan orthrwm ynghyd â ieithoedd brodorol eraill! Doeddwn i ddim yn edrych ymlaen at gyrraedd Bluefields, y dref fwyaf yn y rhan yna o'r wlad. Roedd yn swnio fel pen draw'r byd a wyddwn i ddim beth i'w ddisgwyl. Wrth inni lanio ar y llain o dir nad oedd modd ei ddisgrifio fel 'maes awyr', rhuthrodd y llanciau lleol atom yn frwd iawn i gario ein bagiau am gildwrn. Teimlai Arwel yn ddigon cartrefol: 'Mae fan hyn yn union fel Rhosybol!' oedd ei sylw.

Ac yn wir, mae yna rywbeth Rhosybolaidd iawn ynglŷn â'r Arfordir. Rhyw ffurf ar Rosybol ddiarffordd wledig ydyw efo haul crasboeth, coed palmwydd a phobl yn siglo i fiwsig y Caribî, os nad ydi hynny yn trethu gormod ar eich dychymyg.

Y fantais o fod yn rhan o ddirprwyaeth yn hytrach na bod yn deithiwr ar wyliau yw bod gennych drwydded i fusnesa llawer mwy a chanfod sut mae'r bobl yn gweithio, yn dysgu ac yn byw. Elfennol iawn oedd eu hysgolion, yn amddifad o unrhyw beth ar wahân i ddesgiau amrwd a bwrdd du. Mewn un ysgol, gwelsom lyfrau yn cael eu cadw mewn berfa gan nad oedd ffurf ar gwpwrdd ar gael. Doedd dim pensiliau na phapur, a dysgu ar lafar a wnâi'r plant. Pryder y trigolion lleol oedd eu bod yn colli eu pobl ifanc, a bod y rhai mwyaf galluog yn gadael i gael addysg bellach yn Managua neu dramor. (Tra oedd y Sandinistiaid mewn grym, roedd gennych y sefyllfa ryfedd fod pobl ifanc Nicaragwa yn cael cynnig addysg ym mhrifysgolion y Bloc Comiwnyddol, a daethom ar draws un wraig oedd wedi graddio ym Mhrifysgol Prâg.) Awydd pobl yr arfordir oedd cael prifysgol eu hunain ac felly, yn gwbl nodweddiadol, dyma nhw'n cychwyn arni. Ddiwedd yr wythdegau, roedd corwynt dychrynllyd wedi taro Bluefields, ac fe'i bedyddiwyd yn *Hurricane Joan*. Difethwyd popeth a bu raid dechrau o'r dechrau unwaith eto. Daeth gweithwyr o Giwba i helpu ar gontract tymor hir, ac er mwyn cael llety, codasant nifer o gabanau pren – digon tebyg i Wersyll Llangrannog. Pan ddaeth y Dde i rym yn 1990 gorfodwyd y Ciwbaniaid twymgalon i adael yn syth, a gadawsant y cabanau'n wag. Y cabanau hyn a ddefnyddiwyd i gychwyn prifysgol – a'i henw? Beth arall ond Prifysgol y Corwynt – *Urracan!*

Cawsom gyfle i ymweld â Jose oedd yn gyfrifol am argraffdy *Sunrise*, papur bro yr ardal. Unwaith eto, gwelwyd graddfa eu problemau wrth i'r Gorllewin wthio eu hatebion anaddas ar bobl y Trydydd Byd. Roedd y papur lleol wedi dod i stop am fod y ferch a ofalai am y peiriannau wedi cael babi. Doedd neb wedi cael cyflog ers chwe mis. 'Problem arall,' eglurodd Jose, 'ydi fod y trydan yn diffodd wrth inni deipio, ac mae'r gwaith yn mynd yn wastraff.' O'i gwmpas roedd teipiadur trydan gan Oxfam, peiriant argraffu gan gorff elusen yn Norwy, dyblygydd drudfawr gan wlad arall a mwy nag un o'r peiriannau hyn yn sefyll yn segur am nad oedd neb i'w trwsio. Heb neb lleol yn gallu gwneud y gwaith, roedd yn rhaid cael peiriannydd o Managua, a byddai hynny'n costio gormod.

'Pryd y daw'r rhifyn nesaf o'r wasg?' gofynnais.

Gwenodd Jose, 'Pan gawn ni afael ar ddigon o bapur,' oedd ei ateb gobeithiol.

Wna' i byth anghofio diwrnod yr etholiadau eu hunain. Dyna'r tro cyntaf i mi gael fy hebrwng i orsaf pleidleisio gan fuwch. Bore tanbaid o Chwefror oedd hi a dyma ni'n dilyn y fuwch wen hamddenol ar hyd y ffyrdd gwyrdd rhwng y tai gwiail. Hen ysgol oedd yr orsaf a thu ôl i'r bwrdd roedd gŵr ungoes yn rhoi'r gorchmynion. Hen fag plastig yn cuddio cornel o'r stafell oedd y bŵth, a bocs cardbord oedd yn casglu'r pleidleisiau. Cyn i'r drysau agor am saith y bore, safodd pawb yn ei unfan i ganu'r anthem genedlaethol. Roedd pentref bychan Pearl Lagoon ar ei orau.

Afonydd yn unig sy'n cysylltu'r pentrefi a chafodd pedwar ohonom ein gadael yn Brown Bank ar ddydd yr etholiad, pentref bychan o ryw drigain o bobl. Syllais mewn rhyfeddod ar gytiau pren oedd yn cartrefu teuluoedd cyfan; dychrynais o weld fwlturiaid yn hedfan uwch ein pennau ac ro'n i'n ffrio yn y gwres. Daeth rhai o'r bobl leol atom i sgwrsio, ac yn fy llaw roedd baner Cymru. Ro'n i am ei rhoi yn anrheg i'r ysgol leol.

'What is it?' gofynnodd hen wàg i mi.

'It is the national flag of our country – Wales,' meddwn i yn llawn balchder.

'I tell you what it is – it is Crazy Horse!' meddai.

Fedra i ddim edrych ar y Ddraig Goch yr un fath rywsut ar ôl hynny.

Cael a chael wnaethon nhw i orffen y cyfrif y diwrnod hwnnw gan i'r trydan ddiffodd yn ddisymwth. Meddyliais y byddai'n llanast llwyr, ond daeth rhywun i'r adwy ac yn gwbl dawel yng ngolau cannwyll y cyfrifwyd y pleidleisiau olaf.

Ro'n i'n dweud yn gynharach fod i bob taith ei chreisis, a daeth yr un y tro hwn wedi i mi adael Nicaragwa. Wedi bod yn ddifrifol wael am ddiwrnod, ro'n i'n falch eithriadol o gyrraedd maes awyr Houston, Texas a'r unig beth oedd arnaf ei eisiau oedd cyrraedd adref cyn gynted â phosib. Mae'n rhaid nad o'n i'n gwbl o gwmpas fy mhethau achos mi sylweddolais yn sydyn fod fy nghôt wedi ei dwyn. Ddaru mi ddim poeni yn ormodol nes i rywun fy holi beth oedd yn y pocedi.

'Dim ond fy mhwrs,' meddwn, ' . . . a'r tocyn awyren . . . o ia, a'r pasport.' Roedd y cyfan wedi mynd.

Doedd gan yr heddlu fawr o gydymdeimlad, na'r cwmni awyrennau. Chawn i ddim mynd ar yr awyren heb docyn, a byddai hynny'n costio pum can punt i mi. Doedd fawr o bwynt cael tocyn gan na châi neb fynd ar yr awyren heb basport. Dyna pryd y dechreuodd y dagrau lifo. Dyma oedd realiti hyll Deddf Asylum newydd Prydain Fawr. Er mwyn cadw tramorwyr draw, byddai unrhyw awyren fyddai'n cludo teithiwr heb basport yn cael dirwy o fil o bunnau. Un o'r rhai ar y ddirprwyaeth oedd Julie Morgan sydd bellach yn aelod seneddol dros orllewin Caerdydd. Ceisiodd wneud popeth drosof, gan gynnwys ffônio ei gŵr, Rhodri, i ofyn a allai wneud unrhyw beth i'm cynorthwyo.

Dangosais yr unig gerdyn oedd yn fy meddiant, *'Angharad Tomos – Official Observer of Elections, Nicaragua'*. Roeddent yn gwbl ddirmygus ohono. *'That's only a tiny country in Central America,'* meddent yn swta. *'Have you any form of identity?'*

Llyfr o gerddi Parry-Williams efo fy enw arno? – Da i ddim. Doedd gen i ddim unrhyw ddogfen oedd yn brawf o'm Prydeindod. Dwi'n credu mai crwydro maes awyr Houston yn cardota fyddwn i hyd heddiw oni bai i'r ddynes tu ôl i'r cownter gael fflach o weledigaeth. Ffôniodd yr *Immigration Officer* yn Gatwick a gofyn i mi siarad ag o.

'With an accent like that, you can't be anything except Welsh,' medda fynta cyn sibrwd y geiriau hud, *'Let her through.'*

Llwyddais i fynd heibio giatiau Gatwick a sylweddoli nad oedd gen i'r tocyn trên dan ddaear na'r tocyn dychwelyd i Fangor. Yn ffodus, credodd pob giard fy stori, am ei bod mor anhygoel mae'n debyg. Felly dyma fi wedi profi un peth – fod modd teithio o Nicaragwa i Fangor heb docyn, heb basport a heb ddima goch y delyn.

* * *

Mae'r drydedd daith â'i gwreiddiau yn Bluefields a dweud y gwir. Ar y noson olaf yno, roedd parti yn swyddfa'r Sandinistiaid i ddathlu buddugoliaeth y sosialwyr yn y rhan honno o'r byd. Ar y balconi oeddwn i yn mwynhau'r gwres, y nos gynnes, a sŵn y drymiau gwallgof islaw. Dyna pryd y siaradais am y tro cyntaf â Ben Gregory, yr un oedd wedi trefnu'r daith. Roedd o'n ddi-Gymraeg, yn hen aelod o'r Blaid Lafur ac yn dod o'r Cymoedd; finnau'n frodor o'r Wynedd Gymraeg ac yn aelod o Gymdeithas yr Iaith. Dwi'n credu mai'r unig beth oedd gennym yn gyffredin oedd ein hoffter o deithio.

'Lle wyt ti'n meddwl mynd nesaf?' gofynnais.

'I Dde America i weld cyfaill i mi yn Brasil,' atebodd.

'Un freuddwyd sydd gen i ydi ymweld â De America,' cyfaddefais.

'Tyrd efo mi 'ta,' meddai, a dyna sut y bu.

Fis Tachwedd y flwyddyn honno, dyma Ben a minnau'n glanio ym maes awyr Porto Alegre, Brasil. O leiaf roedd ganddo fo'r bwriad i ymweld â ffrind ysgol. Yr unig gymhelliad gen i oedd dilyn ôl troed T.H. Parry-Williams pan oedd o yn y rhan yma o'r byd. Un lle ro'n i eisiau ei weld yn benodol oedd y lle y cyfansoddodd y bardd 'Y Ferch ar y Cei yn Rio'. Blwyddyn yn hŷn na mi oedd Parry-Williams pan wnaeth ei daith fawr gyda'r *Royal Mail Steam Packet Company* yn 1925. 'Y sawl a fentra a gyll,' cofiodd Parry-Williams, 'ond y sawl na fentra a gyll bopeth.'

Yn Porto Alegre, 'Porthladd Hapusrwydd', roedd Terry Barry o Ferthyr Tudful yn gweithio, yntau'n aelod o Gymdeithas yr Iaith ac yn gyn-fyfyriwr o Brifysgol Abertawe. Roedd yn brofiad rhyfedd siarad Cymraeg â'r dyn cyntaf i mi gwrdd ag o yn Brasil. Roedd y cyd-destun yn fwy annisgwyl byth. Eisteddai'r tri ohonom dan Jac yr Undeb fawr a'r arwydd *'Britannia – Special English Studies'*. Dysgu Saesneg dan gynllun VSO oedd gwaith Terry a gwenais wrth ddychmygu'r holl fyfyrwyr hyn yn gadael yr ysgol gydag acen gref Merthyr ar eu Saesneg! Anodd oedd osgoi'r etholiadau yn y wlad hon hefyd. Cawsom afael ar fathodynnau seren goch i ddangos ein bod yn bleidiol i'r P.T. sef Plaid y Gweithwyr. Eglurodd Terry nad oedd yn beth anghyffredin gweld cefnogwyr P.T. yn canfasio dros yr Adain Dde ac yn chwifio eu baneri – am dâl bychan, er mai pleidleisio i'r P.T. a fyddent wrth gwrs. Dyna ydi un arwydd o dlodi!

Doedd Porthladd Hapusrwydd mo'r lle dela dan haul, felly wedi tridiau, dyma ni'n teithio mewn awyren i ben arall Brasil sy'n ffinio gyda'r Ariannin a Pharagwâi i weld un o olygfeydd hardda'r byd – *Foz do Iguaçu*, Rhaeadr Iguaçu sy'n uwch na Niagra, yn lletach na Victoria ac yn denu dros filiwn o ymwelwyr bob blwyddyn. Mae gen i lun ohono uwchben fy nesg y funud hon ac wrth edrych arno, bron na allaf deimlo'r dŵr yn tasgu ar fy wyneb. I'r sawl ohonoch welodd y ffilm *'The Mission'*, mae gennych ryw syniad am be dwi'n sôn. Bu'r fan hon yn feddrod gysegredig i'r llwythau lleol am filoedd o flynyddoedd cyn i'r dyn gwyn ei 'darganfod'. Mae'r rhaeadrau wedi eu lleoli ynghanol y jyngl sy'n gyfoethog o flodau ac adar lliwgar, lle mae ieir bach yr haf yn swyno'r lle yn ystod y dydd a jagwarod yn hela yn y nos. Wrth eistedd i lawr, teimlais rywun hy iawn yn teimlo 'mhen ôl a throis mewn dychryn i weld tri neu bedwar o fwncïod trwynhir efo cynffonnau streipiog. Dyna 'nghyfarfyddiad cyntaf gydag *anteaters*!

Wrth adael y rhaeadrau – sy'n gyfuniad mewn gwirionedd o ddau gant saith deg a phump o raeadrau – yr hyn sy'n aros yn fy nghof yw'r sŵn. Wrth gerdded oddi yno roeddech yn dal i allu clywed y dŵr pan oeddech ymhell o olwg Iguaçu. Anghofia' i byth mo'r sŵn. Ro'n i'n gyndyn iawn o adael y fath baradwys, yn enwedig o gofio beth oedd o'm blaen – taith bws bedair awr ar hugain i arfordir gorllewinol Brasil. I un oedd yn cael ei llethu gan saith awr ar y Traws Cambria roedd hwn yn ymddangos yn syniad gwirion iawn, hyd yn oed os oedd o'n arbed arian. Cysurais fy hun drwy ddweud bod aberth o'r fath yn rhan o brofiad teithwraig.

Ein cyrchfan oedd Ouro Preto – tref yr aur du. Yma, ym mynyddoedd Minas Gerais mae'r dref ryfeddol hon – yr Eldorado gyda'r toeau o frics coch a'r palmentydd honedig o aur. Mi ddaethon nhw yma yn eu miloedd i geisio ffortiwn. Yn y ddeunawfed ganrif roedd poblogaeth Ouro Preto ddwywaith gymaint ag un Efrog Newydd. Mae llawer o'i heglwysi ysblennydd yn enghreifftiau o waith Aleijadinho, un o benseiri enwocaf Brasil. Yn fab i bensaer o Bortiwgal a chaethferch ddu, collodd ddefnydd ei ddwylo a'i goesau yn ddeg ar hugain oed, ond parhaodd i lunio campweithiau o garreg gyda chŷn a morthwyl wedi eu clymu i'w freichiau.

Yn Ouro Preto y gwelais y *beja flora* – cusanwr y blodau, yr aderyn a ddarlunnir ar bapur arian y wlad. Un bach o gorff ydyw gyda phig main hir, ond yr hyn a bair i chi ddal eich anadl yw lliw ei blu. Gwyrdd llachar i'w ryfeddu ato, glas symudliw dyfnach na'r môr, cyffyrddiad o binc y machlud, porffor a du, a'r cyfan yn sgleinio yn yr haul. Am eiliad yn unig yr oedodd cyn hedfan i ffwrdd – digwyddodd, darfu, wedi argraffu ei brydferthwch eithafol ar fy nghof am byth.

Gan 'mod i yn ardal yr aur, rhaid oedd cael trip dan ddaear i un o'r chwareli aur, ond doedd y tywyllwch tanddaearol yn cyfleu dim o rialtwch y cyfoeth a gloddiwyd gan gaethweision. Mae'r cyfoeth hwnnw i'w weld yn bennaf yng nghrandrwydd eglwysi Tirandantes a San Joao del Rei. Mewn llety yn San Joao y cefais y brecwast mwyaf yn y byd. Daeth gweinydd di-wên mewn gwisg wen ataf a dadlwytho ei hambwrdd llawn o sudd oren, coffi ac ysgytlaeth o'm blaen. Diolchais iddo a daeth yn ôl – ddwywaith! Wedi'r trydydd llond hambwrdd, sigai'r bwrdd bach dan bwysau ffrwythau, jeli, iogwrt, llaeth enwyn, blymonj, bara menyn, jam, bisgedi a chacennau heb sôn am gig a chaws a chracyrs. Fel y canodd Guto'r Glyn i Abad Glynegwestl, petawn i'n fardd byddwn wedi llunio cywydd mawl i haelioni cogydd yr *Hotel Hespanhol*. Tra rhyfeddwn at y wledd o'm blaen, roedd pethau odiach i'w gweld drwy'r ffenest. Stopiodd car *beetle* coch, ac allan ohono daeth dyn yn cario pen buwch a'r cyrn yn dal yn sownd ynddo, gan gerdded i lawr y stryd gydag o fel petai'n cario basged siopa!

Doedd afon y dref, *Rio das Mortes* (Afon y Meirw), yn fawr mwy na nant bellach. Yma, yn 1706, daeth criw o fewnfudwyr Portiwgeaidd i ymladd yn erbyn y bobl leol ar gownt y mwynfeydd aur. Er i'r *bandeirantes* lleol ildio eu harfau, fe'u lladdwyd yn ddidrugaredd ger yr afon a galwyd y fan yn *Capao da Traicao* (Maes y Brad).

Mae'r hanesion hyn i'w gweld yn wynebau'r bobl leol. Maent wedi eu naddu yn rhychau dwfn ar eu croen a dônt i'r wyneb yn eu llygaid dolurus. Un noson, dyma grwydro o gwmpas yn y gwyll a chlywed canu rhyfedd yn dod o un pen o'r dref. Deuai o Dŷ'r Cyrff drws nesaf i'r eglwys, lle'r oedd penglog ac esgyrn wedi eu naddu uwchben y drws. Yn gorchuddio'r muriau roedd beddrodau'r trigolion a'u henwau wedi eu cainlythrennu ar garreg – Rosa, Maria, Immanuel, Xavier, Alfredo . . . da Silva, da Jose, da Joaquin . . . Mewn cylch, safai'r galarwyr mewn gwasanaeth coffa i un ohonynt, a llanwai'r arogldarth ein ffroenau. Yn y gornel roedd cerddorfa fechan ac er y teimlem ein bod yn tresmasu, roedd ein traed wedi eu glynu i'r ddaear. Wrth i'r galarwyr lafarganu, anwesai'r cerddorion eu hofferynnau, a'r funud honno, ysgytwyd y ddaear gan donciau clychau'r eglwys.

Hedfanodd aderyn i mewn, a cherddodd y galarwyr mewn cylch tu ôl i'r Methiwsila o offeiriad yn ei glogyn llaes. Fe'n cyfareddwyd yn llwyr, a wna' i byth anghofio'r olygfa. Hen ferched, dynion cynoesol, pobl ganol oed a phlant – cerddent heibio heb gymryd y sylw lleiaf ohonom. Roeddent yn brysur yn cofio un o'u meirw, gan gerdded fel petaent mewn perlewyg. Yn sydyn, daeth y cyfan i ben. Trodd y pererinion yn feidrolion a chadwyd yr offerynnau. Tawodd y canu a thorrwyd yr hud. Aeth pawb tua thref. Pan glywaf yr enw San Joao del Rei yn awr, bydd yr ychydig funudau rheini o ddieithrwch arallfydol yn dod yn ôl i'r cof pan y gallwn daeru i mi fod yng nghwmni angylion.

Peth od i mi gychwyn ar hyn o daith
Dros y miloedd ar filoedd milltiroedd maith,
Am i rywbeth o'm mewn heb lais na chri
Weiddi 'Grand Canyon' – dos yno di.

Wrth i mi nesáu yn y bws at Rio de Janeiro ro'n i'n melltithio enw Parry-Williams. Fo oedd yn gyfrifol ein bod wedi dod yma – y ddinas lle y cyfeirir at dwristiaid fel *rare steaks*! Does ryfedd eu bod wedi gostwng dri deg y cant yn y blynyddoedd diweddar. Roedd pob llyfr taith yn ein rhybuddio i gadw draw o Rio. Pan ddaeth milwr arfog ar y bws i archwilio ein bagiau gyda *metal detectors*, gwyddwn nad oeddent yn cymryd unrhyw lol yn fan hyn.

Ar balmentydd Rio ac o flaen siopau drudfawr, mae tlodion y ddinas naill ai'n begera neu'n trio gwerthu nwyddau. Y stondin fwyaf truenus welais i oedd mat ar y llawr ac esgidiau ail-law arno ynghyd â chylchgronnau a darn o beipen fetal. Doedd y perchennog yn gwneud dim mwy na chwarae siop bach, ond falle fod hyn yn ymdrech dila i gadw ei hunan-barch.

Tua phump o'r gloch y prynhawn oedd hi a'r glaw yn disgyn yn ddiog i leddfu peth ar y gwres wrth inni groesi mewn cwch anferth o gei Rio i Niteroi. Dyna pryd y'i gwelais – merch ar ei phen ei hun mewn gwisg goch a smotiau gwyn yn edrych ar y dŵr. Ni chymerai sylw o unrhyw un arall o'i chwmpas; roedd hi'n llawn myfyrdodau wrth syllu ar y môr mawr llwyd. A feiddiwn i gredu mai hi ydoedd – heb y llygoden wen y tro hwn – y ferch ar y cei yn Rio? Petai ond amdani hi, roedd y bererindod beryglus wedi bod yn un werth chweil.

Nid oedd pall ar y profiadau rhyfedd yn Brasil. Yn hwyr y noson honno, dyma gynnau'r teledu yn stafell y gwesty. Roedd y dyn yn siarad Cymraeg – a'n helpo, Gwynfor Evans oedd o! Syllais mewn rhyfeddod, ac yna roedd Dafydd Iwan ar y sgrîn yn canu 'Pam fod eira'n wyn?' Gyda'r is-deitlau mewn Portiwgaleg ddeallais i ddim hyd heddiw beth oedd gan bobl Brasil i'w ddweud am Gymru.

Roedd y papurau y bore wedyn yn llawn o'r stori bod y fyddin wedi symud i ardal y slymiau yn Rio. Roedd lluniau dramatig o filwyr arfog yn llusgo pobl o'u cytiau. Roedd hi'n bryd gadael y ddinas gythryblus hon. Dyna pryd y sylweddolais y fraint o gael bod yn deithiwr. Roedden ni'n perthyn i fyd gwahanol, byd y rhai all fforddio dilyn beirdd, fforddio rhyfeddu at olygfeydd, ond yn fwy na dim all fforddio hedfan ymaith yn wyneb ofn a thrais. Tlodi gwirioneddol ydi nid yn unig gwerthu esgid ail-law ar gornel stryd, ond bod yn gaeth o fewn ffiniau un rhan o un dref a gwybod na chewch chi byth gamu tu hwnt i'r cylch cyfyng hwnnw.

Oedd, roedd 1994 yn flwyddyn brysur a dwi'n gwerthfawrogi'r fraint a gefais. Wrth glywed yr enw 'America' bellach, yr hyn ddaw i'm pen yw caleidosgop o bob math o brofiadau gwahanol. Dim ond codi cwr y llen wnes i. Rwy'n ysu am ddychwelyd yno i ganfod rhagor o gyfrinachau'r cyfandir cyfoethog hwn.

Angharad Tomos

Ynysoedd Aran

Tair ynys ydy rhai Aran, yn gorweddian megis ar draws ceg Bae Galwy, rhyw ddeng milltir ar hugain o'r ddinas ond dim ond rhyw wyth o'r porthladd arferol, Rós a Bhíl. Mae hi'n werth mynd draw yno, o Galwy ar long ager neu dreillong bysgota, ar un o'r hofranlongau o Gonamara, neu yn yr awyren fach wyth sedd o Awyrborth Galwy – teithiau sy'n cymryd naill ai rhyw ddwy awr, tri chwarter awr neu tua deuddeng munud. Ac mae cyrraedd Galwy'n hynod o hawdd erbyn hyn, mewn awyren o amryfal awyrbyrth, neu o Ddulyn mewn trên cyflym neu gar ar hyd ffyrdd syth a hwylus.

Ynysoedd pellennig, ynysoedd hud, ie. Ond dydyn nhw ddim mor bellennig â hynny bellach, gyda dyfodiad y ffyrdd cyflym a dibynadwy o deithio yno ym mhob tywydd, a chyda'r system ffôn fodern a'r teledu a'r radio. Ddeng mlynedd ar hugain yn ôl, pan fûm i'n byw yno am wyth mis – o'r hydref i'r gwanwyn – roedd hi'n hawdd credu y byddai pob copa walltog wedi ymadael â'r lle yn weddol fuan wedyn, wrth i Aran fynd yn debycach bob blwyddyn i ryw Sain Ffagan o amgueddfa.

Amgueddfa ryfeddol o ddiddorol i'r teithiwr talog chwilfrydig er hynny, gyda'r bobl yn eu brethyn cartref a'u ffrogiau gwlanen a siolau lliwgar, cawell ar eu cefnau i gario mawn neu lysiau weithiau, a'r cychod unigryw hynny, y cwrachod, sydd fel chwilod pan y'u cludir ben ucha'n isaf ar gefnau'r dynion. Y bwyd undonog wedyn – yn eilio rhwng cig dafad a chig mochyn, llond lle o datws a bresych, a physgod wedi'u halltu ar gyfer yr hen ddydd Gwener o arbedigaeth rhag cig yn y byd Pabyddol gynt.

Oedd, roedd yno ddistawrwydd hudolus: dim cerbydau modur bron, pobl yn byw'n hamddenol, trefn sefydlog i'r bywyd cymdeithasol, patrwm o gâr a chyfathrach, priodasau wedi'u trefnu gan y rhieni, môr cynnes o Ddrifft y Gwlff yn yr hafau a thraethau arian, cymylau'n gweddnewid yn galeidosgopaidd a chefnlen o fynyddoedd Conamara ar y tir mawr, efo'u copaon grug-borffor a'u traed o liw mawn.

Dyna'r math o beth a ddenai bobl fel Synge, a fu'n byw ar yr ynys ganol, Inis Meáin, lle cafodd o ysbrydoliaeth i'w ddramâu, fel *Riders to the Sea* a *The Playboy of the Western World*. Os ewch chi i lyfrgell Coleg y Drindod ar eich ffordd i Aran, yn ogystal â chael gweld Llyfr Cells, mi fedrwch weld rhai o'r ffotograffau dynnodd Synge o Aran a'r camera ddefnyddiodd o. Bu James Joyce yna hefyd, ar fordaith, a sgwennu llith ddifyr a dadlennol ar y profiad, yn enwedig ar yr iaith Wyddeleg oedd yn teyrnasu ym mhob twll a chornel o fywyd yr ynyswyr.

Cynhyrchodd Aran lenorion brodorol enwog yn ogystal. O Aran y daeth Liam O'Flaherty a sgrifennai yn Saesneg hefyd, awdur storïau byrion a nofelau a sgriptiau ffilm, gan gynnwys *The Famine* a *The Informer*. Nai iddo oedd Breandân Ó h-Eithir a sgwennodd nofelau a llawer o newyddiaduraeth, gan gynnwys hanes Aran a llyfr poced defnyddiol iawn ar hanes Iwerddon. Mae yna nifer o feirdd gwlad ar Aran, ond roedd yna un cawr, Máirtín Ó Direáin, a sgwennodd am fro ei febyd er iddo ymsefydlu yn Nulyn, yn ogystal â sgwennu am bob math o bynciau eraill.

Dyma *'An tEarrach Thiar'*, 'Gwanwyn y Gorllewin':

Dyn yn crafu clai
Oddi ar droed rhaw
Yn y tawelwch llonydd
Ar ddiwrnod cynnes:
    Mae yn y sŵn ryw rin
    Yng ngwanwyn y gorllewin.

Dyn yn gollwng cawell
Oddi ar ei gefn,
A'r gwymon coch yn
Disgleirio
Yn yr heulwen
Ar draethell o gerrig gwyn:
    Mae'n olygfa lachar
    Yng ngwanwyn y Gorllewin.

Merched yn y dŵr bas
Ym mhen draw'r trai,
Eu sgertiau wedi'u torchi,
A'u hadlewyrchiad o danynt:
    Golygfa addfwyn
    Yng ngwanwyn y gorllewin.

Sŵn ysgafn paliadau
Rhwyfau,
Currach yn llawn pysgod
Yn dynesu at y lan

Ar fôr diog euraid
Ddiwedd dydd:
    Yng ngwanwyn y gorllewin.

[Cyfieithiad tra annheilwng]

Arlunwyr oedd nifer o'r rhai eraill a lesmeiriwyd gan yr ynysoedd, Sean Keating a Grace a Phaul Henry, a Betty Rivers – cyfnither i Churchill a fu'n byw ar Inis Mór am rai blynyddoedd, a nifer o rai eraill, a bu botanegwyr yn astudio'r llu o blanhigion prin a phert sy'n llechu yn yr holltau rhwng y creigiau dirifedi sydd ar yr ynys – Edward Lhuyd yn eu plith.

* * *

Roedd y bywyd yn arw hyd yn ddiweddar; peryglon enbyd o du'r môr a chlefydau o bob math, prinder maeth a phrinder pridd i'w dyfu o. Ond, ar y llaw arall, nid oedd y pla a greodd y Newyn Mawr ganol y bedwaredd ganrif ar bymtheg wedi croesi i Aran, ac roedd y môr – er ei holl fygythion – yn ardd iddyn nhw. Os oeddech chi wedi goroesi y mathau o heintiau ac afiechydon sy'n dŵad i ran plant bach mi roeddech chi'n debyg o fod yn ddyn neu'n ddynes ifanc go iach.

Meddyliwch wedyn am ba mor anodd oedd teithio yn y dyddiau pan nad oedd ond yr agerlong a ddeuai o Galwy bell rhyw deirgwaith yr wythnos os oedd y tywydd yn caniatáu, ac ar wahân i honno, y cwrach. Fersiwn hirfain o'n cwrwgl ni yw'r cwrach; cynfas dros fframwaith ysgerbydol o bren, ond mae'r cwch Gwyddelig yn gorfod wynebu rhyferthwy'r Iwerydd yn ei wylltaf wae. Mae'r rhwyfau'n ddi-lafn, rhag dal y gwynt, ac yn lle rhwyfachau mae pegiau yn ystlysau'r cwch, a darn trionglog efo twll yn ei ganol yn sownd wrth y rhwyfau ac yn ffitio'n weddol dynn dros y pegiau.

Mae'r Aranwyr yn fadwyr celfydd ac eon, a defnyddio'u gair nhw – *bádóirí*; roedd rhaid iddyn nhw fedru herio'r dymestl i gludo plentyn sâl o un ynys i'r llall at y meddyg, neu hyd yn oed i Gonamara, i gludo'r offeiriad o'r naill ynys lai i'r llall i ganu'r offeren pan nad oedd gurad i bob un. Ac roedd hi'n ddigon o her i fynd allan i bysgota a chasglu'r cimychiaid a'r cimychiaid coch a'r crancod o'r cewyll gan mor hawdd oedd hi i'r tywydd droi'n gas.

Mae diwylliant y cwrach yn uno'r ardaloedd Gwyddeleg ar hyd arfordir y gorllewin, o Donegal i Ceri, ac yn draddodiadol wedi cadw'n nes at ei gilydd nag at ganolbarth a dwyrain y wlad. Bob blwyddyn, yn ystod yr haf, fe gynhelir rasus cwrach yn rhyw ran o'r arfordir yma, ac mae'r llond lle o hwyl yn atgoffa dyn yn syth o *Riders to the Sea*.

Mae yna ddigwyddiadau eraill hefyd sy'n ddigon cyffredin i'r ardaloedd hyn, neu'n fwy felly nag i weddill Iwerddon, fel cynnau coelcerth bob Gŵyl Ifan, ym Mehefin, ar lecynnau priodol neilltuedig, a chynnal gwylmabsantau efo offeren a chyfeddach a mabolgampau sydd eto'n dwyn i gof ddramâu Synge.

Mae'r holl wyliau hyn yn dwyn ynghyd fyd a betws, ac yn achlysuron afieithus pan fo'r bobl yn herio pob adfyd ac yn dathlu bywyd. Er hynny, maen nhw'n parhau yn gryf er gwaethaf y lliniaru a fu ar anawsterau bywyd ynyswyr y gorllewin ac ardaloedd fel Conamara a Donegal.

* * *

Mae hanes Aran yn hen, a chaerau neolithig fel Dun Aengus ar yr ynys fawr, Inis Mór, yn tystio i hynny. Dyma ran o deyrnas Gwilym Brewys a chyrchfan pob math o ymosodwyr a theithwyr oedd yn cylchynu ynys Iwerddon, o Gybi a'i debyg yn Oes y Seintiau i longwyr colledig Armada Sbaen. Mae'r olygfa o Dun Aengus yn rhychwantu holl orllewin Iwerddon o Swydd Ceri i Ddonegal.

Pobl urddasol, gweddus a gweddaidd ydy'r trigolion. Pobl wedi wynebu adfyd ac yn dechrau mwynhau hawddfyd erbyn hyn, a hynny yn haeddiannol. Mae dyn yn cofio gaeafau geirwon pan âi llawer o'r bobl ifainc, yn enwedig, i'r tir mawr am loches. Ond eto, yng nghanol gaeaf, adeg y Nadolig, roedd rhai o wyrthiau bywyd Aran yn digwydd. ' . . . troes y ffurfafen benben, miliynau heuliau y nen yn is sawdl a osodwyd i euro lawnt daear lwyd', meddai Saunders Lewis yn ei gerdd 'Llygad y Dydd yn Ebrill'. Yn Aran ar noswyl y Nadolig roedd hynny'n digwydd mewn ffordd wahanol, wrth i'r bobl gynnau a gosod cannwyll ym mhob un ffenestr ym mhob cartref, a chan nad oedd goleuadau stryd, roedd y nen serennog a'r ddaear y cyfuno ar adeg geni'r Creawdwr fel creadur.

Diwrnod teuluol, tawel oedd y Nadolig ei hun a chyw iâr yn brif ddanteithyn, ond drannoeth, ar Ŵyl Steffan, eid i'r dafarn a gwelid hen ac ifanc yn dawnsio'n heini; nid rhyw ddawnsiau ffurfiol i bedwarawd neu fwy, ond dawnsio unigol egnïol i gyfeiliant melodeon a ffidl, a hyd yn oed ddynion a merched yn eu pedwar ugeiniau'n ymuno yn yr hwyl.

Roedd bywyd yn antur bryd hynny a phob munud yn werthfawr. Ac eto, roedd yna agwedd ryfeddol at angau a chynnal gwylnos – oni bai fod yr ymadawedig yn ifanc neu'n riant i blant mân – yn medru bod yn ddathliad a gweithred o ddiolch ac o ddymuno'n dda ar daith, dros wisgi a chwrw a baco, am yn ail ag adrodd gweddïau'r llaswyr. Math arall o wylnos oedd yr un i ganu'n iach i'r rhai oedd yn gorfod ymfudo i bellafoedd byd, yn enwedig i'r Unol Daleithiau. Y rhyfeddod ydy, yn wahanol i ynysoedd y Blascaodaí, i gymaint o bobl aros ar Aran.

Mae rhyw naw cant yn dal i fyw ar y tair ynys, ar Inis Mór yn bennaf lle mae prif dref yr ynysoedd, Cill Ronán. Yno mae pencadlys yr heddlu a gwylwyr y glannau a'r bad achub, a thŷ offeiriad y plwyf. Mae yna gurad ar bob ynys yn ogystal – offeiriaid Pabyddol gan nad oes yna Brotestaniaid ar Aran ers ymadawiad y Saeson o'u baracs yno yn 1921. Mae'r hen eglwys Anglicanaidd oedd ganddyn nhw'n graddol ddadfeilio, wedi mynd â'i phen iddi ers blynyddoedd.

Roedd yna un dyn, Billy Boggs, wedi byw yno am hir iawn. Bu'n Brotestant, ond trodd yn anffyddiwr o Farcsydd gan ymweld ag Undeb y Sofietau yn y 1920au. Dyn o Ddonegal ydoedd a ddenwyd i Aran gan Pat Mullen, Brenin Aran yn y ffilm ddogfen arloesol a wnaed gan Robert Flaherty yn 1936. Dyn hynod oedd Billy, yn caru'r ynysoedd, yn ddyn goddefgar mewn materion rhyngwladol a chymdeithasol ond yn gibddall yn erbyn yr iaith Wyddeleg a phob arwydd o genedlaetholdeb Gwyddelig – olion ei fagwraeth Orennaidd, Unoliaethol yn nechrau'r ganrif.

Roedd ei gyfaill, Pat Mullen, yn ŵr gweddw am gyfnod, ond yna fe ailbriododd â Miss Hall a fu ar staff Ysgol Ganolraddol Llangefni, ac fe aeth y ddau i fyw i Amlwch, lle bu Billy farw. Fo oedd tad Barbara Mullen a chwaraeai'r wraig tŷ o Albanes yn y gyfres *Dr Finlay's Casebook*.

* * *

A sôn am grefydd, er bod Aran wedi bod yn lle anhygyrch ac er bod Pabyddiaeth wedi bod yn ormesol yno ar brydiau – a hwnnw'n Babyddiaeth Biwritanaidd neu Iansenistaidd, neu Fictoraidd, yn ei gulni – yn enwedig ym materion cnawdol, mae yna agweddau iach iawn i'w crefydd nhw. Mi ge's i'r fraint o fod yno pan ganwyd yr offeren mewn Gwyddeleg am y tro cyntaf, rhagor nag mewn Lladin.

Sawl gwaith mewn offeren mae'r offeiriad yn cyfarch y gynulleidfa gyda'r geiriau 'Yr Arglwydd a fo gyda chwi', neu fel yr oedd hi '*Dominus vobiscum*'. A'r ateb o du'r bobl ydy 'A chyda tithau', neu '*Et cum spiritu tuo*'. Mewn Gwyddeleg, y ffordd draddodiadol o gyfarch unrhyw un yw dweud 'Duw a fo gyda chi', '*Dia agut*', neu yn y lluosog '*Dia dhibh*'.

Meddyliwch sut oedd hi yn yr eglwysi bach ar Aran, a rhannau eraill o'r byd Gwyddeleg, pan drodd yr offeiriad at ei gynulleidfa yn yr offeren a dweud aralleiriad o'r geiriau hynny. Mi fu yna saib byr, yna ymunodd y gynulleidfa, *pobal Dé*, yn y litwrgi yn yr iaith frodorol gyda mwy o frwdfrydedd nag mewn llu o eglwysi Pabyddol Saesneg eu hiaith.

Gyda llaw, wrth fynd o gwmpas Aran mi feddyliwch chi ambell waith ichi glywed Cymraeg, ond geiriau tebyg a chyffelyb fyddwch chi wedi taro arnynt, megis wrth iddyn nhw drafod y tywydd, a dweud 'Mae hi'n . . . '

mewn Gwyddeleg, *'Tá sé . . . '* ac yna geiriau megis *breá* am braf, sy'n swnio'r un fath, a *garbh* am garw, ac yn y blaen, heb sôn am y llu o eiriau am ddyddiau'r wythnos a'r misoedd a rhannau'r corff ac ati, sy'n ddigon tebyg yn aml.

Ond does dim rhaid ofni mynd i Aran heb yr Wyddeleg. Maen nhw eisiau ichi ddŵad, ac mae'r iaith yn ddigon diogel yno bellach iddyn nhw fedru fforddio siarad ieithoedd eraill efo'r llu o ymwelwyr a thwristiaid sy'n cyrraedd yno i astudio tirwedd, botaneg, hanes a llenyddiaeth y lle. Ac mae'n braf gweld y fath amrywiaeth o ieithoedd yn cael eu siarad yno yn yr haf, a'r Saesneg yn aml yn iaith y lleiafrif.

* * *

Tua saith milltir o hyd ydy Inis Mór, ychydig dros dair milltir ydy hyd Inis Meáin, ac Inis Oírr ychydig dros ddwy; y cyfan yn eithaf garw, yn graig bron hyd at eu hanner – peithiau o graig ym mhobman – a'r rheini wedi'u haredig gan y Mynydd Iâ a adawodd rychau ac ambell garreg wenithfaen anghymarus yng nghanol yr holl garreg galch. Mi fu raid i'r ynyswyr greu pridd eu hunain drwy gymysgu gwymon a thywod ac ambell lond llaw o glai, a thyfu tatws a moron a bresych ynddo fo. Inis Meáin ydy'r ynys ganol, a'r fwyaf anghysbell. Wrth ymweld â hi y mynnodd Brendan Behan, a oedd yn siarad Gwyddeleg, na wnâi o fyth fedru siarad Gwyddeleg go iawn. Roedd yno gyfarwyddiaid hyd yn ddiweddar ond mae hithau'n llai o fyd ar wahân erbyn hyn, ers dyfodiad yr awyren fach.

Hanesyn sy'n dweud cymaint am yr ynys hon ydy'r un am laniad cyntaf yr awyren. Roedd y lanfa fach o darmac wedi ei gosod, a'r awyren i fod i gyrraedd yno ymhen pum niwrnod – yng ngolau dydd. Yna cafodd rhyw hen ddyn strôc, ac er bod y meddyg a ddygwyd draw o ynys arall mewn cwrach yn dweud nad oedd unrhyw ddiben ei symud i ysbyty, roedd yr hen wreigan yn daer am iddo gael mynd i Galwy. Doedd y treillongau ddim yno, felly doedd dim amdani ond crefu ar gapten yr awyren fach i geisio glanio bum niwrnod yn gynnar, a hynny liw nos, a chofier nad oes goleuadau stryd na dim byd felly ar Aran.

Mi ymatebodd Capten Wallace i'r ple taer a chlywyd yr awyren yn cylchynu uwchben, ond doedd dim modd ei gweld gan ei bod hi wedi un ar ddeg y nos a chymylau tywyll yn gorchuddio unrhyw leuad oedd ohoni. Daeth pob beic a beic modur a thractor i lawr i'r traeth wrth ochr y lanfa, a llu o bobl yn cludo fflachlampau a lampau *Tilley* ac unrhyw ffynhonnell arall o oleuni. Golygfa ryfeddol o annwyl ond tila i'r Capten fry, dybiwn i. Daeth i lawr a chodi'n syth heb lanio, a gwneud hynny'r eilwaith. Yna, a ninnau i gyd yn dechrau anobeithio, dyma'r cymylau'n agor a'r lleuad yn disgleirio fel na all wneud ond mewn tywyllwch dudew – 'golau arall yw tywyllwch'. Daeth yr awyren fechan ryfeddol i lawr tuag atom a glanio'n bendant. I mewn â'r hen ŵr a'i wraig, a chododd yr awyren, esgyn drwy'r cymylau oedd wedi cau unwaith eto, a diflannu. Aeth pawb a phobun i fyny i'r dafarn i ddathlu'r achlysur, dechrau llunio baled amdano a dymuno'n dda i'r hen ŵr a'r hen wreigan. Roedd cyfnod newydd wedi dechrau yn hanes yr ynys, fel y gwnaeth pan gyrhaeddodd y system dŵr tap, y nwy silindr a'r teledu anghyfiaith.

Inis Oírr ydy ynys y de, sy'n fwynach ei thirwedd ac yn nes ym mhob ffordd i ochr arall Bae Galwy, Swydd Clara, nag i Gonamara yn Swydd Galwy. Mae hi a'i thrigolion yn fwynach na phobl y ddwy ynys arall; mae mwy o dywod arni ac mae hi'n ddigon agos i bobl fynd draw i draeth Doolin i gynnal *ceilidh* ar y traeth gyda'r nos. Mae mwy o briodi rhwng pobl yr ynys hon a phobl Swydd Clara nag sydd rhwng y ddwy ynys arall, a rhyngddyn nhw â Chonamara a Galwy.

Ar bob un o'r ynysoedd, symudwyd miloedd o gerrig mawr a mân o'r ffordd a chreu muriau sychion naill ai er mwyn cau y caeau bach i mewn, i gorlannu geifr a defaid ac ychydig o wartheg, neu dim ond er mwyn eu cael o'r ffordd. Ond ym mhob achos fe aed ati i greu patrymau haniaethol arbennig, fel y gwnaed wrth weu y gansis enwog.

Patrymau arbennig i weu pob teulu, fel i'w bara soda, ac mae tir a da yn cael eu trosglwyddo o fewn teuluoedd a thrwy briodas, ac maen nhw'n gomedd prynu tir. Hyd yn oed heddiw, mi fedrir gwylio dynion yn mynd groesymgroes o gae bach i un arall bellter i ffwrdd er mwyn bwydo a godro. Oherwydd y patrymau etifeddu a ffyddlondeb pobl i'w tras, mae pobl yn perchenogi darnau o dir fan hyn a fan draw. Erbyn hyn, er hynny, mae twristiaeth a'r holl fewnforio nwyddau ddaeth yn ei sgîl wedi disodli amaethu fel ail ddiwydiant pobl Aran. Ond pysgota sy'n dal yn ben, ac mae'n anodd ceisio argyhoeddi bechgyn ifanc i aros yn yr ysgol uwchradd ac astudio pan fo mynd ar dreillong gyda'u tadau a dynion ifainc eraill yn talu mor dda. Pysgota o amgylch yr ynysoedd, ar hyd arfordir y gorllewin, draw i Fae Dulyn ac mor bell ag Aberdaugleddau, a hyd yn oed Massachussets.

Ond ar y tir yn Aran mae pethau ar raddfa lai. Mae coed yn brin iawn a'r muriau bach yna sy'n gorfod arbed y pridd rhag cael ei erydu gan stormydd y gaeaf. Ac eto, mae ar Aran lond lle o adar, prin a chyffredin, a haid o elyrch a chrëyr glas yn stelcio ar ambell lyn heli, a does dim byd mor hynod â chlywed cri pioden fôr yn serio'r distawrwydd rhyw gyda'r nos. Mi fydd ambell ymwelydd mor ffodus â chael gweld un o'r machludau enwog y canwyd gymaint amdanyn nhw. Petaech chi allan ar gwrach yn croesi rhwng yr ynysoedd ar noson dawel o haf, hwyrach y caech chi ryfeddu at yr haul yn troi'n belen oren danbaid wrth gyfarfod y gorwel, ac yn llenwi fel costrel efo lliw gwin cyn diflannu.

Mae'r distawrwydd yn medru creu unigrwydd, mae'n wir, yn enwedig ers talwm – y pellter at Gonamara'n medru ymddangos fel tragwyddoldeb – a hynny'n medru magu'r felan. Ond mae'r distawrwydd yna'n medru hogi'r synhwyrau hefyd, nes troi cân yr adar a sŵn y môr, ffurfiau cyfnewidiol y tonnau a'r cymylau, lliwiau anwadal ond hoenus yr awyr a'r môr yn symffonïau llesmeiriol. Liw nos, mae yna ddüwch sy'n troi'r wybren yn glustog felfed ac arni lu o emau llachar.

* * *

Ond beth am yr holl graig a'r cerrig llwyd? Mae Aran yn dysgu rhywun pa mor gyfoethog ydy llwyd fel lliw. Ar ddyddiau gwlyb mae'r holl graig yn medru edrych fel petai yng ngolau'r lloer: y llwyd a'r gwyn wedi troi'n arian a chaenen o liw llechen las ar bopeth arall, ac yna hwnnw'n troi'n llachar – bron yn arian gloyw.

Yn y gwanwyn mae'r cysgodion gwinau yng ngheseiliau'r creigiau yn dechrau glasu nes troi'n borffor ar ddydd o haf – fel copâu bryniau Conamara. Mi fydd blodau'r eithin yn tanio a'r eirlysiau a'r saffrwn yn rhoi enwau ar y tameidiau o liw fan hyn a fan draw ar y cefndir llwyd llachar, ac anemonïau'n ymagor yn ddioglyd yn y pyllau mân sydd wedi'u naddu yn y creigiau. Mae natur wedi defnyddio cyllell baled yn ogystal â brwsh paent mân i weithio'i chynfas yma.

Mae yna elfen bensaernïol yno hefyd, nid yn unig yn y ceiri a godwyd gan y teidiau gynt, a'r bythynnod ers talwm sy'n dai sylweddol erbyn hyn, ond yng nghreadigaethau'r môr a'r gwynt yn gyson dros y miloedd blynyddoedd, yn enwedig yn eu gwylltaf wae. Naddwyd yr arfordir a thanseilio'r clogwyni tal nes ffurfio cyfres o amffitheatrau lle mae'r gwynt a'r tonnau'n chwarae mig â'i gilydd ac â'r gwylanod uchel eu croch.

Er garwed y medr yr hin fod, mae Drifft y Gwlff a thywod glân y traethau ac arafwch y dŵr i fynd yn ddyfnach yn golygu bod y lle'n ddelfrydol i blant ac i bawb arall nofio a gorweddian. Dydy'r ynysoedd byth yn profi barrug nac eira, a chyda'r newidiadau yn y ffordd o fyw, mae Aran yn lle delfrydol ar gyfer gwyliau i bobl sy'n chwilio am rywbeth gwahanol, ac i'w plant.

* * *

Lle'r oedd yna awyrgylch amgueddfaol ugain mlynedd yn ôl, gyda dyfodiad trydan a nwy a gwres canolog i lawer o'r tai, diolch i gefnogaeth llywodraeth y wlad a grantiau gan y Gymuned Ewropeaidd tuag at bysgota a thrafnidiaeth, mae bywyd yr ynyswyr wedi dal y byd modern. Prin iawn y gwelwch chi frethyn cartref heddiw ac mae gan lawer iawn o'r bobl gar neu fan, tai cysurus, ffôn a theledu. Mae yna ysgol uwchradd yn ogystal â'r rhai cynradd ac archfarchnad fodern eang yn Cill Ronán lle medrir prynu bron popeth fedrwch chi ei gael yn Galwy. Mae yna feddygfa fodern ac mi fedr yr awyren eich cael i'r ysbyty mawr yn Galwy ar wib os bydd angen. Ac yn ddiweddar, o'r diwedd, mi newidiodd iaith yr hen flwch yn y gornel o Saesneg i Wyddeleg, fel y gwnaeth ar y radio ers tro byd.

Gallech feddwl bod yr holl ddatblygiadau hyn wedi dinistrio natur a swyn unigryw Aran, ond na, mae'r lle'n llawer mwy byw a bywiog a gobeithiol nag yr oedd ugain mlynedd yn ôl. Mae dau beth i gyfrif am hynny: yn gyntaf mai pobl yr ynysoedd eu hunain sy'n rheoli pethau mewn ffordd gydweithredol. Yn achos pysgota, mae hyn ar y cyd gyda physgotwyr Conamara, ond mewn rhai pethau mae pob ynys yn gweithredu ar ei phen ei hun. Ar y cyd, fe fynnwyd gwella'r glanfeydd i'r awyren ac i'r cychod a'r llongau, a'r gwasanaeth ffôn, a chreu amgueddfeydd a chanolfannau treftadaeth.

Yr ail ffactor ydy fod yr iaith Wyddeleg yn dal yn ben. Does yr un swyddog na siop na meddyg na nyrs nac athro na chynghorydd amaethyddol yn ddi-Wyddeleg, ac mae'r arwyddion ffyrdd ac ati yn uniaith Wyddeleg. Y gwall mawr hyd yn ddiweddar oedd y diffyg gwasanaeth teledu, ond mae *Telefís na Gaeilge* wedi cael croeso brwd.

Rhwng eu bod yn ynysoedd gweddol bellennig a bod eu hiaith yn ddieithr i'r rhan fwyaf ohonom ni, mae yna rhyw rin egsotig i Aran fel cyrchfan gwyliau, ond mae yna rhyw berthnasedd rhyfedd i Gymro neu Gymraes yr un pryd. Ac mae'r bobl mor groesawgar ac â'r fath afiaith at fywyd nes bod dogn o Aran yn werth misoedd o becynnau gwyliau sy'n ddim ond haul a thywod a gloddesta!

Mae'r hen air am Gymru fel yr unig wlad lle medrwch chi fynd i ddysgu iaith Geltaidd a dal i gael bàth wedi llwyr ddyddio. Mi gewch aros yn rhad mewn llety cysurus ar Aran gan fwynhau cawod neu fàth, llofftydd cysurus a bwyd da, amrywiol, gyda chyfran dda o bysgod ffres, gan gynnwys pysgod cregyn a allforid gynt bron yn llwyr i Ddulyn a Pharis.

I'r rhai sy'n ffafrio amgueddfa o le, hyd yn oed os na fuasen nhw byth yn byw mewn lle felly eu hunain, rhaid ateb mai oherwydd bod ganddyn nhw fywyd llawn a chyfleusterau modern y mae pobl ifanc Aran yn fodlon aros yno.

Bellach maen nhw – yn enwedig pobl weddol ifanc – fel ninnau yn hoff o fynd allan i fwyta, mwynhau bwyd y môr a physgod o bob math. Mae yna gigydd ar yr ynys sydd â chig eidion hyfryd a chig oen nefolaidd. Ac mae yna win coch a gwyn yn ogystal â'r hen un du amheuthun yna!

Ac mae hyn yn wir am y tair ynys. Dynes o Roscommon briododd â dyn o'r ynys ganol a dŵad yno i fyw gafodd y syniad gwych o wneud brechdanau agored efo'r bara soda brown yna; rhoi eog ffres neu fwg, mecryll mwg neu gig cranc, neu ham wedi'i gymysgu efo *mayonnaise*, ar y tafelli. Cyn iddi hi feddwl am hyn roedd y llif twristaidd wedi arwain at brynu bara sleis a gwneud brechdanau o'r rheini!

Mae mynd i'r tair ynys yn brofiad arbennig ac mae yna gychod aiff â chi yn hwylus, gan eich gadael ar un ynys hwyrach, a dŵad yn ôl i'ch nôl, neu gwch arall neu'r agerlong yn digwydd bod yn gyfleus ichi ddŵad yn ôl i'r ynys lle'r ydych chi'n lletya.

Popeth yn hamddenol. Pan wnaeth Duw amser, mi wnaeth ddigon ohono, ac er nad oes brys mawr ar fywyd yn Aran, maen nhw'n cyrraedd yr union yr un fath, rhywsut. Dydw i ddim yn meddwl bod neb, erbyn hyn, yn teimlo eu bod yn colli unrhyw brofiadau o fod yn byw ar Aran, ac mae gwyliau tramor mor gyfarwydd i'r mwyafrif o bobl Aran ag ydyn nhw i chi a finnau. Yn wir, mae'r Unol Daleithiau'n llawer nes iddyn nhw yn feddyliol, a hen wragedd yn hedfan am y tro cyntaf o Aran, draw i Shannon ac yna i Boston lle mae cymaint o bobl Aran wedi ymfudo dros y ganrif a hanner ddiwethaf, a'r cwlwm yn dal yn glòs.

Ydy, mae Aran yn lle delfrydol i dreulio gwyliau, i bawb, hen ac ifanc.

Harri Pritchard Jones

Zwshi

Mae traeth Zwshi yn wynebu Bae Sagami, ac ar draws y Bae ar ddiwrnod clir mi welir mynydd Fwjisan, a mynyddoedd gorynys Izw a'r machlud yn cilio y tu ôl iddynt. Tu draw i ochr dde-ddwyreiniol y traeth mae porthladd bach Abwzwri, a thu draw wedyn, traethau tref Hayama lle mae palas haf yr ymerawdwr. Yng ngogledd-orllewin y traeth mae porthladd Cotswbo, ar gyffiniau dinas Camacwra a oedd ar un adeg yn brifddinas Japan ac sydd hyd heddiw yn llawn temlau. Maen nhw'n dal i bysgota yn y ddau borthladd yma, ond ychydig iawn o dir ardal Zwshi sy'n cael ei amaethu bellach. Eto, tan y cyfnod Meiji, casgliad o bentrefannau gyda llwybrau dros y bryniau yn eu cysylltu oedd y fro a elwir heddiw yn Zwshi.

Un o'r pentrefannau hyn oedd Icego. Mae'r adfeilion yno o hyd; adfeilion hen dai crwn y bobl a drigai yn y cyfnod Jômon – gwneuthurwyr potiau pridd efo patrymau rhaff arnynt. Anodd meddwl eu bod nhw'n gwybod mai'r Ymerawdwr Jimmu oedd eu harweinydd – yr un a fu, yn ôl mytholeg Japan, yn rheoli tua 660 C.C., a bod Amaterasw, duwies yr haul, yn hen nain iddo. Ond hawdd credu eu bod nhw, fel llawer o bobloedd eraill y byd sy'n byw yn agos at natur, yn gweld duwiau mewn pethau arswydus megis creigiau, coed, ffynhonnau a rhaeadrau, nid annhebyg i'n cyndeidiau ni yn y Byd Celtaidd.

Dros y canrifoedd cyrhaeddodd syniadau a thechnolegau newydd o rannau eraill o Asia. Daeth y bobl Yayoi a wyddai sut i dyfu reis, a daeth dylanwadau o'r cyfandir (Tseina a Corea yn enwedig) i fyd meddyginiaeth, proffwydoliaeth, calendr a chrefydd. Tua chanol y chweched ganrif, tra oedd Dewi Sant yn pregethu Cristnogaeth i'r Cymry, roedd Tywysog Shotokw yn cyflwyno Bwdistiaeth i Japan, efo'i metaffiseg ddofn a'i chôd moesoldeb uwch. Dyma barodd roi enw ar grefydd frodorol y bobl, i ddangos y gwahaniaeth, a'r enw hwnnw oedd Shintoaeth, 'ffordd y duwiau'. Ystyr arall y gair am Dduw – *kami* – yw 'uwch' neu 'ar ben'. Erbyn y cyfnod Nara (yr wythfed ganrif) roedd Bwdistiaeth wedi cyrraedd bro Zwshi. Adeiladwyd teml Gandenji ym mhentref Hisagi yn 722 a theml Jimwji yn Icego yn 729-49. Roeddent yn eithaf agos i'r hen Tocaido, 'ffordd môr y dwyrain', oedd yn rhedeg o

Cyoto i Camacwra ac yna o gwmpas porthladd Cotswbo, dros fryniau Hiroyama, i lawr ar hyd traeth Zwshi ac ar draws y creigiau 'lle mae traed y ceffylau yn crafu'r cerrig' i borthladd Abwzwri. Erbyn cyfnod Camacwra (1192-1338), roedd hi'n ffordd efo llawer o fynd a dod ar ei hyd; teithwyr yn cerdded, milwyr yn trosgamu a cheffylau'n rhedeg, ond ni cheid troliau arni oherwydd roedd olwynion yn waharddedig. Hwyrach fod rhai o drigolion Zwshi, rhyw brynhawn yn 1268, wedi sylwi o fryniau Hiroyama ar longau'r llysgenhadon Mongolaidd yn glanio rhwng Cotswbo a Camacwra i ofyn i bennaeth y llywodraeth filwrol am deyrnged.

Yn 1868 digwyddodd yr Adferiad Meiji, diwedd cymdeithas ffiwdal ac agoriad Japan i'r byd ar ôl bron i dair canrif o fod yn gaeëdig drwy'r cyfnod Edo. Rhan o'r cynllun moderneiddio oedd gwella llinellau cyfathrebu ac yn 1883 tyllwyd twnnel drwy fryniau Nagoe i greu ffordd rhwng Zwshi a Camacwra. Yn 1889 cyrhaeddodd y rheilffordd o Docio drwy Iocohama a chyda'r hygyrchedd newydd dechreuodd y cyfoethogion adeiladu cartrefi gwyliau – *besso* – yn Camacwra a Hayama. Roedd Zwshi rhwng y ddau le ac yn llai ffasiynol, felly estronwyr, Almaenwyr a Saeson o Iocohama a ddarganfu hudoliaeth traeth Zwshi fel lle gwyliau. Tua diwedd y bedwaredd ganrif ar bymtheg efelychwyd yr estronwyr gan bum ffrind a brynodd dwyndir ger y traeth – Shinjwcw, 'lle'r gwesty newydd'. Cyfreithiwr o'r enw Washitaro Nagashima oedd un ohonynt, 'mab mwyn eryr yr ynys hir', ac yn 1900 fe adeiladodd *besso*, cartref traddodiadol, a phlannu pinwydd o'i gwmpas. I'r tŷ hwnnw y deuthum i i fyw yn 1965.

Cafodd Zwshi ei chydnabod fel tref yn 1913 a chynyddodd ei phoblogaeth i naw mil erbyn 1920. Cyrhaeddodd cyflenwad nwy yn 1929 a rheilffordd arall, un breifat, yn 1930.

Ar ochr orllewinol gorynys Miura mae Zwshi, ac ar yr ochr ddwyreiniol, yn wynebu Bae Tocio, mae porthladd Iocoswca, safle canolfan lynges fawr. Yn 1937 penderfynodd Llynges Japan wneud cadwrfa ffrwydron rhyfel ym mhentref Icego. Tyrchwyd ogofeydd storio yng ngwaelod y bryniau a gorfodwyd y ffermwyr lleol allan o'u tai ac oddi ar eu tiroedd.

Bu bomio trwm yn Nhocio yn ystod yr Ail Ryfel Byd ac ar ôl iddynt golli eu tai, symudodd pobl megis gweddw Washitaro, ei merch, ei hwyresau a'u plant a'u tebyg i fyw i'w cartrefi gwyliau yn Zwshi, er nad oedd y fan honno'n ddiogel iawn ychwaith am ei bod mor agos i Iocoswca. Tyrrodd pob math o bobl ddigartref i chwilio am loches gyda pherthnasau neu ffrindiau ac ar ôl y rhyfel, arhosodd llawer ohonynt yn Zwshi gan godi mwy o dai yn y gerddi. Daeth yn dref i gymudwyr – pobl a weithiai yn Iocohama, Cawasaci neu Tocio – ac erbyn 1954 roedd y boblogaeth wedi cyrraedd tri deg ac wyth o filoedd.

Bu farw gweddw Washitaro yn y *besso* ac wedi hynny sefydlwyd cartrefi ar wahân gan ei merch ac un o'i hwyresau yn narn pellaf yr ardd. Roedd y rhain yn dai mwy modern, mwy cyfleus, a gwerthwyd darn canol yr ardd i ddau deulu arall. Aeth yr hen gartref yn wag ac felly fe'i gosodwyd gan y perchennog – mab Washitaro, fy nhad yng nghyfraith – i ryw gwmni ei ddefnyddio fel tŷ gwyliau haf i'w staff. Dyna ddigwyddodd i lawer o'r hen dai *besso*.

Un o drobwyntiau hanes economaidd modern Japan oedd Chwaraeon Olympaidd 1964 a gynhaliwyd yn Nhocio. Dyma pryd yr adeiladwyd rheilffordd gyflym newydd y Tocaido Shinkansen. Roedd yr hen ffordd Tocaido wedi newid ei chwrs yn 1603 pan sefydlwyd prifddinas newydd yn Edo (Tocio). Mae'r Tocaido hwnnw yn stryd fawr i'r wlad o hyd, yn cysylltu rhanbarthau Canto (Tocio-Cawasaci-Iocohama) a Cansai (Cioto-Osaca-Côbe). Roedd y Shincansen yn rhyw fath o symbol o'r adeiladu newydd a chyflymder y datblygiadau a oedd yn gyfrifol am y 'wyrth economaidd' a gychwynnodd yn y chwedegau.

Roeddwn i'n byw yng Ngwlad Groeg ar y pryd ac yn cofio tîm o Japan yn dod yno i nôl y fflam o fynydd Olympia. Priodais y flwyddyn wedyn ac yna deuthum i fyw yma fy hun. Pan welodd Koichi, fy ngŵr, beth oedd wedi digwydd i draeth Zwshi fe gafodd sioc. Lle gynt fu'r pinwydd yn cyrraedd y traeth roedd ffordd newydd sbon wedi cael ei hadeiladu o Ynys Enoshima, ar hyd traethau Camacwra a Zwshi yr holl ffordd i Hayama er mwyn cysylltu dau farina swyddogol y mabolgampau. Pwy oedd yn poeni am yr amgylchedd? Datblygiad economaidd oedd y peth pwysig!

Pan ddeuthum i yma, doedd neb yn newynu ond doedd neb yn dew ychwaith. Bara beunyddiol y bobl oedd reis ac roedd hwnnw'n dal i gael ei ddogni, ond roedd digon ohono, gyda physgod, gwymon, llysiau lleol ac weithiau fymryn o gig. Ond roedd atgofion y llwgu a'r tlodi yn dal yn fyw yng nghof y bobl ac roedd y reddf i oroesi a'r chwant am fywyd gwell yn gryfach nag ystyriaethau am yr amgylchedd. Ar yr un pryd, roedd llawer o hen draddodiadau a doethinebau yn cael eu taflu o'r neilltu yn enw cynnydd. Felly y mae mewn llawer o wledydd tlawd y byd heddiw. A phwy oedd eisiau byw mewn rhyw dŷ hen ffasiwn, heb glo ar y drws, heb gegin gyfleus, heb ddŵr poeth a heb dŷ bach ynghlwm wrth system ddŵr a system garthffosiaeth? Wel, fi, yn enwedig ar ôl chwilio yn Nhocio am rywle y gallem ni ei fforddio ar gyflog fy ngŵr. Y lle gorau oedd ystafell chwe mat *tatami* (y mae un mat dipyn llai na dwy lathen sgwâr) efo cegin fach a golygfa o'r wal drws nesaf rhyw droedfedd drwy'r ffenest. Doedd neb wedi dychmygu y byddai gwraig ifanc o'r gorllewin yn fodlon byw mewn hen *besso* yn Zwshi, ond doedden nhw chwaith ddim yn gwybod fy mod wedi cael fy magu yn Nhalwrn, heb drydan na dŵr o bibell, heb sôn am system garthffosiaeth! Roeddwn i hefyd yn cario'r traddodiad sy'n anwesu brogarwch; os oeddwn i am adeiladu nyth, yna byddwn yn gwneud hynny mewn man oedd yn llawn cymeriad. Nid oeddwn i mor ymwybodol o hynny ar y pryd ond wrth gerdded yma o'r orsaf ar brynhawn braf o hydref, heibio mwg y coelcerthi, ffrwythau'r persimon yn aeddfed ar y coed yn y gerddi, y plant yn canu ar eu ffordd adref o'r ysgol, clywed sŵn tonnau'r môr a blasu halltrwydd yr awyr, gwyddwn ar unwaith y medrwn ymgartrefu yn y fro hon. Felly, er i ffrindiau fy ngŵr yn Nhocio ein rhybuddio pa mor anghyfleus fyddai byw yn Zwshi a pha mor bell i ffwrdd oedd gwaith fy ngŵr, gyda chaniatâd fy nhad yng nghyfraith, symudom ein dau ac os oedd awr ar y trên bob bore yn hir bryd hynny, erbyn heddiw mae 'na bobl sy'n teithio llawer pellach.

Fel y tai sydd o'n cwmpas, tŷ heb enw, tŷ gyda rhif ac enw'r teulu sy'n byw ynddo yw hen *besso* Washitaro ac erbyn hyn mae'n rhywbeth go anghyffredin. Ychydig iawn o dai o'r un cyfnod sydd ar ôl. Mae fy ngŵr yn caru'r lle llawn gymaint â fi ond petai o wedi priodi rhywun arall, tybed a fase'r tŷ yma o hyd?

Doedd cael bàth preifat yn y tŷ ddim yn beth anghyffredin a byddai'r bobl gyffredin yn defyddio'r baddonau cyhoeddus hefyd. Yn Japan rydym yn ymolchi cyn mynd i mewn i'r bàth ac mae pawb yn defnyddio'r un dŵr poeth – yn y baddonau cyhoeddus a'r rhai preifat yn y tai. Roedd bàth yn hen *besso* Washitaro yn barod – crochan mawr haearn a'r dŵr yn cael ei gynhesu oddi tano. Trwy ddrws yr ystafell ymolchi y deuthum i i'r tŷ am y tro cyntaf, ar ôl tynnu'r hoelion! Dim ond o'r tu mewn mae modd cloi *genkan* – drws ffrynt tŷ traddodiadol. Y syniad y tu ôl i hyn oedd bod rhywun yn y tŷ gydol yr amser. *Kanai*, 'yr un yn y tŷ', yw'r enw ar wraig hyd heddiw, ac er bod y mwyafrif o ferched y wlad yn gwneud rhyw fath o waith y tu allan i'r tŷ, yr arferiad yw ei bod yn ymddiheuro os oes rhywun yn galw a hithau allan.

Unwaith y mae rhywun i mewn yn y tŷ, rhaid agor yr *amado* – cloriau pren y ffenestri – eu sglefrio nhw ar hyd rheilen ac i mewn i focs *tobukuro*. Prin bod waliau o gwbl. Drysau-ffenestri pren a gwydr sydd o gwmpas y tŷ i gyd ac mae modd mynd allan i'r ardd drwy unrhyw un ohonynt, heb anghofio bod rhaid neidio tua dwy droedfedd yn y mannau lle nad oes grisiau! Tŷ ar bileri *(stilts)* ydyw, nid pileri cyfuwch â thai jyngl Boreo, na *kampong ayer* uwchben y môr, ond tŷ wedi ei osod ar lwyfan er hynny, gyda digon o le i gathod gwyllt fyw oddi tano. Gyda'r ffenestri i gyd yn agored, mae croesawel fendigedig i'w theimlo ac mae ei hangen yn fawr yn ystod yr hafau chwyslyd poeth. Rydym yn dal heb beiriant tymheru, er mae'n rhaid cyfaddef bod tua wythnos ym mhob mis Awst pan fo'r gwres yn ei gwneud hi'n rhy llethol inni gysgu bron. Ond yn ystod un mis Hydref y deuthum i yma, a hyd yn oed gyda'r ffenestri ar gau roedd digonedd o awyr iach yn dod i'r tŷ, neu ddrafftiau fel yr oeddwn i'n eu galw nhw! Y tu mewn i'r drysau-ffenestri mae yna *roka* – coridor-feranda llawr pren o gwmpas y tŷ, a rhesi o *shoji* – drysau pren a phapur – rhwng y *roka* a lloriau *tatami* canol y tŷ. Ar ddau *futon* ar y llawr *tatami* yr oeddem yn cysgu. Roeddwn i wedi arfer cysgu mewn gwely gyda wal y tu ôl i fy mhen. Yn y tŷ yma, does dim waliau ac mae pobman yn sglefrio. Rhwng y *futon* a'r oerni y tu allan does dim ond y drysau-ffenestri drafftiog, a dysgais gan fy ngŵr mai'r lle gyda'r lleiaf o ddraft yw canol yr ystafell. Felly bu'n rhaid imi ddysgu cysgu heb wal y tu ôl i fy mhen!

Nid oeddwn i'n medru gair o Nihongo, iaith Nihon, Japan, cyn dod yma, a sylweddolais ar y dydd Sul cyntaf ei bod yn iaith sy'n llawn treigladau. Clywais lais yn y *genkan* a phwy oedd yno ond gŵr a alwai ei hun yn Tengwzwshi. Edrychais yn y geiriadur a mynd at y *futon* i ddeffro fy ngŵr. 'Mae 'na rywun wrth y drws sy'n dweud mai coblyn trwyn coch Zwshi ydi o, ac mae o'n gofyn am arian. Beth ddylwn i ei wneud?' Wel, roedd modryb Nagashima wedi archebu swshi y noson cynt a dyn y siop wedi dod i'r tŷ anghywir!

Tipyn o jyngl oedd yr ardd pan ddeuthum i yma, gyda digonedd o briciau syrthiedig a moch coed i'w casglu i gynhesu dŵr y bàth. Fy nghyfrifoldeb i hefyd oedd gofalu bod y nodwyddau o'r coed pinwydd yn cael eu cribinio'n dwt oddi ar y ffordd. Ambell fore roeddwn yn codi am chwech i fynd ati i gribinio gyda gwragedd eraill y gymdogaeth. *Idobatakaigi*, 'cynhadledd ger y ffynnon', yw gair y wlad i ddisgrifio'r ffordd mae pobl yn trosglwyddo newyddion lleol. Yn y rhan yma o Zwshi'r chwedegau a'r saithdegau, cribinio'r ffordd oedd wedi cymryd lle y ddefod nôl dŵr o ffynnon. Ychydig iawn o'r iaith oeddwn i'n ei medru ar y pryd; byddai rhai pobl wedi dianc, wedi cadw iddynt eu hunain, ond roedd ysbryd Talwrn – lle'r oeddem wedi arfer mynd ag 'anrhegion' megis te a siwgwr i bobl y tyddynnod a chael wyau neu 'menyn i fynd adref – yn caniatáu imi dderbyn planhigion ar gyfer yr ardd, neu ffrwythau, a dangos fy niolchgarwch drwy roi pot o farmaled cartref neu ryw deisen fach yn ôl.

Nid oedd gennym fawr o gymdogion agos bryd hynny. *Besso* mawr gwag oedd o fy nghwmpas gydag ambell ofalwr yn byw yno, ond roedd digon o bobl yn cerdded heibio ar eu ffordd i'r dref. Er bod rhewgelloedd yn ddigon rhesymol eu pris, roedd y traddodiad o fynd bob dydd i brynu pysgod ffres yn parhau, a rhai yn mynd yn y bore a'r prynhawn fel y mae rhai Ffrancwyr yn mynd i brynu *baguette* ffres cyn pob pryd bwyd. Yn y dechrau, pan ofynnai pobl imi 'Mynd i siopa wyt ti?', 'Lle wyt ti'n mynd heddiw?' ac yn y blaen, roeddwn yn difaru nad oeddwn i'n gwybod y Japanaeg am 'Peidiwch â busnesa!', ond dysgais fod yr ateb amhendant 'Dim ond i fan'na' yn gwneud y tro. Hefyd, mewn gwlad sy'n llawn daeargrynfeydd a thai fflamadwy, llawn cystal fod cymdogion yn gwybod pwy sydd gartre neu beidio.

Felly, fesul tipyn, gwnes fy hun yn gartrefol yn y fro newydd hon ac erbyn i'r plant ddechrau mynd i'r ysgol, roedd fy ngweld i yn gwthio coets rhwng y ceir yn rhan o dirwedd y lle, a heddiw yn rhan o atgofion y trigolion hefyd.

O ddiwedd mis Hydref ymlaen, roeddwn i'n teimlo ei bod hi'n ddigon oer gyda'r nos inni gynnau stôf – un olew – er nad oedd neb arall yn cynnau eu rhai nhw tan fis Rhagfyr. Erbyn mis Ionawr roedd oerni'r drafftiau a'r gwaith o geisio cau'r *amado* i gyd bob nos wedi mynd yn ormod, ac felly dyma brynu rholyn o ddefnydd plastig clir (y math a ddefnyddir i wneud tai gwydr) a gwneud 'ffenestri dwbl' i'r drysau-ffenestri. Doedd dim *cotatsw* yn y tŷ yma ychwaith tan inni wneud un yn ddiweddarach. Bocs gyda gwres ynddo yn y llawr yw *cotatsw*, a bwrdd gyda lliain cwiltiog ar ei ben, fel eich bod chi'n eistedd ar y llawr *tatami* gyda'ch traed yn glyd ac yn gynnes yn y bocs *cotatsw* a'r lliain dros eich cluniau. Yn ddelfrydol, ar y bwrdd ceir powlenaid o orennau mandarin, un o gysuron y galon yn ystod y gaeaf.

Roedd yr *yen* yn rhad ar y pryd; punt yn werth mil o *yen*. Am bris gyrru llythyr post awyr adref mi fedrwn brynu basgedaid o ffrwythau mandarin, plataid o bysgod lleol neu dalu am dacsi adref o'r orsaf. Am yr un pris ni fedrwn brynu peint o lefrith na dwy owns o'r caws rhataf. Anodd oedd dod o hyd i gaws o gwbl, a dim ond pobl gyda chyflogau arian estron oedd yn medru fforddio prynu bwydydd wedi eu mewnforio.

Pan oeddwn i'n byw yng Ngwlad Groeg, roedd y gaeaf, er yn oer, yn eithaf byr, a'r agwedd ar y pryd oedd i ddioddef tipyn bach o oerni yn hytrach na gwario ar gynhesu'r tai. Agwedd gyffelyb oedd yma ac mae Zwshi tua'r un lledred ag Athen. Mae'r gaeaf yma ar y cyfan yn heulog braf a dim ond am rai wythnosau ym misoedd Ionawr a Chwefror y gall hi fod yn wirioneddol oer, yn rhewedig. Nid yw'r tir yn mynd i gysgu gyhyd ag y gwna yng Nghymru. Erbyn i'r dail i gyd syrthio, mae egin a sbrigau'r tyfiant newydd yn dechrau dangos drwy'r pridd. Mae'r darlun o eirin yn blodeuo yn yr eira yn cael ei ddefnyddio weithiau fel symbol o ferched Japan ac yn destun i lawer o farddoniaeth *haiku*, *waka* a *tanka* nad ydynt yn annhebyg i benillion Cymraeg mewn cynghanedd.

Fel yng Nghymru, mae'r gwanwyn yn cychwyn ac yn ailgychwyn, ond dyfodiad blodau'r ceirios tua diwedd mis Mawrth yw'r arwydd fod y gwanwyn ar ddechrau mewn gwirionedd. Wedyn, mae'r tyfiant yn cyflymu ym mhobman, gan gynnwys amrywiaeth anhygoel o chwyn, a chreaduriaid eraill sy'n rhannu eu cartref yma gyda mi yn ymddangos. Mae yma forgrug brown, morgrug llwyd, morgrug sy'n hedfan a rhai gwyn hefyd (sy'n beryg bywyd ac yn medru bwyta sylfeini'r tŷ pren), Sianis blewog, rhai sy'n bwyta'r drain, rhai sy'n glynu i'r coed camelia ac yn peri brech boenus, nadredd, *mukade* (nadredd cantroed), chwilod duon a llyffantod. Fy ffefryn i yw'r *benkeigani* (crancod) efo wynebau direidus sy'n llawn castiau megis cuddio yn ein sgidiau neu grafu ar y *shoji* yng nghanol y nos.

Wedyn, un bore, bydd torth ddoe wedi llwydo a'r sgidiau wedi troi'n wyrdd yn y *genkan* lle mae pawb yn tynnu eu sgidiau cyn mynd i'r tŷ, a dwi'n sylweddoli nad gwanwyn yw hi bellach, na haf ychwaith, ond tymor y glawogydd. Nid tresian bwrw y mae hi fel ym monsŵn de-ddwyrain Asia, ond taenir mantell o wlithlaw neu niwl dros y lle. I lawr ar y traeth does dim golwg o Fwjisan na gorynys Izw, dim ond bryniau coediog Zwshi yn ein cau ni i mewn. Yng Nghymu mae hi'n ganol haf ond yma mae hi'n dywyll ac yn tywyllu'n rhy gynnar. O bob amser yn y flwyddyn yng Nghymru, Gŵyl Ifan canol haf yr wyf i'n ei golli fwyaf ac am chwe blynedd, tan 1971, methais fynd yn ôl adref.

Erbyn yr haf roeddem wedi prynu rhwyd fosgitos ac yn cysgu oddi tano gyda'r ffenestri i gyd yn agored. Doedd neb yn poeni am ladron; ychydig iawn oedd gennym i'w ddwyn beth bynnag, a minnau'n sylweddoli bod croesawel yr haf yn bwysiach o bell ffordd na cheisio osgoi drafftiau'r gaeaf. Dyma ni, wedi'r cwbl, mewn rhyw baradwys fach wrth lan môr. Tebyg bod yr haf yng Nghymru braidd yn unig i Japaneaid heb ganu braf y *semi* – grillian criciaid.

Rhwng yr haf a'r hydref ac yn gwbl wahanol i'r tymhorau – yn hollol anrhagweladwy fel taran – daw'r teiffŵn. Yr un gwaethaf a brofais ers bod yma oedd yr un yn ystod y mis Medi cyntaf. Roeddwn yn gweld diben yr *amado* – i rwystro rhywfaint o'r glaw rhag cael ei chwythu drwy'r tŷ. Roedd hwnnw'n ysgwyd bron fel mewn daeargryn a'r trydan yn diffodd. Erbyn y bore roedd y *tobukuro* (y bocs ar y wal i gadw'r *amado*) wedi diflannu, y ffens ar ochr y ffordd ar ei hyd a'r awyr yn las ac yn llonydd a'r lliwiau ym mhobman yn ffres.

Pan fydd y gweoedd pryfed cop yn ymddangos rhwng y pinwydd, byddaf yn gwybod bod tywydd braf yr hydref wedi cyrraedd, bod Fujisan a gorynys Izw i'w gweld o'r traeth a'r teimlad fod y byd yn agos. Mae lliwiau'r bryniau yn galeidosgop o felyn, oren, coch a brown gyda gwyrdd y coed bythwyrdd. Dyma un o'r tymhorau gorau yma a phryd y cyrhaeddais i am y tro cyntaf.

Yn ystod y blynyddoedd cyntaf y deuthum yma, weithiau byddem yn mynd am dro i'r bryniau, ar hyd y llwybrau ac o dan y coed, ond fy hoff dro i oedd ar hyd y creigiau i Abwzwri. Am ddwy flynedd, o 1969 i 1971, aethom i fyw i Singapôr ac wrth ddychwelyd i Zwshi cefais sioc debyg i sioc fy ngŵr pan welodd o'r ffordd ar hyd y traeth yn 1965. Roedd adeilad mawr newydd lle gynt roedd creigiau. Pam nad oedd neb wedi protestio? Sut fedrai'r bobl anghofio'u hawl i'w ffordd gyhoeddus a oedd wedi bod ganddynt ers canrifoedd? Ond pwy fase'n cwffio yn erbyn y cynnydd oedd ar droed ar ffurf gwaith chwalu carthion newydd sbon?

Wnes i erioed gwyno am yr hen *kumitori*. Rhaid cyfaddef bod y pryfed wedi bod yn dipyn o broblem yn yr haf, a'r arogl, ond chwedl â Talwrn, lle'r oedd Mam yn gorfod gwagio'r bwcedi ei hun, dim ond galw yn Neuadd y Dref oedd raid i mi i ofyn iddyn nhw ddod â'r lorri (rhywbeth tebyg i lorïau'r Bwrdd Marchnata Llaeth) i sugno'n wag y ddysgl anferth oedd o dan y twll yn y llawr, twll efo leinin seramig mor ddel â phot siambar a chaead pren gyda bagal hir. Y peth gwaethaf oedd pan oedd dynion y lorri heb roi'r garreg yn ei hôl yn iawn, y garreg oedd yn cau'r twll rhwng y pileri lle'r oedd y beipen yn mynd i mewn i wneud y gwaith sugno. Ar adegau fel hyn, a haul yr hwyrnos yn sgleinio i mewn, fe gawn olwg ar brysurdeb y pryfed, ond byddai'n well gennyf pe na bawn wedi'u gweld. Ar wahân i golled creigiau hyfryd Abwzwri, er fy mod yn gwerthfawrogi glanweithdra cyfleustra system ddŵr a system garthffosiaeth Talwrn a Zwshi, rwyf ar yr un pryd yn credu bod andros o wastraff dŵr glân a thail.

Oherwydd y gwaith chwalu carthion roedd modd adeiladu blociau o fflatiau, yr hyn a elwir yma yn *manshon*. O'n cwmpas ni roedd rhai o'r hen *besso* eisoes wedi ildio eu lle i stadau tai, rhyw ddeg o dai lle gynt bu un, ond rŵan dyma flociau o gant o fflatiau yn cael eu hadeiladu.

Roedd yr hen ffrindiau a oedd wedi teimlo trueni trosom am ein bod yn byw mor bell i ffwrdd yn Zwshi anghyfleus yn dechrau dweud mor ffodus oeddem i gael byw yng nghanol y bryniau gwyrdd. Roedd safonau byw a'u syniadau hwy o werthoedd bywyd yn newid yn gyflym. Yn ystod y chwedegau a'r saithdegau, tyfodd poblogaeth Rhanbarth Prifddinas Tocio (gan gynnwys Zwshi) o dair miliwn ar ddeg i naw miliwn ar hugain. Dyna lle'r oedd gwaith i'w gael. Medrwch ddychmygu felly, mewn gwlad mor fynyddig (mynyddoedd yw dros saith deg y cant o wlad Japan), y fath bwysedd oedd ar rywun i gael cartref yn unman. Gyda thechnoleg ddiweddaraf y tarw tryfal a systemau carthffosiaeth, roedd modd codi adeiladau yn y bryniau a chrewyd stadau tai newydd yn y bryniau o gwmpas Zwshi. *Hairando* (ucheldir) oedd yr enw ar y rhain a phobl newydd ddaeth i fyw yno. Nid tai traddodiadol oedd tai newydd y stadau oherwydd cyfnod y tri 'c' oedd hi bellach – y *cara terebi* (teledu lliw), y *cwra* (peiriant tymheru, a chyda hwn nid oedd croesawel mor angenrheidiol) a'r *cwrwma* neu *câ* (modur a chyda hwn roedd modd prynu llwyth). Roedd y bobl yma yn medru fforddio bwyta cig hefyd. Nid oedd raid mynd yn ddyddiol i siopa am bysgod yn y dref. Japaneaid a oedd wedi gweithio mewn gwledydd tramor oedd llawer ohonynt; roedd yr *yen* hefyd yn gryfach a medrent fforddio bwydydd wedi eu mewnforio a daeth archfarchnadoedd Zwshi yn llawer mwy soffistigedig. Ac oherwydd y car modur, dyma ddechrau colli ein gerddi yn y dref hefyd i wneud mannau parcio. Erbyn 1975 roedd poblogaeth Zwshi wedi cyrraedd pum deg wyth o filoedd a hanner y bobl yn mynd allan o Zwshi bob dydd i weithio neu i'r ysgol.

Dim ond yn Icego roedd y bryniau'n ddiogel rhag datblygiad adeiladu tai newydd. Ar ôl yr Ail Ryfel Byd, roedd Llynges yr Unol Daleithiau wedi cymryd y gadwrfa ffrwydron i'w meddiant ac oherwydd y rheolau 'dim tresbasu' roedd y goedwig wedi dechrau mynd yn ôl i'w chyflwr cyntefig. Roedd pob math o adar eithriadol yno, gan gynnwys yr hebog glas a'r eryr gwyn. Erbyn yr wythdegau, roedd gobaith fod yr Americanwyr am roi'r tir yn ôl i drigolion Zwshi, a'r farn gyffredin oedd y dylid ei gadw fel gwarchodfa naturiol. Ond yn 1982 daeth y newyddion fod yr Americanwyr am adeiladu tai yno i ddwy fil o staff y Llynges a'u teuluoedd. Y cynllun oedd i lifio'r coed a chwalu'r bryniau â theirw tryfal. Ceisiodd yr Americanwyr gyfiawnhau hyn drwy ddweud, 'Edrychwch beth y maen nhw wedi ei wneud eu hunain'. Cyfiawnhad llywodraeth Japan oedd ei rhwymau cytundebol diogelwch â'r Unol Daleithiau ond roedd trigolion Zwshi wedi dechrau sylweddoli cymaint o'r bryniau a ddifethwyd eisoes a chyn lleied oedd ar ôl. Am y tair blynedd ar ddeg nesaf, tan 1995, defnyddiais lawer o'm hamser a'm hegni yn cynorthwyo Mudiad Amddiffyn Coedwig Icego. Mae'r hanes yn faith, hanes deg o etholiadau a refferenda gyda mwyafrif lleol yn erbyn y cynllun, a hanes heb ddiwedd hapus. Roedd y mudiad yn enwog ac yn un pwysig iawn yn hanes mudiadau amgylcheddol, hunanlywodraeth leol a democratiaeth Japan, ac er inni fethu, roedd y broses ei hun yn llwyddiannus a rhoesom obaith i fudiadau eraill yn y wlad hon a'r byd o'n cwmpas wrth rwydweithio â grwpiau eraill. Dim ond un ymysg rhyw hanner cant o weithwyr allweddol oeddwn i, ond pe na bawn wedi bod yno, ni fyddai'r mudiad wedi bod yr un fath. Er fy mod yn un o bobl y byd sydd heb yr hawl i bleidleisio – yn Japan nac yng Nghymru ychwaith – fe lwyddais fel un o drigolion y dref yma lle'r wyf wedi ymgartrefu i wneud rhyw fath o argraff. Fe ddysgais hefyd am bŵer nifer fach o unigolion a'u gallu i newid y drefn, a'r ffordd ddwyreiniol o wneud penderfyniadau. Ar y dechrau, teimlwn fel pe bawn yn troi mewn cylch heb gyflawni dim, ond ymhen amser sylweddolais fy mod yn symud ymlaen, er yn droellog, megis rhyw sbeiral. (Wrth gwrs, rhaid cofio bod y ffurf sbeiral droellog yma yn bwysig iawn yn addurniadau hen bobl Japan, fel y Celtiaid gynt, felly doeddwn i ddim ymhell o'm lle dybiwn i!)

Heddiw, wrth edrych 'nôl ar fy nghymhelliad ar y pryd, gwelaf hyn fel dilyniant i'm Cymreictod. Gadewais Gymru cyn medru cyfrannu llawer at frwydr yr iaith ar wahân i dalu'm tâl aelodaeth i Gymdeithas yr Iaith, ond gwelir yr un ysbryd wrth geisio dyrchafu amryw o ieithoedd ac amddiffyn tylwythau a rhywogaethau o fewn byd natur a pharchu'r *genius loci* – anian lle.

Catharine Huws Nagashima

Elvis, Memphis a mi

'The whole place done just went plumb ape!' Dyna ddisgrifiad y gyrrwr tacsi William Conard o ddinas Memphis ar ôl i'w dinasyddion croenddu glywed am saethu Martin Luther King yn y *Lorraine Motel* ar y pedwerydd o Ebrill, 1968. Roeddwn i a chriw cwmni teledu Telegraffiti yn cael ein tywys gan Mr Conard o amgylch strydoedd Memphis ar bnawn o Fai er mwyn paratoi i ffilmio darnau ar gyfer 'Dan Ddylanwad', cyfres o raglenni yn cyfleu fy argraffiadau cyntaf o America, ei phobl, ei dinasoedd a'i diwylliant.

'Beale Street, home of the blues; Sun Records, where Elvis cut his first tracks; Graceland; Elvis Presley Boulevard; The Peabody; The Lorraine Hotel.' Wrth i William restru'r gwahanol enwau a lleoliadau, yr oeddwn i fel petawn yn cael taith mewn prynhawn drwy hanes diweddar yr Unol Daleithiau, a'r byd gorllewinol. Fe allwn fod wedi gwneud tair rhaglen am ddylanwad 'Mericia arnaf i a diwylliant cenhedlaeth o Gymry a fu fyw drwy gyffro'r chwedegau, gan ddefnyddio strydoedd ac adeiladau Memphis yn unig.

Memphis, Tennessee. Mae'r enw'i hun yn deitl cân gan Chuck Berry. Cartref canu blŵs y delta, a'r ddinas wedi ei henwi ar ôl y Memphis lledrithiol arall. Prifddinas teulu brenhinol yr Aifft cyn i Alecsander Fawr sefydlu ei brifddinas ei hun – a hithau ar ddelta afon Nil. Roedd gan wladychwyr cynnar Gogledd America hoffter o enwau o'r byd clasurol – Syracuse, Utica, Rhufain – a Memphis ar ddelta'r Mississippi. Rhyw arwydd eu bod am adael yr enwau cartrefol, cyffredin ar ôl yn Ewrop, a chreu dinasoedd di-dras ar batrymau clasurol yn y byd newydd.

Gyrru i Memphis wnaethom ni, o bencadlys canu cyfoes arall America, Nashville. Nashville yn gartref i flŵs y dyn gwyn, canu gwlad, a Memphis yn grud blŵs y dyn du, a chartref y dyn gwyn a bontiodd y ddau fyd, Elvis Presley, gan greu neu o leiaf danio breuddwyd roc a rôl. Mae'n rhaid gyrru ar lonydd 'Mericia i gael syniad a theimlad o ddaearyddiaeth a diwylliant y wlad. Dydi o'n ddim i'r bobl deithio cannoedd o filltiroedd i ddathlu un achlysur. Yn Nashville cefais sgwrs â gŵr o Detroit, ym Michigan bell ar y ffin â Chanada, a oedd wedi gyrru i lawr i Nashville i aduniad coleg. Ond wedyn, gyrru fyddai rhywun o

Detroit – 'Motown' – pwerdy y diwydiant ceir. O ddeall 'mod i'n barddoni, soniodd yntau wrtha' i am sesiynau barddoni poblogaidd oedd yn digwydd mewn mynwent ceir sgrap yng nghanol Detroit. Ac i 'nghroesawu i Nashville dyma fo'n diflannu am eiliad ac yn ailymddangos gyda dwy gryno ddisg o ganeuon gorau Hank Williams Sr, un arall a bontiodd y blŵs a chanu gwlad ac ysbrydoli cewri fel Bob Dylan.

Yn nhermau 'Mericia, taith gymharol fer sydd yna o Nashville i Memphis. Ond eto mae 'na fyd o wahaniaeth o hyd rhwng y ddau le. Cyn gadael Nashville fe gawsom ryw hoe mewn bar ar gyrion y dre, a tharo sgwrs efo un o'r selogion. Roedd ganddo ddiddordeb yn ein prosiect, a holodd lle'r oedd ein cyrchfan nesaf. Memphis, meddwn i. *'Its over sixty percent black down there,'* rhybuddiodd yntau. Prin oedd y wynebau duon ar strydoedd Nashville, ac mae canu gwlad yn dal cyn wynned â dannedd Dolly Parton. Ac er y camau a gymerwyd i gael gwared â rhagfarn a gwahaniaethu ar sail hil a lliw yn yr Unol Daleithiau ers y chwedegau, mae'r hen densiynau yn dal yno, yn arbennig ar lannau'r Mississippi yn Tennessee.

A chroesi Tennessee i gyfeiriad y Mississippi yr oeddem ni o Nashville. A'r lorïau amryliw yn ein goddiweddyd fel llongau mawr ar eu teithiau diddiwedd ar draws y cyfandir. Ninnau fel gwennol y môr fechan yn gwibio rhyngddynt, o'u blaen o'u hôl, cyn ffarwelio ar ryw gyffordd yng nghanol nunlle, a hwythau'n seinio eu cyrn unig wrth ymadael.

Wrth gyrraedd Memphis, un o'r golygfeydd cyntaf a welsom oedd damwain ar Interstate 40, a chorff llonydd yn gorwedd wrth ddrws agored *pick-up* Chevrolet, a'i lampau'n deilchion. Gwnaeth y ddelwedd hon argraff a arhosodd, ac fe ddof yn ôl ati yn y man. Ond ym mhrysurdeb y traffyrdd ar gyrion Memphis, doedd dim amser i stwna a myfyrio, dim ond gwneud ein gorau i ganfod y gwesty ger y maes awyr a chynllunio ar gyfer y deuddydd nesaf.

Sefydlwyd Memphis yn 1819 a datblygodd yn borthladd a chanolfan fasnach bwysig ar lannau'r Mississippi. Ond daeth y Rhyfel Cartref â'r fasnach lewyrchus mewn caethweision i ben, a chosbwyd Memphis ymhellach gan dri ymosodiad o'r fad felen. Ond oherwydd ei leoliad ar lannau afon fwyaf yr Unol Daleithiau, a chysylltiadau rheilffordd da â gweddill y cyfandir, datblygodd Memphis unwaith yn rhagor yn un o brif ganolfannau dosbarthu y wlad, ac yn un o brif borthladdoedd afon Gogledd America. Ac yma hefyd yr ymsefydlodd miloedd o'r cyn-gaethweision wrth ei hel hi o lafur caled caeau cotwm y delta.

Disgynnydd un o'r caethion hynny oedd William Conard, a ddaeth i'n casglu o'r gwesty yn ei dacsi melyn i'n tywys o amgylch strydoedd

Memphis a'n cyflwyno i'r gwahanol adeiladau a llecynnau o bwys. Fel gyda'r rhan fwyaf o ddinasoedd y byd newydd, cymharol fychan yw *downtown* Memphis, a'r adeiladau uchel i'w gweld yn amlwg wrth yrru i mewn o gyfeiriad y maes awyr, yn eu plith gwesty enwog y *Peabody*, a haul boliog Memphis yn edmygu'i hun yn ei ffenestri. Tu hwnt i ganol y dref roedd Pyramid Mawr America yn disgleirio ar lan afon Wolf sy'n llifo i'r Mississippi. Mae'n ddwy ran o dair o faint Pyramid Mawr yr Aifft ac fe'i codwyd yn 1991 i ddathlu cysylltiad rhamantaidd Memphis â diwylliant yr Aifft. Ond eto yn gyffredin gyda chymaint o ddinasoedd 'Mericia, dirywiodd canol masnachol Memphis, a lledaenodd y ddinas i gyfeiriad ei threflannau, gyda'r *malls* siopa yn codi fel madarch yn sgîl diwylliant sydd mor ddibynnol ar y car modur.

Unwaith mae rhywun wedi arfer â chynllun petryal dinasoedd y byd newydd, mae'n ddigon hawdd dilyn eich trwyn o 4th Street i 3rd Street ac yn y blaen. A strydoedd Memphis sy'n cynnal cyfaredd y chwedlau. Union Avenue, lle mae stiwdio recordio *Sun* yn dal i ganu mawl i'r 'brenin'; Beale Street, a'r clybiau blŵs a jazz, yn arbennig clwb yr anfarwol BB King, yn cynnal traddodiad canu cynnil y duon, ac Elvis Presley Boulevard, lle mae'r pererinion yn dal i dyrru i Graceland.

Rhyw gip wrth fynd heibio a gawsom ni yng nghwmni William Conard, ond unwaith yr oedd ein clustiau wedi arfer ag acen laith y Mississippi, roedd ganddo gyfoeth o atgofion. Nosweithiau hwyr yng nghwmni'r blŵs ar Beale Street, a rhyw ryfeddod diniwed tuag at dynfa parhaol y 'brenin'. Ond wrth yrru heibio i'r *Lorraine Motel* a'r oriel lle safai Martin Luther King cyn iddo gael ei saethu gan James Earl Ray ym mis Ebrill 1968 y daeth angerdd ychwanegol i'w lais. Roedd o'n cofio gyrru ei dacsi ar hyd yr un strydoedd y noson honno, pan ddaeth y newyddion ar y radio fod y proffwyd wedi ei saethu.

Roedd arweinydd ymgyrch y duon dros hawliau sifil a thegwch cymdeithasol a gwleidyddol ym Memphis i gefnogi streic gan weithwyr glendid du. Erbyn 1968 roedd *ghettos* duon yr Unol Daleithiau yn llythrennol ar dân. Roedd Martin Luther King yntau yn pregethu'n danbaid yn erbyn y rhyfel yn Fietnam, gan wneud cysylltiad uniongyrchol rhwng y gwario ar ryfel a thlodi y cymunedau duon. Atgof bachgen deg oed o ddelweddau yn fflicran ar deledu du a gwyn sydd gen i, ac o eiriau King yn cael eu dyfynnu o bulpudau boreau Sul yng Nghymru – y sôn am freuddwyd, ac o ddringo'r allt heb lwyddo i gyrraedd yr ochr draw. Ond hyd heddiw mae sôn bod cynllwyn gwladwriaethol yn erbyn King, fel yn erbyn y ddau frawd Kennedy – y drindod a oedd yn ceisio llusgo'r America adweithiol o afael y Cosa Nostra a'r Klu Klux Klan.

Roedd atgof William Conard yn fwy byw o lawer. Fe'i rhybuddiwyd i adael ei dacsi mewn lle diogel. Aeth y gymuned groenddu ym Memphis yn wallgo. Erbyn heddiw mae'r *Lorraine Motel* yn amgueddfa i gofio a thalu teyrnged i'r ymgyrch dros hawliau sifil i'r duon. Eto mae llawer o dduon Memphis yn credu na ddylai man eu cywilydd fod yn gyrchfan i dwristiaid. Pan aethom ni yn ôl yno i ffilmio y bore canlynol, roedd gwraig ganol oed yn eistedd y tu allan yn protestio o blaid y digartref. Mae'n siŵr mai gyda hi y byddai cydymdeimlad y proffwyd, ac nid gyda'r creiriau y tu mewn i'r amgueddfa, gan gynnwys dau gar – Oldsmobile a Pontiac – yn union yr un fath â'r ceir a'i hebryngodd yntau i'w oedfa olaf.

Cyn ffarwelio â William Conard a diolch iddo am ei wibdaith o amgylch Memphis, gofynnais iddo lle fyddai o yn ei awgrymu i ni fynd i gael blas o gynnwrf hwyrol Memphis. *'The Place to Be,'* meddai o. Clwb nos nid nepell o'n gwesty. 'Gofynnwch am Mrs Miller,' meddai o, 'a dywedwch bod William Conard wedi'ch gyrru.'

Cyn hynny roedd yn rhaid galw heibio allorau cerddorol Memphis. Gan gychwyn yn stiwdio recordio *Sun* ar Union Avenue. Caffi yn llawn creiriau o ddyddiau cynnar roc a rôl yw'r llawr cyntaf erbyn hyn, a jiwc bocs o atgofion o'r cyfnod. Ond i fyny'r grisiau mae 'na stiwdio o hyd, ac o dalu'r pris, cewch ei logi i dorri eich record eich hun.

Yn 1966 daeth y Beatles i Memphis i ymgrymu gerbron yr allorau. Caneuon Elvis, Chuck Berry a Jerry Lee a'u sbardunodd hwythau yn selerydd Lerpwl. Ond mae hanes yr ymweliad hwnnw yn crisialu'r tensiynau yn y ddinas hon ar y groesffordd rhwng de'r dyn gwyn a delta'r duon. Lle y byddai rhywun yn disgwyl i brifddinas roc a rôl groesawu ei phlant siawns o'r ochr draw i'r Iwerydd â breichiau agored, coelcerthi yn llosgi recordiau'r Beatles oedd yn eu disgwyl. Cyn ymadael am Memphis, roedd John Lennon wedi cyhoeddi, yn ei ddull cellweirus arferol, fod y Beatles yn fwy poblogaidd na'r Iesu. Ym Mhrydain y chwedegau derbyniwyd ei osodiad ysgubol fel un o liwiau eraill enfys y cyfnod. Ond cythruddwyd ffwndamentalwyr adain dde yr Unol Daleithiau, a thaleithiau'r De yn arbennig. Dan arweiniad y Parchedig Jimmy Stroad, cynhaliwyd ralïau enfawr i groesawu'r sgowsars. Cyhoeddodd blaenoriaid y ddinas nad oedd croeso i'r Beatles ym Memphis, ac ymddangosodd aelodau'r Klu Klux Klan yn rhai o'r gwrthdystiadau. Daeth dros ugain mil i gyngerdd yr hogiau, ond roedd y pedwar gwalltog yn ofni am eu bywydau tra oeddent ym Memphis, ac ar un adeg yn ystod y cyngerdd clywed clec tebyg iawn i sŵn gwn. Ddwy flynedd yn ddiweddarach, clywyd yr un sŵn yn tanio strydoedd Memphis.

Er y ffwndamentalwyr a'r eithafwyr asgell dde, ni ellir gwadu mai cerddoriaeth sy'n rhoi lle i Memphis yn ein hanes diweddar. Llifodd y duon yma o gaeau cotwm y delta, a boddi eu pryderon, eu hiraeth, eu tlodi a'u gormes yng nghanu'r blŵs. Dyma ganu sy'n taro cord gyda Chymro sydd wedi ei drwytho yng nghynildeb englynion a chwpledi o gywydd. Mae patrymau a rhythmau'r blŵs yn syml syml, ac yn gaeth iawn hefyd. Ond o fewn y caethiwed hwnnw mae 'na ganrifoedd o ddyhead a rhyddid.

Tra oeddwn i ym Memphis, yn crwydro Beale Street ar brynhawn tanbaid, roedd grŵp o gantorion blŵs a welodd ddyddiau gwell yn canu ar y sgwâr. Un o'r caneuon a arhosodd yn y cof oedd *'Old man Memphis'*, ac yno'n dawnsio iddyn nhw mewn hetiau capel a siwtiau gorau roedd degau o bensiynwyr duon o'r wlad, yn amlwg ym Memphis am y dydd. O ran gwisg roedden nhw'n union fel llond bws o athrawon Ysgol Sul, ond roedd y miwsig a'r rhythm wedi'u dal nhw, a 'hen ddyn Memphis' yn dawnsio yno o 'mlaen. Cyn gadael y lle, roedd yn rhaid i mi ffeindio ffôn i yrru cyfarchion o Beale Street i un arall o blant y blŵs, Steve Eaves.

Er bod cynnyrch llawer o gewri'r blŵs fel Robert Johnson ac Elmore James wedi ei recordio yn nyddiau cynnar y ganrif, doedd dim llawer o addewid fasnachol iddo. Sefydlodd yr hyrwyddwr gwyn, Sam Phillips *Sun Records* yn 1953, gan gyflogi y canwr croenddu, Ike Turner i gribo clybiau Beale Street am dalent. Ymhlith y rhai a recordiwyd am y tro cyntaf ar ôl dal clust Turner roedd ei gariad ei hun, Annie Mae Bullock (Tina Turner yn y man), Howlin' Woolf a Little Junior Parker. Ond roedd Phillips yn un am wneud elw. 'Dewch â bachgen gwyn i mi all ganu fel dyn du, ac fe wna i fy ffortiwn,' meddai Phillips.

Flwyddyn yn ddiweddarach, yn 1954, atebwyd ei weddi. Yn ystod hoe am goffi yn stiwdio *Sun*, clywodd fachgen ifanc yn canu a oedd wedi llogi'r stiwdio er mwyn recordio cân ar gyfer ei fam. Elvis Aaron Presley. Cafodd Phillips wared â'i gantorion duon yn syth bin, a chyflogi Elvis a chantorion croenwyn eraill fel Carl Perkins a Jerry Lee Lewis i recordio caneuon sydd bellach yn glasuron fel *'Blue Suede Shoes'* a *'Great Balls of Fire'*. Roedd y bont wedi ei chodi rhwng caneuon a diwylliant duon y delta, a chantorion gwynion y traddodiad canu gwlad. Os mai Elvis a osododd y seiliau, y genhedlaeth nesaf – Bob Dylan, John Lennon, Paul McCartney, Paul Simon – oedd y rhai a drodd ganeuon amrwd yn ddiwylliant sydd wedi chwyldroi diwylliant y gorllewin o ddechrau'r chwedegau ymlaen. Ond fyddai hynny ddim wedi bod yn bosibl heb gryndod llais a sigl cluniau Elvis. Pan fu farw Elvis cyn ei bryd yn 1978, dywedodd Bob Dylan, *'It was so sad. I had a breakdown! I broke down . . . one of the very few times. I went over my whole life, my whole childhood. I didn't talk to anyone for a week. If it wasn't for Elvis and Hank Williams, I couldn't be doing what I do today'*.

Ac mae'r miloedd, chwe chan mil y flwyddyn, yn dal i ddilyn llwybr y pererinion at gatiau Graceland ar 3765 Elvis Presley Boulevard, neu yn gadael eu cardiau busnes yn y gitâr sydd yn nwylo'r cerflun ohono ar ben gorllewinol Beale Street. Pan brynodd Elvis blasty bychan Graceland ar anterth ei yrfa yn 1957, roedd mewn rhan eithaf dethol o Memphis. Bellach mae Elvis Presley Boulevard yn un rhes o motels, bwytai byrbrydau a siopau creiriau. Yn debyg iawn i Rufain neu Santiago de Compostella y Canol Oesoedd mae'n siŵr. Ac i gofnodi iddyn nhw fod yno, mae'r pererinion yn torri eu henwau ar furiau Graceland cyn ciwio i gael golwg ar gartref Elvis, a'i fedd yn yr ardd. Yn eu plith, Tracy, Bronwen a Ryan o Gymru bell.

A chyferbyn â Graceland mae amgueddfa ceir a beiciau modur Elvis. Gyda ffilm gartref ohono fo a'i rieni, a'i wraig a'i ferch fach yn ddiweddarach yn mwynhau yng ngerddi Graceland yn gefndir, mae ei Buick a'i Chevrolet a'i Harley Davidson yn sefyll yn loyw a llonydd. A'r tu allan, ei Gadillac pinc yn gefndir parhaol i ffotograffau sy'n cael eu dangos i ffrindiau a theulu a chariadon ar draws y byd i brofi ein bod ni hefyd wedi bod yno. Ceir unwaith eto. Y gŵr ar yr *interstate* yn gorwedd yn llonydd a mud wrth y *pick-up*. Pontiac ac Oldsmobile fel petaen nhw'n dal i aros i'r proffwyd ddychwelyd i'r *Lorraine Motel*. A'r Cadillac pinc, gyferbyn â gatiau caeëdig Graceland, yn dal i ddisgwyl i'w feistr danio'r peiriant a rhoi ei droed ar y sbardun. Dyna'r ddelwedd unwaith eto. Pan fo anadl 'Mericia'n peidio, ceir llonydd yw'r cyfan sy'n aros.

Ar ôl diwrnod hir o ffilmio eiconau Memphis, a chyfweld rhai o'r bobl go iawn sy'n byw yn eu canol, dychwelyd i'r gwesty synthetig ar gyrion y maes awyr. Newid, a chael cyfle i ymlacio, ac fel ym mron pob bar a gwesty i mi alw heibio iddyn nhw wrth groesi'r 'Mericia, roedd 'na fand yn chwarae yn y lolfa. Os yw'r car yn un ddelwedd o daith ddiddiwedd ein brawd mawr o gyfandir, yna mae cerddoriaeth hefyd yn gynnyrch pair dadeni'r gwahanol genhedloedd a phobloedd a lifodd o Ewrop a'r Affrig i ddechrau, ac yna o Siapan a Tseina a Fietnam, i wladychu'r corsydd a'r anialwch a'r paith.

Lle bynnag yr ewch chi mae'r adleisiau i'w clywed, alawon hiraethus y Gwyddelod a'r Albanwyr; dyheadau a breuddwydion y blŵs; tinc Sbaenaidd y gitâr neu hyrdi-gyrdi dwyrain Ewrop, a churiad cyson drymiau'r brodorion. Pob math o ddylanwadau blith-draphlith yn creu cyfandir newydd o sŵn. Ond synthetig iawn oedd y band yn y gwesty synthetig wrth y maes awyr. Roeddwn i'n awchu am beth o gyffro Beale Street a'r Blŵs. Yna cofio cyngor William Conard, y gyrrwr tacsi: 'Ewch i'r *Place to Be* a holi am Mrs Miller'. Roedd y lle ychydig lathenni i lawr y lôn o'r gwesty, meddai.

Dyma fynd at y ddesg yn y dderbynfa a gofyn iddyn nhw drefnu tacsi i mi a Nia'r wraig i fynd i *The Place to Be*. O'r olwg ar wynebau'r genod, fe allai rhywun feddwl ein bod wedi gofyn am dacsi i'r lleuad. 'Lle?' gofynnodd un. '*The Place to Be*,' meddwn innau. ''Dach chi'n siŵr?' 'Ydan. Dydi o ddim ond rhyw floc neu ddau i ffwrdd.' Erbyn hyn roeddwn i'n clywed pwffian chwerthin o'r cefn. A'r merched yn dal yn amharod iawn i drefnu tacsi. O'r diwedd daeth merch groenddu at y ddesg. 'Fedra' i eich helpu chi?' ''Dan ni jyst isio tacsi i'r *Place to Be*,' meddwn eto. ''Dach chi'n sylweddoli mai clwb pobl groenddu 'di hwnnw?' meddai hi'n eithaf pendant. 'Fe wnaeth Mr William Conard, gyrrwr tacsi, ein cynghori i fynd yno, ac fe fuaswn i'n ddiolchgar pe baech chi'n trefnu tacsi.' 'O'r gore,' meddai'r ferch, 'ond cofiwch drefnu tacsi yn ôl oddi yno cyn hanner nos, a pheidiwch â cherdded.'

Gyda'r rhybudd hwnnw'n corddi yn ein stumogau, fe aethon ni yn y tacsi i'r *Place to Be*, a gofyn i'r gyrrwr ddod yn ôl i'n casglu cyn hanner nos. Mentro trwy'r drws ac yn syth at y bar a holi am Mrs Miller. Ni oedd yr unig wynebau gwynion yn y lle. Ymhen dim dyma Mrs Miller at y bar, merch hanner yr oed yr oedd ei henw yn ei gyfleu. 'Fi 'di Mrs Miller, fedra' i eich helpu chi?' ''Dan ni'n aros yn y gwesy rhyw ddau floc i ffwrdd. William Conard, y gyrrwr tacsi wnaeth awgrymu mai dyma'r lle gorau ym Memphis.' 'Wel, mae William yn iawn,' meddai Mrs Miller a bron nad oedd yn rhaid i ni dalu am ddiod arall gydol y nos.

Unwaith yr oedd hi a gweddill selogion y clwb yn deall ein bod yn dod o Gymru, fe gawsom groeso tywysogaidd, brenhinol hyd yn oed. Fe gawsom hanes Mrs Miller a'i naw o blant, er nad oedd hi'n edrych yn hŷn na deg ar hugain. Fe gawsom gynnig ymweld ag un o stiwdios recordio pennaf Memphis, a derbyn ymddiheuriadau mawr nad oedd yna fand yn canu yn y clwb y noson honno. Yna derbyn gwahoddiad i ddod yn ôl yno y noson ganlynol, pan fyddai un o fandiau pennaf Memphis yn siglo'r lle. Gorfod egluro ein bod ni'n ffarwelio â Memphis y bore canlynol ac yn hedfan am New Orleans.

Ond ni fedrai Mrs Miller a'i ffrindiau adael i ni ffarwelio heb i ni adael rhyw gofnod ein bod wedi ymweld â'r lle. Ar gyfer y parti mawr y noson ganlynol, roedd y selogion yn torri eu henwau ar ddarnau o bapur a'u glynu yn y nenfwd. Er na fyddem ni yno, fe gawsom ninnau dorri ein henwau – Iwan a Nia Llwyd – a'u gweld yn crogi yng nghanol y Marvins a'r Nancys a'r Leroys o do'r *Place to Be*.

Fe ddaeth y tacsi yn brydlon i'n casglu am hanner nos. Ac mae'n siŵr na wela' i eto Mrs Miller na'r *Place to Be*. Ond fe fues i a Nia yno, a chyrraedd y gwesty gyda gwên fodlon ar ein hwynebau. Gwenai y merched yn y dderbynfa hwythau. Welais i mo Elvis ar strydoedd

Memphis. Ond roedd William Conard yn llygad ei le. Dyma'r *Place to Be!*

Iwan Llwyd

Yr Awduron

Betsan Powys

Yng Nghaerdydd y cafodd Betsan ei geni, ei magu a'i haddysgu cyn symud i Dregarth. O Ysgol Llanhari fe aeth i Ysgol Tryfan ym Mangor ac yna i Goleg Prifysgol Cymru, Aberystwyth. Astudiodd ar gyfer gradd gyfun mewn Drama ac Almaeneg a threulio blwyddyn yn dysgu Saesneg ger Fienna yn Awstria. Yno daeth ar draws gwaith Jura Soyfer, dramodydd *cabaret* ac Iddew, a dechrau ar waith ymchwil a arweiniodd at dreulio dwy flynedd yng Ngholeg Iesu, Rhydychen. Erbyn cwblhau ei gradd M.Litt roedd hi'n newyddiadurwraig dan hyfforddiant gyda'r BBC. O Lundain fe symudodd 'nôl i Gaerdydd lle bu'n gweithio i'r Adran Newyddion ac yna i dîm *Y Byd ar Bedwar* yn HTV. Erbyn hyn mae'n gweithio i Ewropa ac yn gohebu o wledydd oer, gwlyb a pheryg. Dyna pam mae gwyliau'n golygu trefnu cyn lleied â phosib yn y gwledydd mwyaf anghysbell posib!

Gareth Alban Davies

Ganed yng Nghwm Rhondda yn 1926. Addysgwyd yn Ysgol y Porth a Choleg y Frenhines, Rhydychen. Darlithydd, Uwchddarlithydd ac yna Athro yn Adran Sbaeneg a Phortiwgaleg Prifysgol Leeds. Sgrifennodd lawer ar lenyddiaeth a hanes Sbaen, cyfrannodd at *Y Llenor yn Ewrop* (1976), bwriodd olwg dros hanes a bywyd y Wladfa ym Mhatagonia yn *Tan Tro Nesaf* (1976), a chyhoeddodd ddetholiad o farddoniaeth Sbaen mewn cyfieithiad Cymraeg yn *Y Ffynnon sy'n Ffrydio* (1990). Daeth i adnabod amryw o froydd Sbaen, gan gynnwys Majorca, yr ymwelodd â hi lawer gwaith yn y blynyddoedd diweddar.

Bethan 'Gwanas' Evans

Mae Bethan Gwanas o'r Brithdir ger Dolgellau wedi bod yn un garw am grwydro erioed; wedi byw yn Ffrainc a'r Affrig, wedi ymweld â'r rhan fwyaf o Ewrop a nifer o wledydd yr Affrig a De a Chanol yr Amerig yn ogystal â chyhoeddi *Dyddiadur Gbara* am ei phrofiadau yn Nigeria. Ei dymuniad yw crwydro gwledydd Asia, ac ysgrifennu am y profiad wrth gwrs. Mae ar hyn o bryd yn hyrwyddo llenyddiaeth yng Ngwynedd ac yn ysgrifennu ar ei liwt ei hun o'i bwthyn ym Methesda. Cyhoeddodd ei nofel gyntaf *Amdani* yn 1997.

Ioan Bowen Rees

Ganed a maged Ioan Bowen Rees yn Nolgellau, a'i addysgu yno, yn Ysgol Bootham ac yng Ngholeg y Frenhines, Rhydychen, lle graddiodd mewn Hanes Modern cyn mynd ymlaen i astudio'r gyfraith, a rheolaeth, a sefyll etholiadau seneddol ar ran Plaid Cymru (cwrs addysg uwchraddol iawn ynddo ei hun). Ers symud yn ôl i Wynedd bu'n byw yn Llanllechid ger Bethesda ond, trwy gydol ei fywyd, bu'n crwydro'r pum cyfandir yn ymhyfrydu mewn mynyddoedd uchel a llywodraethau gwâr (mewn cyfuniad os oes modd). Ers ymddeol o fod yn Brif Weithredwr yr hen Gyngor Sir Gwynedd yn 1991, cyhoeddodd gyfrol o ysgrifau taith, *Bylchau*, cyfrol ar ymreolaeth, *Cymuned a Chenedl*, pamffledyn heriol, *Beyond National Parks*, ac ail argraffiad o'i flodeugerdd Gregynog lwyddiannus, ddwyieithog, *The Mountains of Wales*. Mae ganddo hen gysylltiad teuluol â Zimbabwe, lle bu ei daid yn herio Cecil Rhodes ar ran yr Ndebele, a phenodwyd ef yn sylwedydd rhyngwladol ar gyfer etholiad amlhiliol cyntaf De Affrica. Derbyniodd y wisg wen gan yr Orsedd, Doethuriaeth yn y Gyfraith er anrhydedd gan Brifysgol Cymru, a'r penyd o aelodaeth o Grŵp Ymgynghorol y Cynulliad Cenedlaethol gan Ron Davies. Mae'n briod â Margaret, a chanddynt dri o blant, a dau ŵyr.

Angharad Price

Mae'n dod o Fethel, Arfon. Cafodd ei haddysg yn Ysgol Bethel, Ysgol Brynrefail, Llanrug a Choleg Iesu, Rhydychen lle graddiodd mewn ieithoedd modern yn 1994. Treuliodd flwyddyn yn Fiena dan nawdd Ysgoloriaeth Goffa Saunders Lewis yn 1994-95. Y mae newydd gwblhau traethawd ymchwil ar lenyddiaeth Gymraeg gyfoes ac yn dysgu yn Adran Gymraeg, Prifysgol Cymru, Abertawe.

Gwyn Llewelyn

Yn ystod gyrfa newyddiadurol yn ymestyn yn ôl yn ddi-fwlch (bron iawn!) dros gyfnod o ddeugain mlynedd, dichon fod Gwyn Llewelyn wedi teithio mwy nag odid yr un gohebydd Cymraeg arall. Yn ystod un cyfnod o dair blynedd, tra bu ei gwmni *Monitor* yn paratoi'r rhaglenni teledu 'Gwyn a'i Fyd', fe deithiodd chwarter miliwn o filltiroedd! Hanes rhan o'r teithiau hynny fu sail cyfrol ganddo dan yr un teitl – un o dri llyfr a ysgrifennodd. Fe'i hurddwyd yn dderwydd er anrhydedd i Orsedd y Beirdd am ei waith yn nyddiau cynnar Radio Cymru yn arloesi'r defnydd o newyddion tramor. Cychwynnodd ei yrfa ar y *North Wales Chronicle* ym Mangor yn syth o'r ysgol yn un ar bymtheg oed. Bellach mae yn ôl yn ei filltir sgwâr.

Angharad Tomos

Ganed Angharad Tomos yn 1958 a chafodd ei magu a'i haddysgu yn Nyffryn Nantlle lle mae'n dal i fyw. Enilla ei bara menyn drwy sgwennu a gwarchod gwrachod Gwlad y Rwla. Mae'n aelod o Gymdeithas yr Iaith ers canol y saithdegau ac yn gyn-Gadeirydd y mudiad. Fe gyfranna golofn wythnosol i'r Herald Gymraeg hefyd. Nes ei bod yn ddeg ar hugain oed cyfyngwyd ei theithio i lwybrau'r Traws Cambria, ond ers hynny mae wedi crwydro'n helaeth. Mae'n 'nabod Iwerddon fel cefn ei llaw bellach, ac mae wedi ymweld â Llydaw, Ffrainc, Sbaen, Portiwgal, yr Eidal, y Swistir a'r Iseldiroedd. Yn 1997 cyflawnodd uchelgais oes yn teithio ar drên drwy Ewrop gan weld yr Almaen, Gwlad Pwyl, y Ffindir, Estonia, Slovacia, Hwngari ac Awstria. Fel rhan o ddirprwyaeth mae wedi ymweld â Belfast, Catalwnia, Gwlad y Basg a Nicaragwa. Wrth deithio mae'n gwerthfawrogi cwmni difyr a'r rhyddid i ddilyn ei thrwyn. Cas beth ganddi yw gorfod trefnu gwyliau'n fanwl cyn mynd, felly mae'n paratoi cyn lleied â phosib. 'Gwefr teithio yw rhoi cyfle i'r annisgwyl ddigwydd,' ac mae wedi cael digon o brofiad o hynny! Byddai wrth ei bodd yn cael ymweld â Thibet a Chyfandir Affrica, yn ogystal â Gwlad yr Iâ yn y dyfodol.

Harri Pritchard Jones

Mae Harri Pritchard Jones wedi cyhoeddi pedair cyfrol ar ddeg erbyn hyn, nofelau a storïau byrion yn bennaf. Mae llawer iawn o'i waith wedi'i leoli yn Nulyn, lle y bu byw am bron i ddeng mlynedd, ac Ynysoedd Aran ym Mae Galwy, lle y bu byw am wyth mis a lle mae'n mynd yn ôl iddo'n gyson. Ganed yr awdur yng nghanolbarth Lloegr, i rieni o Arfon, a chafodd ei fagu ym Môn. Ers dros ddeng mlynedd ar hugain mae'n byw yn Nghaerdydd.

Catharine Nagashima

Ganed Catharine yn Llundain ym mis Rhagfyr 1938, cyn symud pan oedd yn faban i Fryn Chwilog, Talwrn, Môn, lle ceir bellach blac ar y tŷ er cof am ei thad, Richard Huws yr artist. Yno y maged Catharine drwy flynyddoedd yr Ail Ryfel Byd tan 1953. Graddiodd mewn Daearyddiaeth o Brifysgol Cymru, Aberystwyth yn 1960 ac erbyn hynny, roedd ei theulu wedi symud i Lanrwst. Derbyniodd ysgoloriaeth blwyddyn i fynd i Grenoble, Ffrainc a bu hefyd yn gweithio yn Llundain ac yng Nghanolfan Ecisteg Athen. Yr oedd C.A. Doxiadis, proffwyd ecisteg, yn denu amryw o bobl ifanc i Athen ac un o'r rhain oedd y pensaer Koichi Nagashima a briododd Catharine yn 1965 cyn symud i Japan. Mae ganddynt chwech o blant a dau ŵyr. Gweithia Catharine ym maes cynllunio gwlad a thref ac mae hi hefyd yn aelod o sawl pwyllgor llywodraeth leol, a phob hyn a hyn siarada'n gyhoeddus yn yr iaith Nihongo ar bynciau ecisteg.

Iwan Llwyd

Wedi ei eni yng Ngharno, Powys ond yn byw ers rhai blynyddoedd bellach yn Nhal-y-bont, Bangor. Mae'n awdur pedair cyfrol o farddoniaeth, y ddiweddaraf, *Dan Ddylanwad*, 'Llyfr y Flwyddyn 1997', yn gynnyrch dwy gyfres o farddoniaeth ar S4C a ffilmiwyd gan Michael Bailey Hughes a'i gwmni, Telegraffiti. Enillodd y Goron yn Eisteddfod Genedlaethol Cwm Rhymni am gyfres o gerddi ar y testun 'Gwreichion'. Chwaraea'r bâs i Driawd Steve Eaves ac Enw Da Geraint Løvgreen.